【广东中华文化王季思学术基金⊙黄天骥学术基金丛书之四】

目连戏与佛教

凌翼云 著

广东高等教育出版社
广州

图书在版编目（CIP）数据

目连戏与佛教/凌翼云著．—2版．—广州：广东高等教育出版社，2011.5

（广东中华文化王季思学术基金·黄天骥学术基金丛书）

ISBN 978-7-5361-4055-4

Ⅰ.①目… Ⅱ.①凌… Ⅲ.①目连戏-关系-佛教-研究 Ⅳ.①I207.3

中国版本图书馆CIP数据核字（2011）第078561号

广东高等教育出版社出版发行

地址：广州市天河区林和西横路/510500

营销电话：(020) 87551597

网址：www.gdgjs.com.cn

佛山市浩文彩色印刷有限公司印刷

850毫米×1168毫米 32开本 9印张 250千字

2011年5月第2版 2011年5月第2次印刷

印数：1 001～3 000册

定价：28.00元

前记一

黄天骥

中国古代戏曲和古代文学作品，是取之不尽用之不竭的宝藏。华夏子孙，有责任发掘开采，分析整理，让体现着东方文化的瑰宝，在世界民族之林中焕发光辉。自然，我们也不能一味陶醉在祖先遗泽之中，审视它，研究它，弃其糟粕，取其精华，使之有助于祖国精神文明建设，才是我们整理古代戏曲、古代文学的目的。

近几年，广东经济有了飞跃的发展，许多有识之士，认识到在这块热土中弘扬中华文化的重要性。因而采取多种方式，大力推动对中华文化的学术研究。因时际会，“广东中华文化王季思古代戏曲、古代文学研究基金”得以乘风御气，建立起来。有了这个条件，我们就有可能出版丛书，在研究我国传统文化的领域中，做一点力所能及的工作。

我们出版这套丛书，也是为了纪念王季思

老师。

王起，字季思（1906—1996），浙江温州人。早岁师从孙诒让、吴梅先生，以《西厢五剧注》名世。20 世纪 40 年代后期，王季思老师到广东中山大学任教，历任中文系主任、古文献研究所所长等职。数十年来，他热爱祖国，热爱中华文化，把全部精力投入到教学和科研的工作中，在古代戏曲、古代文学领域作出了巨大的贡献。“文化大革命”后，拨乱反正，王季思老师被聘为国务院学位委员会第一届学科评议组成员、国家古籍整理出版规划小组顾问，被公认是中国古代戏曲古代文学研究的权威。

王季思老师一生热爱学生，教育青年。他常说：学术乃天下公器。学生和后辈学者向他求教，他从来都认真、热诚地给予帮助。直到七八十岁高龄，他还培养硕士生、博士生，矻矻穷年，不遗余力。他经常强调建设祖国教育和文化事业，要有人继承，渴望薪火相传，让中华文化之光一代又一代照遍大地。

弘扬中华文化，继承王季思老师匡扶后进的精神，是受过他老人家教诲的学生的共同心愿。1993 年，广州市政协和中山大学联合主办“庆祝王季思教授从教七十周年大会”。其后，诸位校友像杨资元、赖春泉等学长，深感为促进学术的发展，应做一些更加切实的工作，朱孟依先生积极支持。经过各方面的努力，我们决心出版这一套丛书，希望能实现王季思老师多年的心愿，帮助热心于中国古代戏曲古代文学而又甘心坐冷板凳的学者迅速成长，让学术之花也在生长红棉的土地上盛开。

学术的殿堂是靠一砖一石垒成的，我们希望扎扎实实地奋工添瓦，不想欣赏海市蜃楼。目前，我们的能力有限，更兼文化建设不可能一蹴而就。因此，我们的想法是：环绕着中国古代戏曲、古代文学的论题，逐年出版有较高水平的学术著作。只要持之以恒，锲而不舍，日积月累，代代相传，我们一定能在祖国学术领域的南天，垒筑起一座丰碑。

王季思老师曾有诗云：

人生有限而无限，历史无情还有情；
薪火相传光不绝，长留双眼看春星。

从书付梓之际，我们抄录这首诗，作为奠基之石，以明旨意，兼励来者。

1996年6月16日于中山大学

前记二

欧阳光　康保成

自1996年广东中华文化王季思学术基金丛书第一种出版以来，迄今已过去了整整十年。十年来，我们根据有限的财力，精心甄选入围选题，在广东高等教育出版社的大力支持下，以每年一到两种的节奏，已陆续出版了13种著作。

看着眼前这套积少成多渐成规模的丛书，不禁让人深深感慨。这套丛书的作者基本上都是中山大学中文系的中青年学者或博士学位获得者，选题以古代戏曲研究为多，同时也涵括了古代文学研究的其他领域。这些著作也许算不上什么鸿篇巨制，我们也没有像时尚所热衷的那样对它进行包装和宣传，在当今热闹非凡的学术著作出版大潮中，它甚至显得有些冷清和落寞，但这些著作都是对有关领域作了艰苦细致的研究之后的心得之作，或对有关研究领域有所开拓，或推动了有关研究向纵深发展，自有其难以掩盖的学术价值。从书从总体上展现了中山大学中文系中青年学者的风采，也体现了中山大学中文系沉潜、严谨、包容、开放的良好学风。

最近，珠海市民营企业家李平秋先生捐资设立黄天骥学术基金，用于支持我系古代戏曲和古代文学等学科的发展。李平秋先生1983年毕业于中山大学中文系，之后投身于市场经济大潮，艰苦创业，努力打拼，取得了事业的成功；在事业有所成就的时候，却不忘回报社会。他有感于母系的培育之恩，倾心敬佩黄天骥先生的师德人品，因而出资设立以黄天骥先生命名的学术基金，其拳拳赤子之心，殷殷校友之情，令人感佩。

这样一来，我们除了王季思学术基金之外，又有了黄天骥学术基金。两个基金虽然命名不同，其宗旨则是一以贯之的，即为传承和弘扬我国优秀传统文化推进古代戏曲、古代文学的研究而添砖加瓦，略尽绵薄。根据这一宗旨，我们将把两个基金的增值部分合并在一起使用。其中继续资助出版中青年学者高质量的研究成果，帮助中青年学者在学术上更快地成长，仍然是两个基金的主要工作。

王季思先生是中山大学中文系古代戏曲、古代文学学科的开拓者、奠基人；黄天骥先生是继王季思先生之后中山大学中文系古代戏曲、古代文学学科的领军人物，在海内外学术界享有崇高的威望。两位先生的共同特点是不仅重视学术的创造，同时也注重学术的传承，他们都倾力培养后学，提携奖掖不遗余力，这也正是中山大学中文系古代戏曲、古代文学学科能够生生不息，始终充满活力，并不断有创造性成果涌现的原因。

学术的发展离不开传承，也离不开积累，我们所做的正是传承和积累的工作。这一工作也许一时半会儿看不出明显的效果，但正如黄天骥先生在本丛书的“前记一”中所说的：“只要持之以恒，锲而不舍，日积月累，代代相传，我们一定能在祖国学术领域的南天，垒筑起一座丰碑。”

让我们以此互勉。

2006年11月16日于中山大学

目　录

第一章　什么是目连戏 …………………………………… (1)
古老的剧目 ………………………………………… (1)
当今方兴未艾的目连热 …………………………… (6)
开南戏之先河 ……………………………………… (8)
第二章　目连故事源出佛经 ……………………………… (15)
佛经中的目连 ……………………………………… (15)
中国佛教的孝经:《盂兰盆经》 …………………… (18)
佛教初来时曾依附于黄老 ………………………… (26)
矛盾日渐显露 ……………………………………… (30)
孝，融合的契机 …………………………………… (36)
第三章　变文:中国佛教的创造 ………………………… (42)
吟经唱偈是印度传来的 …………………………… (42)
曹植和《渔山梵呗》 ……………………………… (46)
唱导，慧远奠定的俗讲 …………………………… (51)
变文，唱导的必然发展 …………………………… (55)
目连变，中国化了的佛教故事 …………………… (68)
第四章　目连变文被搬演成杂剧 ………………………… (78)
戏剧萌芽和宗教祭祀 ……………………………… (78)
戏曲迟迟不成熟的原因 …………………………… (84)
佛教传入后的几部文学论著 ……………………… (88)
唐代“乐”对“礼”的突破 ……………………… (94)

《目连救母》以前的杂剧 …………………………………（97）
说话和诸宫调 ……………………………………………（105）
搬演《目连救母》杂剧 …………………………………（111）
第五章　目连戏的剧本 ……………………………………（116）
能见到的最古老剧本：郑之珍本 ………………………（117）
郑本的时代背景：三教混成 ……………………………（123）
郑之珍：目连剧本的第一个文人整理者 ………………（130）
张照的《劝善金科》 ……………………………………（136）
第六章　中印文化共铸观音、白猿 ………………………（142）
目连戏中的观音 …………………………………………（142）
夒图腾和白猿传说 ………………………………………（149）
唐传奇、宋诗话中的白猿 ………………………………（152）
佛经中的护法神猴 ………………………………………（158）
《罗摩衍那》中的哈奴曼…………………………………（161）
第七章　各地的目连戏 ……………………………………（166）
几种目连戏剧本的出目对照 ……………………………（166）
各地《前目连》各有千秋 ………………………………（185）
《花目连》和四十八本目连大戏…………………………（191）
关于《梁武帝》 …………………………………………（194）
第八章　目连戏的人情味 …………………………………（202）
不精不诚　不能动人 ……………………………………（203）
鬼而人，情而理，可怖可爱 ……………………………（208）
福斯特夫式的李狗儿 ……………………………………（215）
第九章　戏曲舞台上的活化石 ……………………………（220）
保存许多原始曲牌 ………………………………………（220）
舞台上百戏杂呈 …………………………………………（224）
“费万钱”的纸扎…………………………………………（232）
没有第四堵墙 ……………………………………………（234）

古老的中国“意识流” …………………………………………… (239)
大可研究的哑剧 ………………………………………………………… (241)
第十章　目连戏与民俗 ………………………………………………… (247)
目连戏和盂兰盆会 …………………………………………………… (247)
真武、三官是民间道教信仰 ………………………………………… (252)
和尚、道士各有目连戏班 …………………………………………… (256)
“吃乌饭，放江灯” ………………………………………………… (260)
附雅目连的名胜古迹 ………………………………………………… (266)
后记 ……………………………………………………………………… (270)

第一章　什么是目连戏

目连戏是指以目连救母故事为题材的戏曲剧目。在我国，京剧、昆剧和几乎所有地方大型剧种，都曾有《目连救母》或称《目连传》的全本或散折。全本《目连传》是连台大戏，可演七八天。有的剧种有目连的系列剧。目连救母故事源出佛经。目连是释迦牟尼十大弟子之一。传说目连救母故事的佛经是《盂兰盆经》。它是晋武帝时（265—290）来华的月支僧人法护翻译的。法护的梵文名昙摩罗刹，后人称敦煌菩萨，慧皎《高僧传》中有他的传。

古老的剧目

目连戏的最早演出，有文字可考的是北宋末年在汴梁（今开封）演的《目连救母》杂剧。作序于绍兴丁卯年（1147）的孟元老《东京梦华录》卷之八“中元节”条说：

> 七月十五日中元节。先数日，市井卖冥器靴鞋、幞头帽子、金犀假带、五彩衣服。以纸糊架子盘游出卖。潘楼并州东西瓦子亦如七夕。耍闹处亦卖果实种生花果之类，及印卖《尊胜目连经》。又以竹竿斫成三脚，高三五尺，上织灯窝之状，谓之盂兰盆。挂搭衣服冥钱在上焚之。勾肆乐人自过七夕，便般《目连救母》杂剧，直至十五日止，观众增倍。中元前一日，即卖楝叶，享

> 祀时铺衬桌面。又卖麻谷窠儿，亦是系在桌子脚上，乃告祖先秋成之意。又卖鸡冠花，谓之洗手花。十五日供养祖先素食，才明即卖穄米饭；巡门叫卖，亦告成意也。……城外有新坟者，即往拜扫。禁中亦出车马诣道者院谒坟。本院官给祠部十道，设大会，焚钱山，祭军阵亡殁，设孤魂之道场。

那时的中元节习俗，有祭祖、报丰收、拜扫新坟、赈祭孤魂等内容，演目连戏只是节日活动内容之一。这些活动，不仅民间有，帝王家（禁中）也举办，政府管祭祀的祠部和各地方政府（十道），在中元节都有祭祀军阵亡殁、办赈孤魂的道场。民间艺人（勾肆乐人）演《目连救母》，和卖《尊胜目连经》、焚盂兰盆等相关连，是佛教的中元活动。盂兰盆会，可追溯到南北朝时。据说我国盂兰盆会始于梁武帝萧衍（502—549）时。梁代宗懔撰、隋杜瞻等注的《荆楚岁时记》说：

> 七月十五日，僧、尼、道、俗悉营盆供诸佛。

唐徐坚《初学记》、欧阳询《艺文类纂》、元陈元靓《岁时广记》等均有类似记述。出自《盂兰盆经》的目连救母故事，初唐或更早些时间，由俗讲僧人演衍成变文，在寺院内外演唱，宋时被搬演成杂剧。

北宋末年汴梁演出的《目连救母》杂剧，没有留下更多的文字记述，也没发现剧本，也可能没有剧本。明初无名氏《录鬼簿续编》中录有《目连救母》剧名，还有两行题目："发慈悲观音度生，行孝道目连救母"。这两行题目是元杂剧即北杂剧的体例。这题目显示的主题和故事大框架，被后代继承下来。各地的民间目连戏和明代郑之珍的《新编目连救母劝善戏文》，都大体不离这大框架。据现代戏曲史学家赵景深研究，明代初年安徽南陵已有以搬演目连戏为主的戏班。他们取当地农民插秧时唱的秧歌和当地民歌为唱腔，演唱目连救母戏剧。秧歌腔或称阳腔，不入管弦，但用锣鼓帮衬，顺口可歌，随节可舞，一唱众和，非常热闹。这种声腔和《淮南子·道应训》中记述的举木之歌一脉相承，也是南戏声腔的先声。正如明代文学家杨慎（1488—1559）《升庵诗话》卷九说的：

> 南方歌词，不入管弦，亦无腔调，如今弋阳腔也。盖自唐、宋已如此。

南陵戏班演的目连戏，结构上具有南戏的共同特点，不分折而分出。一本戏有几十出，情节虽不如以四折为主要形式的北杂剧集中，相对来说容量较大，情节曲折，富有传奇色彩，能更吸引观众。

明初南陵目连戏班初创期，南戏的温州、海盐、余姚、昆山四大声腔尚未形成。南陵地处皖东南，毗邻苏、浙，临青弋江，水路交通便利。余姚形成后流行于这一带。余姚腔的特点是“杂白混唱”、“以曲代言”（见传奇剧本《想当然》篇首茧室主人《成书杂记》）。所谓“杂白混唱”、“以曲代言”，是曲文中夹有许多以七言句为主的滚白，用流水板（数板）的节奏演唱，也就是现在说的“滚唱”或“放流”。这种滚唱，节奏明快，吐字清楚，观众易懂；若是由艺术造诣较高的演员唱，则感情丰富，韵味很浓，感人至深。余姚腔在皖东南与当地民歌融合，形成戏曲史上有名的太平、青阳、徽州诸腔，流行于当涂（宋太平兴国时置州，以年号太平二字为州名）、池州（唐初置青阳州，辖贵池、青阳，东至诸县）、旌阳、宣城、泾县、徽州一带。余姚腔在正德（1506—1521）前后与弋阳腔融合，所谓“变余姚为弋阳”（见清代，顾景星《白茅堂诗文集》卷三十五《传奇丽则序》），而后才发展为遍及大江南北，远传两京、闽、广的高腔系统诸声腔。首创于余姚腔的滚唱，经丰富、发展而形成为高腔特色之一。目连戏也随余姚腔的传播，及于有高腔系统诸声腔的剧种和地区。

新安（今属安徽歙县）郑之珍（1518—1595），在民间目连戏演出本的基础上，整理出100出的《新编目连救母劝善戏文》，又名《劝善记》，共3册。郑本中的许多长唱段，如《博施济众》中哑男疯妇唱的〔孝顺歌〕，《刘氏开荤》中净扮丐子的〔十不亲〕，《三殿寻母》刘氏过血湖时唱的〔妇人家三大苦楚〕等，都称为歌，以七言句为主，长的近200句，短的也有好几十句。这些唱段只有用“杂白混唱”、“以曲代言”的形式，演员才能一口气唱完，观众才听得懂、留得住。在〔十不亲〕唱段中，有“合”、“合前”等字样，标明这是一唱众和的。这样的唱段，都可单独成篇，很可能原是当地已流行的民歌民谣，被吸收搬到戏中。由于它本来有深厚的听众基础，搬入剧中后仍受观众欢迎，故郑之珍将其收入整理本中。郑之珍的这一作法，无疑有助于目连戏的流播。从现有民间目连戏和历代文人笔记看，郑本并没有、也不可能取代所有民间目连戏的剧本；各地民间的目连戏，仍是按各自的戏路、特点在流播。生活在明末清初的张岱（1597—1679）《陶庵梦忆》卷六“目连戏”条说：

> 余蕴叔演武场搭一大台，选徽州旌阳戏子剽轻精悍能扑跌打者三四十人，搬演《目连》。凡三日三夜，四围女台百什座，戏子献技台上。如度索、舞绖、翻桌、翻梯、筋斗、蜻蜓、蹬坛、蹬臼、跳索、跳圈、窜火、窜剑之类，大非情理。凡天地神祇、牛头马面、鬼母丧门、夜叉罗刹、锯磨鼎镬、刀山寒冰、剑树森罗、铁城血澥，一似吴道子地狱变相，为之费纸扎者万钱。人心惴惴，灯下面皆鬼色。戏中套数，如招五方恶鬼，刘氏逃棚等剧，万余人齐声呐喊，熊太守谓是海冠卒至，惊起，差衙官侦问，蕴叔自往复之，乃安。

张岱记述“旌阳戏子”演目连戏中的度索、舞绖之类表演和招五方恶鬼、刘氏逃棚的场面，都是郑之珍剧本中没有的。各地的目连戏班各有戏路，“旌阳戏子”按照他们演员“剽轻精悍能扑跌打”的特点，在目连戏里有所发挥，使演出有其特色。郑之珍的剧本是连台3天演完。民间目连戏有连台3天的，有连台7天的，甚或有演一两个月的。演出时间的长短，多据当时当地的经济条件，筹款情况而定；演出的目的是打醮、还愿或禳灾、祭祖、佛诞、赈孤等；并据观众的欣赏习惯、剧团及演员的条件而定演出时间和内容。

目连救母戏剧，以目连的母亲刘青提被打入地狱受苦刑，目连不避艰险，遍游地狱寻母、求佛救母为主要情节；在表现母子亲情的同时，宣扬了封建孝道、宗教、迷信和因果报应。它符合封建社会的人情和伦理，唱词通俗易懂，唱腔为群众所熟悉，符合观众口味。江西的赣剧、弋阳腔，湖南长沙、常德（武陵）、祁阳、辰河诸剧种的高腔，四川的川剧高腔，浙江的新安西安、西吴、侯阳、松阳诸高腔和绍剧的调腔，安徽的徽剧，云南的滇剧，北京的京腔，福建的闽剧、莆仙戏，广东的粤剧、正字戏、汉剧、白字戏、潮剧以及湖北的清戏，山西和陕西的清戏等，高腔系统或与高腔沾亲带故的剧种，都保留有或曾有过目连戏。仅高腔系统的目连戏，已遍布中华半壁河山。梆子系统剧种也有或曾有目连戏。他们有的直接搬演目连变文，有的是北宋解体时由当年逃出汴京的勾肆乐人带去的，有的是由邻近地区剧种传来的，诸如此类，各有不同。从总的情况看，目连戏曾经几乎传布全国。

目连戏是民间唱起来的，是民间艺人艺术创作的积累。目连戏多在乡村或城镇的广场上搭临时舞台演出，也有演出于佛寺、道观、宗族祠堂和庙宇的庙台上的。清代康熙皇帝玄烨曾拿出1 000两银子，于1683年在后宰门（今故宫博物院）大门前搭高台，演目连戏。后来乾隆皇帝弘历又命张照编撰了连台10本的《劝善金科》。各地的木偶戏，如祁阳杖头木偶、泉州提线木偶等，都把目连戏作为常演的看家节目。佛教和道教，都曾有过演目连戏的戏班；许多地区的傩戏中，也有目连救母题材的剧目。

当今方兴未艾的目连热

目连戏是古老的剧目，保留了许多古老的曲牌。它要表现天上的佛国仙土、人间的贤愚忠孝、地狱的褒善惩恶。戏中有神、佛、人、鬼各种形象，以及他们在不同情况下不同的心理状态和神情。艺人中流行着这样一句话："世上有的，目连戏里全有；目连戏里有的，世上不全有。"既表明目连戏表现手法和手段极丰富，也说明它像一面镜子，反映出我国封建社会纷纭世态中人物的千姿百态。目连戏中有许多独特的造型和舞台技艺，包罗本剧种所有的表现手法和手段，因而被艺人尊为戏祖，被戏曲学者称为舞台上的活化石。会演目连戏的艺人，便能演本剧种的任何传统剧目，应付和处理舞台上的各种难题。过去剧团延聘演员和乐师，甚至捡场人、管箱人，都把会不会演目连戏作为一个很重要的标准。会目连戏的演员和乐师，被公认为艺高一筹，包银或工资也要高一二个档次。

抗日战争胜利以后，演连台本目连戏的渐少，但目连戏中的一些单折或短段仍常见于舞台。如京剧、昆剧和一些地方戏中的《游六殿》、《滑油山》、《思凡》、《双下山》、《舞钟馗》、《老背少》（或《哑夫背瘫妇》，是《目连传·博施济众》中的片断）；还有《三匠争席》、《王婆骂鸡》等。鲁迅曾有专文谈《目连传》的某些折子戏，如《女吊》、《五猖会》、《无常》；周作人《谈虎集·乡村和道教思想》一文中谈的《张蛮打爹》，也是《目连传》中的散折。1942 年 8 月，田汉在桂林"偶然获读（湘剧《会缘桥》的）剧词，触及前尘，忽动雅兴，想把这一有趣的旧台本加以新的解释，因以数日之力写成此剧（指《新会缘桥》，见田汉1942年8月18日给熊佛西的信，载湖南人民出版社1981年版《田汉戏剧选》)”。这《会缘桥》是《目连传·博施济众》中的后半段，包括《老背少》。田汉用“新的解释”，将这段戏的历史背景改到明代，借文焕投俞大猷军抗击倭寇的故事，宣传抗日。

目连救母故事源于《盂兰盆经》，由俗讲僧人发展成目连变文，再被搬上戏曲舞台。这故事在传播中不断得到丰富、发展、完善、中国化。目连戏在民间演出数百年，反映和沉淀了数百年来民间的风情习俗，表现出观众的爱憎。舞台上的目连，已不是有异国情调的天竺“番僧”。出家前的罗卜，是个中国社会承认的世俗孝子；出家后的目连，是个地地道道的中国和尚。这个佛家弟子血管中流的是中国人的血液，言行里凝聚有中华民族的传统美德，思想上抹不掉儒家、道教甚或巫教的烙印。目连戏是佛教文化和我国传统文化融合的产物，也是佛教文化中国化的见证和缩影之一。戏中沉淀和反映出数百年历史中民间的风情习俗，因而受到专家们的关注。薛若邻说：

> 目连戏几乎包容了天地间的各种事物。其中既有哲理，又有人情；既有理想，又有现实；既有生活中的真事，又有民间传说……目连戏把戏曲意识、宗教意识和民俗意识编织在一起，使戏剧文化、宗教文化和民俗文化高度融合，造成多元文化的集结。这样的格调是各个阶级、各个阶层都乐意接受的。(《“目连热”之我见》，载1988年10月21日《人民日报·海外版》)

从目连戏的出现、发展、成熟、流传的过程中，我们可以窥见佛教文化和本土文化之间的矛盾、撞击、交流、融合的轨迹；探知目连戏对于戏曲艺术的形成、繁荣、发展的影响。目连戏也能为研究民俗、人伦、方言、宗教史、艺术史提供一些素材，因而引起这些方面的学者们注意。1984年10月，在湖南省祁阳县举行的祁剧目连戏发掘演出和目连戏学术座谈会，有来自全国的80多位专家学者和湖南的一批戏曲工作者参加。以后，有1987年8月在美国加利福尼亚大学伯克利分校、1988年4月在安徽省祁门县、1989年10月在湖南省怀化市、1993年9月在四川省绵阳市的目连戏国际研讨会等。这些学术活动，不仅有海峡两岸的学者参加，且有日本、美国、法国、荷兰的学者参加。他们中有研究历史的、文学的、民俗学的、民间文学的、方言学和宗教的。一股研究目连戏的热潮方兴未艾。

开南戏之先河

文学和戏曲史学家认为，南戏是我国戏曲最早的成熟形式，它奠定了我国戏曲艺术的基础，对明、清以至今天的戏曲影响很大。什么是南戏？钱南扬先生为《中国大百科全书·戏曲曲艺》写的“宋元南戏”条目，开宗明义便界定：

> 12世纪30年代至14世纪60年代，即北宋末叶到明初，在中国南方流行的戏曲艺术。宋元南戏又称戏文、南曲和南曲戏文，或南戏文。

这在历史的竖坐标上，有年代的限制，以区别于唐戏弄和明清传奇；在地域的横坐标上，有流行区域的界定，以区别于金院本和北杂剧。钱先生还说：

> 在它早期，因其最初产生在浙江温州（一名永嘉），故又称温州杂剧或永嘉杂剧。（着重点是引者加的）

钱先生从诸多藏书目录和曲谱目录中，辑录到238个宋元南戏剧目，并对这些剧目的存佚情况进行了分析。这些剧目中没有《目连救母》或《目连传》。是诸多目录有遗漏？还是《目连救母》不算南戏？这还得从“南戏”一词研究起。

南戏一词，不见于宋，但见于元、明以后，是元、明人研究戏曲发展的历史时创造的：

> 南戏出于宣和（北宋徽宗年号，1119—1125）之后、南渡（1127）之际，谓之温州杂剧。（明·祝允明《猥谈》）

> 南戏始于宋光宗朝（1190—1194），永嘉人所作《赵贞女》、《王魁》二种实首之。（明·徐渭《南词叙录》据明·叶子奇《草木子·杂俎篇》）

南是与北相对的方位词。《论语·子路》有“南人有言曰，人而无恒，不可以作巫医”；《三国志·赤壁之战》有“南人驶船如使马”。这两处“南”字，都是方位性的泛指。到了元代，“南”字被赋予了另外一重意思。元朝统治者施行“分而治之”的种族歧视政策，将被统治的人民分为蒙古人、色目人、汉人、南人四等。元朝统治阶级是蒙古人，蒙古人在政治和社会地位上高人一等；第二等的是色目人，包括早期和蒙古统治者有关系的西北和北方的少数民族；再次一等的是汉人，包括北宋和金亡后被蒙古统治的北方汉族人及契丹、高丽、女贞等民族；最底层的是南人，即南方的汉人、南宋的遗民。元朝统治者把南人压在最低层，是因为他们向南方进军时遭到南方军民的顽强抵抗。南戏的“南”字，或多或少受元代统治思想的影响，因而祝允明、叶子奇、徐渭等，都认为南戏最早产生于温州（永嘉），宋光宗时出现的《赵贞女》、《王魁》是最早的南戏剧目。

稍微细读一下上文引的《猥谈》，便可发现其中泄露的信息：“南戏出于宣和之后、南渡之际”，原来《赵贞女》、《王魁》之前七八十年的北宋宣和年间便有南戏了。当时有哪些剧目，却没有说。任何一种在群众中和历史上经受得起检验的文学艺术形式，都不可能是在某一天突然出现的，也不可能是某一位或几位大师，灵机一动创造出来的。它必然有个萌芽、发展的过程。这个过程要有历史的积累，群众（读者或观众）的拥护，然后才可能被某位大师或某个艺术家群体发现。艺术家们在民间创造的基础上对某种文学艺术形式总结、整理、提高和完善，赋予它时代精神，发挥其艺术特色，使其成为一面旗帜，得到推广。四言诗、五言诗、楚辞、汉赋、六朝骈体、唐格律诗、传奇故事、唐宋古文、宋词、元曲、话本、章回小说等，莫不如是。南戏亦然，它是北宋杂剧（包括《目连救母》杂剧）的继承、延伸和发展。

北宋出现如《东京梦华录》记述的那么丰富的民间艺术和勾栏，有其特定的历史原因。首先是宋继承了唐代丰富多彩的文学艺术。其次是宋太祖赵匡胤有鉴于唐末藩镇割据，于开国的第二年（961），杯酒释兵权，让功臣辞去军职，多积田产金钱和歌儿舞女，君臣无猜地过太平日子。这便开了歌舞享乐之风。军权集中到枢密院，财权也集中到中央，设盐铁、户部、度支三司料理。朝廷大开仕途，高官厚禄网罗人才。在这种情况下，北宋150年没有内战和外侮，统治阶级尽情搜刮、享乐，商业城市发展很快；说话、杂剧、影偶、诸宫调等市民文化，也迅速发展。赵匡胤的政策虽使君臣无猜、歌舞升平，却导致国弱民穷、内忧外患频仍，致有靖康之难。南宋偏安江左，江浙土地肥沃，物产丰富，人文荟萃，气候宜人，交通便利，又未受战争创伤，“民物康阜，视京师其过十倍”（《都城纪胜·录序》）。高宗赵构为了保住自己的皇位，从来没有光复北方领土的念头；他有富沃的江南和美丽的西湖山水可供享乐，勉强撑持着半壁山河，过着醉生梦死的生活。故诗人有“西湖歌舞几时休”的感叹。江南原本文化生活活跃，为适应宋室小朝廷享乐需求，文化娱乐又有新的发展。永嘉杂剧或因成熟较早，因留下的剧本或记述较多，被推为南戏的代表是可以理解的。然而白马非马，局部不等于全盘。永嘉杂剧不见得是南戏的早期形态，南戏也不见得最初产生在温州。很明显，北宋末期的《目连救母》杂剧比《赵贞女》、

《王魁》早，只是因为民间艺人和戏曲艺术的地位卑微，史志不载，儒硕少谈，文献无考；何况成书于嘉靖己未（1559）的《南词叙录》，所依据的史料极有限，且距南渡已400余年了，即使传闻也难免不走样。20世纪以来，随着史料、实物不断被发现，王国维以后，研究、考据日益深入，特别是近年对目连戏的研究探讨，南戏和永嘉杂剧间的这个等号，以及永嘉杂剧是南戏之始的说法动摇了。

再看看永嘉杂剧（温州杂剧）是怎样出现的？《南词叙录》透露了信息：

其曲，则宋人词而益以里巷歌谣，不叶宫调，故士大夫罕有留意者。

这里说的“宋人词”，是指北宋时的人作的词；“里巷歌谣”指南方的，也是南宋的地方里巷歌谣。徐渭这段笔记包含有这个意思：南戏最初时，有北宋的本子（词）而用南方曲调演唱的。这些“宋人词”是随宋室南迁的艺人带到南方的。宋神宗元丰八年（1085）刊印的《九域志》，说杭州有主户16万多户、客户不到4万，总共不过20万户。宋光宗（1190—1194）时修的《中兴两朝国史》说，临安（杭州）户口已达26万多户。增加的6万多户20多万人中，相当大的部分是随宋王室南来的。这中间便有王室的娱乐团体教坊、钧容直和宗室贵官的家伎乐奴。《武林掌故丛编本》载《都城纪胜·录序》叹曰：“宋自南渡之后，半壁仅支，而君若臣，溺于宴安，不以恢复为念。西湖歌舞，日夕留连。岂知剩水残山，已无足恃。顾有若将终焉之志，其去燕巢危幕几何矣！”

宋室南迁，汴梁及中原的一些居民，包括小贩、艺人，或不甘心受异族统治，或依附于皇室糊口，随高宗赵构迁到杭州来的不少。周密《武林旧事》中不乏这方面的记载：

淳熙（宋孝宗年号）五年二月初一日，上过德寿

> 宫起居，太上留坐冷泉堂，进泛索讫……太上宣索市食，如李婆婆杂菜羹、贺四酪面、脏三猪胰、胡饼、戈家甜食等数种。太上笑谓史浩曰："此皆京师旧人。"各厚赐之。(卷之七《乾淳奉亲》。按：宋高宗太子元懿早逝，以赵德芳的后代、秀王赵偁的儿子赵昚继位，是为孝宗；尊赵偁为"太上")
>
> 淳熙六年三月十五日，车驾过宫，恭请太上、太后幸聚景园。次日……又至珍珠园……时有卖鱼羹人宋五嫂对御自称东京人氏，随驾到此。太上特宣上船起居，念其年老，赐金钱十文、银钱一百文、绢十疋，仍令后苑供应泛索。(卷之七《乾淳奉亲》)

此外，《武林旧事》卷第六"诸色伎艺人"中，列傀儡艺人名有张金线。孟元老《东京梦华录》卷第五"京瓦伎艺"中也有"悬丝傀儡张金线"，应该是同一人，这人从汴梁到了杭州。周密和孟元老年龄相距约130岁，张金线绝不可能有这么长的寿命，周密怎么会记下他的名字？一是他在艺术上很有名，可能还有徒子徒孙在杭州卖艺，因而名字留传下来；一是有可能张金线的名字和李婆婆、宋五嫂一样，周密是从别人的记述中得来的。周密在《武林旧事》卷第七开头，有一段按语说：

> 此书丛脞无足言，然间有典章一二可观，故好事者或取之，然遗阙故不少也。近见陈源家所藏《德寿宫起居注》及吴居父廿升所编《逢辰》等录，虽皆琐碎散漫，参考旁证，自可互相发挥；又皆乾、淳奉亲之事，其一时承颜养志之娱，燕间文物之盛，使观之者锡类之心油然而生。其于世教民彝岂小补哉！因辑为一卷，以为此书之重……

这段按语说明，《武林旧事》卷之七，周密是有根据而写的。这些根据中包括《德寿起居注》。这是皇宫中的专职史官按日记录的德寿宫（孝宗的生父所居宫殿）的生活实录，是日后修史的原始记录。

张金线的名字留下来了，更多的从汴梁随宋室来杭州的艺人的名字，却被历史湮灭。这些逃难来杭州的艺人会使出浑身解数来争取观众，课子带徒以求发展。他们在南宋的繁华中作出的贡献，可从《梦粱录》、《武林旧事》等笔记小说中得到证实。吴自牧《梦粱录》卷二十“妓乐”、“百戏伎艺”等条，将临安与汴京作了对比式的记述：

向者汴京教坊大使孟角球曾做杂剧本子，葛守诚撰四十大曲，丁仙现捷才知音；南渡以后，教坊有丁汝弼、杨国祥等……顷在汴京时，村落野夫罕得入城，遂撰此端（指杂扮），多是借装为山东、河北村叟，以资笑端。今士庶多以从者，筵会或社会，皆用融和坊、新街及下瓦子等处散乐家，女童装末，加以弦索赚曲，只应而已……说唱诸宫调，昨汴京有孔三传编成传奇灵怪，入曲说唱；今杭城有女流熊保保及后辈女童皆效此，说唱亦精，于上鼓板无二也。……唱赚在京时，只有缠令、缠达……今杭城老成能唱赚者，如窦四官人、离七官人……唱嘌耍令，今者如路岐人王双莲、吕大夫唱得音律端正耳。今街市与宅院，往往效京师叫声，以市井诸色歌叫卖物之声，采合宫商或其词也。（《梦粱录·妓乐》）

又有村落百戏之人，拖儿带女，就街坊桥巷，呈百戏使艺，求觅铺席宅舍钱酒之赀……（《梦粱录·百戏伎艺》）

这些都证明，有相当一批汴梁或其他地方的民间艺人，包括勾肆乐人和路岐人，流亡到了杭州。杭州的百戏伎艺，多与汴梁一脉相承。

大批汴梁艺人涌进杭州，其中必然有参加过或看过《目连救母》杂剧演出的艺人。这些艺人中有做杂剧本子的、撰曲的、捷才知音的。当然，《目连救母》杂剧演起来不太容易，不仅要集中相当的人力、物力、财力，要有合适的时间和机会（如中元节或某种宗教仪典），适当的场地（《东京梦华录·东角楼街巷》中记述的可容数千人的瓦子或象棚），还要一个组织演出的高明指挥者（个人或群体），要许多愿为这一演出献艺的高水平演员。从现有笔记小说中，还没有发现杭州当时演《目连救母》杂剧的文字记述；《武林旧事》记述的官本杂剧段数中，也没有《目连救母》的题目。这也许是《目连救母》不属“官本”。戏曲行话中的“官”字，含有“公众”、“大众”、“经常”等意义。20世纪50年代初期，戏曲艺人把戏曲班社的集体宿舍叫“官店”——大家住宿的地方。“官本”是指多数人会的、大家共同能演的、常演的节目。《目连救母》杂剧不是谁都会演的、经常演的节目。直到20世纪，《目连救母》仍是只有少部分优秀演员才能演的节目，因而未能列入“官本”中。《武林旧事》列的官本杂剧，多是短小的段子。当时，《目连救母》杂剧还刚刚出现。这个兴师动众的连台大戏还很粗糙，既不像变文或说经，又不像讲史或诸宫调，故事是俗讲的发展，又是百戏大会串，也不好把它列入“官本”中。正是这个俗讲变文加百戏杂陈的大串演，开创了一个以故事为经、串演百戏的连台演出新形式，使中国艺坛上绽出一朵新葩——“以歌舞演故事”（王国维语）。多少年后才有《赵贞女》、《王魁》。从这个意义上说，北宋的《目连救母》杂剧开南戏之先河。

第二章　目连故事源出佛经

佛经中的目连

目连是佛教创始人释迦牟尼（约公元前565—前486）的十大弟子之一。现在较大的佛寺如厦门南普陀寺，其大雄宝殿释迦佛塑像旁塑有十大弟子，其中有目连的塑像。目连的梵文名Mahamaudgalyagana，《法华经》译为大目犍连；《阿弥陀经》译为摩诃目犍连，摩诃是梵文"大"的音译，简称目连；在别的一些佛经中译作目连、目犍连延。这些都是音译，意译为萝卜。《法华经》说："大目犍连，姓也"；《文殊问经》译作莱菔。莱菔是萝卜在我国古代的名称。汉初学者辑编的《尔雅·释草》有"莱菔"，《疏》曰："一名莱菔，今谓之萝卜是也。""莱菔"二字还曾见于明李时珍《本草纲目》中。

佛书《智度论·第四十》（龙树著）说："舍利弗是右面弟子，目犍连是佛左面弟子。"记述目连事迹的佛经、佛书，除《法华经》外，如北凉昙无谶译、马鸣的《佛所行赞》中，有目连和舍利弗皈依释迦牟尼的故事。有一批题目中嵌有目连名字的佛经书，如马鸣《大庄严论》卷七有《目连教二弟子缘》、阿毗达摩《识身足论》卷一有《目乾连蕴》，宋法天译有《目连所问佛》一卷，明朝惟代译有《佛说目连五百句问经略解》三卷，明朝永海译有《佛说目连五百句问戒律中轻重事经绎》二卷。

梁天监7年至15年（508—516）僧旻和宝唱撰集的、我国最早的佛教类书《经律异相》的《僧部第三》中，有一些关于目连的故事，从标题看便有：《舍利弗、目连涌现神力》、《目连使阿耆河水涨化作宝桥渡佛》、《目连为母造盆》、《目连为魔所挠》、《目连劝弟布施并示报处》、《目连伏菩萨慢》、《目连以神力降化梵志》、《目连化诸鬼神自说先恶》、《目连现二神足降二龙王》、《目连迁无热极池现金翅鸟》、《目连三观不中其心皆实》、《目连心实事虚》……这些故事摘自《增一阿含经》、《僧祇律》、《弊魔试目连经》、《目连布施望即报经》、《密迹金刚力士经》、《佛说志心经》、《降龙经》、《弘道广显三昧经》、《卜诵律十诵》和《佛说盂兰盆经》等。在佛教中，目连是个有传奇色彩的人物。

目连是古印度摩揭陀国悉苏那伽王朝的都城王舍城人，属古印度世代为僧侣贵族的婆罗门种姓。王舍城也是释迦牟尼得道的地方，在今尼泊尔境内。这个城毁坏得早，玄奘《大唐西域记》中，记载有毁城后的故址和有关释迦故事的名胜古迹。目连和舍利弗原先都随六师外道删阇耶学道，且各自带有上百名弟子。他俩不满足自己的道行，听马胜比丘说释迦在王舍城竹林精舍讲道，两人便去听释迦说法；悟了道，带着他们的弟子皈依佛教，成为释迦牟尼十大弟子中的两位。舍利弗被称为智慧第一，目连被称为神通第一。据说目连神通广大，能轻而易举地飞越兜率天，故又被称为神足第一。《天台净名疏》说，佛的十大弟子“虽各掌一法，何曾不具十德，自有偏长，故称第一”。据说目连是被婆罗门教徒打死的，《阿含经》说，佛祖涅槃（圆寂）之前，上足二弟子要先涅槃，这是三世诸神的常法。目连入罗阅城化缘乞食，被拿着棍棒的梵志们（相传婆罗门为梵天的后代而行梵法，故称梵志）看见，被打得皮开肉绽。他回到舍利弗处，舍利弗问他：“你是神通第一，为什么不回避？”目连说：“我宿业极重，特来辞别，再取涅槃。”舍利弗说：“我先灭度（与涅槃同义）。”他们分别去释迦牟尼处告辞，又各自为亲戚乡人说法，然后涅槃。1951年，印度考古局的英籍工作人员孔宁汉，在孟买东549英里的山奇地方，对几座古塔进行挖掘，挖出两个盛骨灰的石匣，匣上分别写有舍利弗和目连的名字。同年，尼泊尔佛教复兴会迁回首都加德满里，举办了舍利弗和目犍连灵骨展，国王亲自主持开幕式。由是证实目连实有其人。

佛经中有两部经说到目连救母的故事，但说法不一样。一部是马鸣的《弥勒会见记》，一部是不署作者、但署译者竺法护的《盂兰盆经》。

马鸣是古印度的佛学家、诗人、梵剧初期剧作家，约生于公元前1至2世纪间，佛教中尊称他为马鸣菩萨。他的重要著作《大庄严论》、《佛所行赞》早已被译成汉文，为中国佛教徒传诵。20世纪初，法国人吕德（Lüdes）教授在我国新疆吐鲁番地区发现了马鸣的三个梵剧剧本，其中一个是《舍利弗传》的残卷。20年代，德国有个考察队在新疆焉耆的舒尔楚克，找到了转译为吐火罗文（古代曾经流行于新疆的语言和文字）的马鸣《弥勒会见记》残页。1959年4月，新疆哈密沿天山脱米尔提北坡的佛庙遗址，出土了一部规模较大的回鹘文（唐至明即8至12世纪流行于维吾尔族人中的文字）的戏剧抄本《弥勒会见记》，共293页，586面。全剧27幕，包括序幕和尾声。这是根据吐火罗文本转译的，其中有目连皈依佛教的情节；释迦佛为拯救兄弟难陀特勒，化身往阿鼻地狱的情节；佛门子弟冥间营救目连的母亲的情节。在《弥勒会见记》里，去冥间救出目连的母亲的，不是目连自己，而是仰慕目连圣尊美德的摩利吉等人。《弥勒会见记》可能未被译成汉文，因而未全文传入中原。其中有关救目连的母亲的故事，可能是西域来中原的经师或去西域取经的中原和尚耳听口传过来的。

中国佛教的孝经：《盂兰盆经》

《佛说盂兰盆经》或称《盂兰盆经》，是专说目连救母故事的佛经。它被学者们认定是我国汉族地区有目连救母故事的开端。盂兰盆是音译，意译是解倒悬。“解倒悬”出自《孟子·公孙丑上》：“万乘之国行仁政，民之悦之，犹解倒悬也。”倒悬，用现代语说是“倒挂”，指人被头朝下、脚朝上倒挂着，倒挂着的人不仅难受极了，而且生命攸关。佛经借孟夫子的这句话，比喻目连的母亲在地狱的困苦危急境遇。在这里可看出佛门子弟对儒家经典的熟悉。《盂兰盆经》译者竺法护，是我国佛教史上有名的高僧。

> 竺昙摩罗刹，此云法护。其先月支（秦汉时游牧于敦煌、祁连间的少数民族，或称月氏）人，本姓支氏，世居敦煌郡。年八岁出家，事外国沙门竺高座为师，诵经日万言，过目则能；天性纯懿，操行精苦，笃志好学，万里寻师。是以博览六经，游心七籍，虽世务毁誉，未尝介抱。是时晋武之世，寺庙图像虽崇京邑，而方等深经蕴在葱外。护乃慨然发愤，志宏大道，遂随师至西域，游历诸国，外国异言三十六种，书亦如之，护皆遍学。贯综诂训，音义字体，无不备识。遂大赍梵经，还归中夏，自敦煌至长安，沿途传译，写为晋文。所获览即正法、华光赞等一百六十五部，孜孜所务，唯以弘通为业。终身写译，劳不告倦，经法所以广流中华者，护之力也。……护世居敦煌，而化道周洽，时人咸谓敦煌菩萨也。（梁慧皎《高僧传·竺昙摩罗刹传》）

> 有月支沙门竺法护，西游诸国，大得佛经，至洛翻译，部数甚多。（《隋书·经籍志》）

法护是我国佛教大乘的早期翻译家和名僧，晋武帝司马炎、惠帝司马衷时（265—306）来中原，得聂承远、道真父子和陈士伦、孙伯虎、虞世雅等人协助，译经40多年。《高僧传》说他译经165部，《历代三宝记》说他译经210部394卷，《出三藏经》说他译经154部，《开元录》说他译经175部354卷。可惜没有详细目录，说不清《盂兰盆经》是否包括在内。

被译成汉文的《盂兰盆经》只有800余字。经中说目连得道后，欲报父母哺乳之恩，以道眼观世间，看见自己的母亲在饿鬼群中，没有饮食，皮骨悚立。他以钵盛饭奉母，饭未进口就化成火炭。他向佛求救，佛说，目连的母亲罪孽深重，目连一人无力量救她，要借十方僧众之力。佛要目连在七月十五日僧自恣日，具饭百味五果、汲罐盆器、香油锭烛、床敷卧具、尽世甘美，以着盆中供养十方大德众僧，才能使母解脱地狱之苦，衣食自然。目连按佛的指示办了，使母亲解脱。在这卷经里，目连的母亲没有姓名，也没有具体说她的罪孽是什么，没有叙述目连救母的艰辛劳苦，也没有描述目连的母亲在地狱里受的具体刑罚。

中外都曾有学者怀疑《盂兰盆经》不是从梵文经中译过来的，并从佛经体例、文字和经中的一些提法，列出不同于其他佛经的地方。

翻译佛经是我国对外文化交流中年代早、劳动量大的工作。译经工作初期，困难很多，首先是纸未普及，更没印刷术，梵文佛经在印度和我国多凭口授心记，很少有文字相传。这可从史书和高僧传记中窥测一斑：

> 哀帝元寿中（公元前2年—公元前1年），景宪受大月氏王口授浮图经。（《魏书·释老志》）

> 外国僧法皆跪而口授。同师所受，若十、二十，转以授后学。（道安《疑经录》）

外国法师，师徒相传。以口授相传，不听载文。(《分别功德论》)

沙门法显自长安游天竺，经三十余国还至金陵……(《隋书·经籍志》)

（法显）以晋隆安三年（399）与同学慧景、道整、慧应、慧嵬等，发自长安，西渡流沙……至天竺，后至中天竺于摩羯提邑波莲弗阿育王塔南天王寺，得《摩诃僧祇律》，又得《萨婆多律》，抄杂《阿毘昙心綖经》、《方等泥洹经》等。显留三年，学梵语梵书，方躬自书写，于是持经像寄附商客到师子国……（慧皎《高僧传·法显传》)

僧伽跋澄，此云众现，罽宾人……苻坚建元十七年（381）来入关中。先是大乘之典未广，禅数之学甚盛。既至长安，咸称法匠焉。苻坚秘书郎赵正，崇仰大法，尝闻外国宗习《阿毘昙毘婆沙》而跋澄讽诵，乃四事礼供，请译梵文。遂共名德法师释道安等，集僧宣译。跋澄口诵经本，外国沙门昙摩难提（汉名法喜）笔受为梵文，佛图罗刹宣译，秦沙门敏智笔受为晋本……（慧皎《高僧传·僧伽跋澄传》)

其次是天竺语法和我国差异很大，增加了译经工作的难度。三国时，著名的翻译家、月支来华僧人支谦对江南佛教的传播，曾作出贡献：

先有优婆塞支谦，字恭明，一名越，本月支人，来游汉境。初，汉桓、灵之世（147—184），有支谶译出众经。有支亮，字纪明，资学于谶。谦又受业于亮，博览经籍，莫不精研；世间技艺，多所综习；遍学异书，通六国语……谦以大教虽行而经多梵文，未尽翻译。已妙善方言，乃收集众本，译为汉语。从吴黄武元年（222）至建兴（252—253）中，所出《维摩》、《大般泥洹》、《法句》、《瑞应本起》等四十九经，曲得圣义，辞旨文雅……（慧皎《高僧传·康僧会传》）

“博览经籍，莫不精研”，“遍学异书，通六国语”，又“妙善方言”如支谦者，犹在《法句经·序》中感叹译经之不易：

诸佛典在天竺。天竺言语与汉不同，云其书为天书，语为天语。名物不同，传实不易。

东晋名僧、译经家道安，在慧皎《高僧传》中得到很高评价：

初，经出已久，而旧译时谬，致使深藏隐没未通。每至讲说，唯叙大意，转读而已。安穷览经典，钩深致远。其所注《般若》、《道行》、《密迹》、《安般》诸经，并寻文比句，为起尽之义，乃析疑甄解，凡二十二卷。序致渊富，妙尽深旨；条贯既叙，文理会通，经义克明，自安始也。自汉魏迄晋，经来稍多，而传经之人，名字弗说。后人追寻，莫测年代。安乃总集名目，表其时人；诠品新旧，撰为经录。众经有据，实由其功。（《高僧传·道安传》）

正因为道安看得多，研究得多，在《摩诃钵罗若波罗密经抄序》中，提出“三不易”、“五失本”的译经原则。“三不易”是：

圣必因时，时俗有易，而删雅古以适今时，一不易也。愚智天隔，圣人叵阶，乃欲以千岁以上微言传，使合百王之下末俗，二不易也。阿难出经，去佛未久，尊者大迦叶令五百六通，迭察迭书。今离千年，而以近意量裁，彼阿罗汉乃兢兢若此，此斯人而平平若此，岂将不知法者勇乎？斯三不易也。

古今时俗不同，如何使古俗适应今天的读者？千年前圣人的语言，如何使后代的凡人理解？这是两件不容易的事。当年阿难组织记录整理佛经时，释迦去世不久，大迦叶组织的500位有道高僧，尚且兢兢业业地回忆、笔录，反复校勘，现在由我们这些平凡的人来翻译，无处征询校核，这是第三件不容易的事。道安说的“五失本”是：

> 一者胡语尽倒，而使从秦，一失本也；二者胡经尚质，秦人好文，传可众心，非文不合，斯二失本也；三者胡经委悉，至于咏叹，丁宁反复，或三或四，不嫌其烦，而今裁斥，三失本也；四者胡有义说，正似乱辞，寻说向语，文无以异，或千五百，刈而不存，四失本也；五者事已全成，将更旁及，反誊前辞，已乃后说而悉除，此五失本也。

道安的大意是：第一，梵语因词性、辞法比汉文复杂，用法也不同，且每个词在句子里的位置不同，我们读去像倒装、倒置，如果直译成汉文，不仅读起来不顺口，且读不懂。第二，梵文佛经是按印度人的习惯朴质地表达事理，汉文要讲究顺口和文采。为适应我国读者和听众，翻译后要进行适当的润饰。道安从请赵正润色《婆须密经》开始，译场便聘有专门润色文采的人员。第三，梵经繁琐，偈、颂常常和经文重复，印度僧人咏诵起来韵味无穷，译成汉文后失去原有的音乐节奏和韵味，无法吟咏，且显得啰嗦，要适当删节。第四，梵文经说完一件事后要另说一件事，往往要把已说过的事复述一遍。这种重复，应当允许删节。

历代佛学界对道安的“五失本”、“三不易”都给予很高的评价：

> 道安著论，五失易窥；彦琮属文，八例难涉。斯并古今通叙，岂妄登临……（唐道宣《续高僧传·译经论》）

> 逖观道安也论五失三不易，彦琮也籍其八备，明则也撰翻经仪式，玄奘也立五种不翻，此皆类左氏之诸凡，同史家之变例。（宋赞宁《宋高僧传·译经论》）

现代学者钱钟书称“五失三不易”为“吾国翻译学术开宗明义”之篇。

道安提出的“五失本”、“三不易”的译经原则，得到当时的很多译经家认可而实践。天竺高僧鸠摩罗什博览梵文佛典，又具汉文修养，约在苻坚建元十八年至十九年（382—383）间，被接来长安译经，且和道安共过事。罗什译的佛经，不仅不失原意，且能保存原文语趣，便于中国僧俗吟诵、理解。《高僧传》说他“出言成章，无所删改，辞喻婉约，莫非玄奥”。慧观为罗什写的《华法经序》中评价：“曲从方言，趣不乖本。”这本《华法经》为表达言外之意，罗什有所增补；罗什译的《智度论》，为适应中国文字简练的特点，删去很多重复之处；罗什译的《中论》则既有删繁，又有补阙。慧皎《高僧传·昙无谶传》还记有谶译《涅槃经》有删节的事：

> 河西王沮渠蒙逊僭据凉土（401—432），自称为王，闻谶名呼与相见，接待甚厚。蒙逊素奉大法，志在弘通，欲请出经本。谶以未参土言，又无传译，恐言舛于理，不许即翻。于是学语三年方译写……续译《涅槃经》为三十三卷，以伪玄始三年（414）初就翻译，至玄始十年（424）十月二十三日三帙方竟，即宋武永初二年也。谶云：此经梵本三万五千偈，于此方减百万言，今所出者只一万余偈。

现存的敦煌写本《诸经杂喻因迪记》，又是一个有删节的例子。其第一篇《莲花色尼出家》，叙述莲花出家的原因时，删去了梵本中说的最关键的缘由：莲花色尼出家前曾多次出嫁，已不认识自己的许多子女，以至和自己的女儿一起嫁给自己的儿子，羞愧难容，才使她出家为尼。这从中国的观念看是乱伦，是大逆不道、十恶不赦。因而译成汉文时，这一段情节被删去。

中国和日本的佛学家中，有人怀疑《盂兰盆经》不是从梵文经中译来的。日本梵文学家岩本裕《目连传说与盂兰盆》（宝藏馆 1968 年，京都）举出的理由主要有几点：第一，内容不见于现存梵文佛经及其他文字佛经；第二，印度佛经只有“天眼”的提法，《盂兰盆经》中“道眼观世界”的道眼是中国的说法；第三，佛经中没有孝顺的概念；第四，佛经中数字多用“五”或“七”，不用“六”，《盂兰盆经》有“六亲眷属”不是梵文经中的；第五，梵文佛经的开头，常用“如是我闻”、“与大比丘众万二千人俱”，没有像《盂兰盆经》这样“闻如是”开头的……岩本裕或许是忽略了佛经中译过程中有选、删、增、节这一事实及其理论；1959 年新疆哈密沿天山脱米提北坡佛庙遗址出土的回鹘文本《弥勒会见记》，也解答了他的某些问题。至于“道眼”的提法，在中国佛教中是常用的，并不碍于《盂兰盆经》。《楞严经》一，有“发妙明心，开我道眼”。中国古代常用道以喻佛：

晋宋间佛学初行，其徒犹未有僧称，通曰道人。（南宋·叶梦得《避暑录话》卷二）

道士与道人战儒墨，道人与道士辩是非。（《南齐书·顾欢传》）

佛教初传此方，呼僧为道士。（唐·宗密《盂兰盆经疏》）

闲宴修道之处，谓之道场。（《维摩经·僧肇注》）

菩提树垣正中，有金刚座……证圣道所，亦曰道场。（唐·玄奘《大唐西域记》卷八）

大业九年（613），诏改天下寺曰道场。（宋·志磐《佛祖统纪·法运通塞志》）

建于西晋泰始四年（268）的岳麓山上麓山寺，山门的对联是：

“汉魏最初名胜，湖湘第一道场”。我国至今仍有“有道高僧”的说法。何得以一“道”字而责《盂兰盆经》。说梵文译的佛经不用“六”字，也不尽然。佛经中说轮回有“六道”：天、人、阿修罗、地狱、饿鬼、畜生；“六根（六识）”：眼、耳、鼻、舌、身、意；“六尘”：声、色、香、味、触、法。《盂兰盆经》中有“目犍连始得六通”。本文前段引道安“三不易”中，也有“尊者大迦叶令五百六通”，六通是僧人修炼达到的高标准，指神足通、天眼通、天耳通、他心通、宿命通、无智通。所谓六通，身能飞天、入地、出入三界；眼能见六道众生死此生彼；耳能听六道众生苦、乐、忧、喜语言；心能知六道众生心中思念之事；且能知过去、现生、未来身世……岩本裕的理由不一定符合中国译经的实际，这争论也是一场难以打胜的笔墨官司。岩本裕另说了一点，却说在要害上：目连救母“故事一开始便含有中国人的思想特点”。

《盂兰盆经》和目连救母故事的“中国人的思想特点”是什么？从这部佛经问世以来，中国佛教内外的人士都认为是“孝”。孝，不仅不是天竺佛教的思想，且与佛教超尘出世、斩断业缘、免除轮回之苦的追求相违背，也与佛教的原旨相悖。孝，是以儒家思想为代表的中国民族的传统美德，是中国封建时代的社会基石。《盂兰盆经》是从梵文经中翻译过来的，还是中国僧人撰写的，可以探讨。它经受了千余年历史的检验，已成为我国佛教内外都承认的佛经，影响及于社会。孝，是《盂兰盆经》的重要思想内容，是目连救母故事的核心，也是佛教文化和中国本土文化融合的契机。孝的主题使佛教的目连救母故事变为我国广泛流传的民间故事。古代我国有本《孝经》，宣传的是封建孝道和以孝治国的思想，唐玄宗时被列为“十二经”之一，宋、明时合《孟子》而称“十三经”。唐文宗时（836—840）曾将《孝经》刻石于太学，定为士子必读之书。《盂兰盆经》被誉中国佛教的《孝经》。

佛教初来时曾依附于黄老

佛教的创始人姓乔答摩（Gautama），名悉达多（Siddhârtha），是古印度北部迦毗罗卫国（在今尼泊尔境内）净饭王的太子。他是释迦族人，被尊为释迦族的圣哲，音译为释迦牟尼。在佛教中，他有许多称号，如佛陀，意为觉悟者；如来佛，意为如实道来成正觉。《金刚经》说："如来者，无所从来，亦无所去，故名如来。"《佛说盂兰盆经》冠有"佛说"二字，意谓这经是释迦的门人根据释迦生前的语言整理的。这本《盂兰盆经》怎么会有如此浓郁的中国孝道内容？这得从佛教传入中国之初说起。关于佛教传入我国的时间，众说纷纭，见于正史的有：

> 释氏之学，闻于前汉。武帝元狩中，霍去病获昆邪王及金人，率长丈余。帝以为大神，引于甘泉宫，烧香礼拜。此则佛教流通之渐耳。（《魏书·释老志》）

> 霍去病为骠骑将军，将万骑出陇西击匈奴，历五王国，转战六日，过焉支山千余里，杀折兰王，斩卢侯王、执浑邪王子及相国、都尉，获首虏八千九百余级，收休屠祭天金人。（《资治通鉴·汉纪·武帝元狩二年》）

昆邪和休屠都是匈奴的部落，二者毗邻。《汉书·地理志》说，休屠王居休屠泽。休屠泽在武威东北，现在的甘肃民勤县境内，显然不是印度。佛教徒和一些史学家曾认为金人是佛像，《魏书·释老志》只说"佛道流通之渐也"；《资治通鉴》说的"祭天金人"，是不是流入中国的佛像，还可研究。《魏书·释老志》还说："及开西域，遣张骞使大夏，还，云身毒国有浮图之教。"浮图是佛陀的异字音译。当时的大夏国在今阿富汗北部。张骞第一次从大夏回来，是元朔三年（公元前126）；第二次是元狩四年（公元前

119）出使乌孙，他派副使去大夏。张骞只知道身毒国（印度）有佛教，可见佛教还未传入我国。到东汉明帝时（58—75），我国已有佛教了。明帝叫刘庄，是东汉开国君主光武帝刘秀的儿子。刘庄的弟弟刘英便敬佛信佛。《后汉书·楚王英传》说：

> 英晚年更喜黄老学，为浮图斋戒祭祀。永平八年(65)，诏令死罪皆入缣赎。英……奉送缣帛赎衍……诏报曰：楚王英诵黄老之微言，尚浮屠之仁慈；洁斋三月，与神为誓。何嫌何疑，当有悔吝，其还以助伊蒲塞、桑门之盛馔……因以班示诸国。

引文中的斋戒祭祀、伊蒲塞（不出家的男性佛教徒）、桑门（沙门、僧徒），都是说佛教的事。汉代把浮图、黄老（方士们崇拜的黄帝、老子李聃）并列，是把佛教看作神仙方术中的一个流派。《后汉书·襄楷传》中，载有襄楷上给汉桓帝刘志（146—167年在位）的疏中，有“闻宫中立黄老、浮图之祠”；《后汉书·陶谦传》说：“丹阳（今安徽当涂）人笮融，在徐州、广陵（今江苏扬州）间大起浮屠寺，上累金盘，下为重楼……作黄金涂像……每浴佛辄多设饮饭，布席于路，其有就食及观者且万余。”这件事发生在汉献帝兴平二年（195）。从这些看，东汉末年不仅帝王后宫供奉神像，民间也有不少庙宇，有笮融盖的规模很大的庙宇和金碧辉煌的佛像。浴佛（佛诞日）的盛典和布施有很大规模。

为什么佛教在我国能如此迅速传播？因为我国古人的思想有许多地方与佛教相通。如我国古代人敬天、信命、信鬼神、信报应。古人把许多弄不明白的问题（自然现象和社会问题），看作冥冥之中的天在主使、命在作弄。《论语》中记述孔子及其门徒在这方面的许多言论：

> 天何言哉！四时行焉，百物生焉，天何言哉！(《阳货》)

天生德于予。(《述而》)

死生有命，富贵在天。(《颜渊》)

君子有三畏，畏天命，畏大人，畏圣人言。(《季氏》)

获罪于天，无所祷也。(《八佾》)

一些登上封建统治者的宝座者，还制造自己的地位是天授的神话，以威吓被统治者，把自己说成是天的儿子：天子。

天命玄鸟，降而生商。(《诗·商颂·玄鸟》)

予迓续乃命于天。(《盘庚·中》)

丕显文王，受天有大命。(《大盂鼎》)

天乃大命文王，殪戎殷，诞受厥命，越厥邦厥民。(《周书·康诰》)

民反德为乱，乱则妖灾生。(《左传·宣公十五年》)

小信未孚，神弗福也。(《左传·庆公十年·曹刿论战》)

在古人的思想中，主宰和保佑人类的天，大而无当，不着边际，看得见，摸不着，说不清。可佛教给人一个具体形象：释迦佛。我国古人说的天命，也说不具体；佛教用三世因缘、六道轮回的理论，总算有个道理：现世祸福是前世种下的因，今生的善恶会结出来生的果；恶人死后，魂下地狱受罚，来生将轮回入三涂；善人死后，神归西天乐土；信佛敬佛，行善布施，可以消灾赎罪。天命难违，佛法无边，都是超人力量，祷天不如求佛。被剥削、被压迫、受欺凌的人，信了佛会感到自己受的苦难折磨，是前世作孽，今生受报，因而不去反抗，逆来顺受，但多行善事以求来生幸福。受剥削者不反抗，对于统治者、剥削者来说，是件好事，因而他们欢迎、提倡佛教。

佛教初入我国时，神仙方士之术正流行。继徐福为秦始皇求长生术之后，又有栾大为汉武帝求不老药，汉代巫风甚炽。佛教徒也有以符咒、治病、魔术显神通，以扩大宣传、吸引信徒，传播宗教的。人们把佛教当成方士、道术一类看待，因而黄老、浮图并提。佛教徒也乐于依附于道家，自命为道家的一派，还有借老、庄的语意来译经。《晋书·佛图澄传》中记有这样的传说：

> 佛图澄，天竺人也。本姓帛氏，少学道，妙通玄术。永嘉四年（310）来洛阳，自云有百余岁。常服气自养，能积日不食。善诵神咒，能役使鬼神。腹旁有一孔，以絮塞之。每夜读书则拔絮，孔中出光照于一室。又尝斋时，平旦到流水侧，从腹孔引出五脏六腑，洗之讫还内腹中。又能闻铃声以言吉凶，莫不灵验。

《晋书》是唐初房玄龄等集臧荣绪等18家《晋书》资料撰写的，不甚注意史料的鉴别取舍，多记异闻。《佛图澄传》的这些记述，表明民间传说和史家笔下，都把佛图澄当神仙方士看；服气、神咒、洗内脏等都是方士或魔术师的行为。

借道家语言解释佛经的事例很多。汉桓帝建和年间（147—149）来洛阳的安息僧人安世高，译《大安槃守意经》时，解释经名说："安为清，槃为净，守为无，意为为，是清净无为也。"三国时月支僧人支谦译《大明度无极经》，"大明"、"无极"均出于《老子》："知常曰明，复归于无极。"署名牟子的《理惑论》说："道者九十六种，至于尊大，莫尚佛也。"佛教徒以道家自居，但把佛教抬作96种道中最尊高伟大的一种。这些，都是外来文化的佛教为能在中国取得立足、生存、发展而作出的变通。

两晋以后，佛经翻译增多，佛教的教义、哲理，为更多的人了解。佛教思想像一股清新空气，吹进凝寂的两晋思想界，使士大夫文人发生浓厚兴趣。一批高层次的文化人成为佛门弟子，如慧远、慧璩、道照、道安、昙光等。慧皎《高僧传》说，慧远

“少为诸生，博综六经，尤善庄老”；慧远的弟子慧持“善文史，巧才制”；道照“少善尺牍，兼博经史”；慧璩“该览经论，涉猎书史”；昙宗“少而好学，博通众典”；昙光“五经、诗、赋及算学、卜筮，无所不贯解”；僧肇少年时“历观经史，备尽坟籍，好玄微，每以庄老为心要”；僧诠“少游燕齐，遍学外典（儒家书籍）”；慧静“少游学伊洛之间”……而此时的中原大地，清谈之风正浓，“学者以庄老为宗而黜六经，谈者以虚薄为辩而贱名检，行身者以放浊为通而狭节信，进士者以苟得为贵而鄙居正，当官者以望空为高而笑勤恪”（干宝《晋纪·总论》）。在这种思想氛围和社会风气中，一方面是佛教的般若性空理论风行，《般若经》等为大谈玄学的士大夫们阅读引用，佛学借玄学风传播。道安《毗奈耶序》说：“以斯邦人老庄行教，与方等经兼忘相似，故因风易行。”另一方面是佛教引老庄学说来诠解佛经。道安等文化水平高的中国和尚，对于沟通、协调佛教与本土文化关系，起了良好的作用。

矛盾日渐显露

与此同时，外来的佛教与以儒、道为代表的本土文化的矛盾，日渐显露。这些矛盾主要表现在四个方面：人死后有没有灵魂；要不要孝道；僧徒如何对待君王；由此而起的华夷之争。四者中，孝道是最根本的。

人死后有没有灵魂？我国殷、周人是相信有鬼魂的。他们认为鬼和人一样，有意识，有感情，知恩怨。当时虽然没有关于鬼世界的具体描绘，人们都认为鬼活动在黄泉之下。《左传》中有这方面的记载：

魏武子有嬖妾，无子。武子疾，命颗（魏武子的儿子）曰：“必嫁之。”疾病，则曰：“必以殉。”及卒，颗嫁之，曰："疾病则乱，吾从其治也。"及辅氏之役，颗见老人结草以亢杜回。杜回踬而颠，故获之。夜梦之曰："余，而所嫁妇人之父也。尔用先人之治命，余是以报。"（《左传·宣公十五年》）

《左传·隐公元年》记述郑庄公要去平定弟弟共叔段叛乱，遭到母亲武姜反对。武姜发了"不及黄泉无相见也"的咒誓。庄公平乱回来，多亏颖考叔出了个主意："掘地及泉，隧而相见"——挖了个很深的地道，母子相见，和好如初——他们认为人死成鬼，活动在黄泉之下。

和人死后有没有鬼魂相关的问题，是如何对待人生。儒家认为生死是自然规律，要积极对待生活，因而有"诚心、正意、修身、齐家、治国、平天下"一套人生哲理，主张人生要进取。道家一方面认为人生是一切患累的根源，《老子》有"吾所以有大患者，惟吾有身"；另一方面主张保养自己的身体和精神，"深根固柢，长生久视之道。"佛教的基本教义之一"四谛"中的"苦谛"、"集谛"，说人生一切都是受苦的；招致受苦的原因是贪和恋的欲望要求；只有达到寂灭为乐的涅槃境界，才能消除苦楚。佛教徒出家修行，是斩断业缘，追求涅槃。因而他们以消极态度对待现实人生和社会；对死（涅槃）则抱企望：跳出六道轮回，超脱生死而得到极乐。正由于此，佛经和佛教徒把人死后的鬼魂和鬼世界，说得活灵活现，编造出善恶有报、因果轮回的网络。儒家虽说"死生有命，富贵在天"（《论语·颜渊》），却对神鬼抱怀疑态度，也不去探讨其究竟：

敬鬼神而远之。（《论语·雍也》）

子不语怪、力、乱、神。（《论语·述而》）

未能事人，焉能事鬼……未知生，焉知死。（《论语·先进》）

到了汉代，谶纬之学盛行，神仙之风炽烈。王充（27—约97）作《论衡》，其中《精气篇》是批判灵魂之说的。王充认为，人的生命和精神，是以精气为物质基础的，“死而精气灭”，没有脱离形体而独立存在的灵魂。王充虽是针对当时流行的谶纬之学而言的，也给初传入的佛教的鬼魂之说、轮回之说以打击。

人死后有没有灵魂的争论，延续了400多年。争论的双方是儒家中的唯物主义派和佛教徒。南北朝的齐时，宰相、竟陵王萧子良为弘扬佛教，在西邸召开僧俗大会，大谈因果报应。范缜（约450—515）在会上大唱反调，“盛称无佛”，表示“不信因果”。竟陵王问他：“你不信因果，世上为什么有富贵和贫贱的区别?”他说：“人生在世，好像同一棵树上的花，一阵风刮来，有的被吹落在厅堂里的茵席上，有的被吹落在粪坑里。像你竟陵王生在皇家，就像落在茵席上的花；我出身寒微，就像落在粪坑里的花。虽然贵贱不同，却都是偶然碰上的，哪有什么因果报应!”(见梁·僧佑《弘明集》）会后，范缜将发言论点整理成《神灭论》。《梁书》、《南史》都说：“此论出，朝野喧哗，子良集僧难之而不能屈。”萧子良又用金钱和官职来收买他，要他放弃论点，也被他拒绝。范缜从“形神相即”、“形存则神存，形谢则神灭”的根本命题出发，认为“形者神之质，神者形之用”，正如刀刃和锋利一样，没有刀刃就没有锋利；人死神灭，根本没有离开身体的灵魂，更没有鬼的世界，从而认为：“浮屠害政，桑门蠹俗。”不久，萧衍取代南齐，以梁武帝身份宣布佛教为国教。萧衍为消除《神灭论》的影响，在天监六年（507），组织王公贵族及僧正60余人，再次和范缜辩论；王公贵族仍然无法难倒范缜，只好采用行政手段，下了一道《答臣下神灭论》的敕书，说范缜“违经（儒经）背亲，言语可息”——不许再说了，把范缜发配到广州。

如何对待君王，是佛教和本土文化矛盾的又一个主要方面。

在古印度，大臣觐见佛及佛门弟子，要除去冠、履，五体投地顶礼膜拜。《梁高僧传》说，鸠摩罗什在西域，“每年讲说，诸王皆长跪座侧，令什践而登焉。”这在我国是大逆不道了。《诗·小雅·北山》：“溥天之下，莫非王土；率土之滨，莫非王臣”，当了和尚也不能例外，岂能见王者不敬不拜！这个争论虽不如前者激烈，也持续了300多年。东晋高僧慧远留有《沙门不敬王者论》，但多数佛教徒早已敬拜王者了。

佛教与本土文化诸多矛盾中最突出的，是对父母、对孝道的态度。这也是最根本的矛盾，因为它触动中国宗法封建主义制度的根基——五伦，违反了当时已形成定势的民情心态。我国的宗法封建制度，是以嫡长子世袭（称宗子）为中心，按血统亲疏来区别贵贱，分封同姓为诸侯，以巩固政权的。封建统治者集政权、族权、神权、夫权于一身，把孝作为道德标准的核心，而后发展为五伦。传说五伦是商汤的始祖契受舜的命令制定的。《孟子·滕文公上》说：

> 圣人忧之，使契为司徒，教以人伦：父子有亲，君臣有义，夫妇有别，长幼有序，朋友有信。

五伦中父子排在第一位，说明这是基础。《礼记·乐记》：“然后圣人作父子、君臣以为纲纪。”孔颖达疏引为“父为子纲，君为臣纲，夫为妻纲”。纲是提网的总绳，是居于主导地位的意思。孔子推行仁政，仍把孝作为基础：“孝悌也者其为仁之本欤”（《论语·学而》）。《孝经》说得更清楚：“孝，始于事亲，中于事君，终于立身”，事君也是孝的范围。《大学》把孝悌作为治国者必先行做到的事：齐家。“古之欲明明德于天下者，先治其国；欲治其国者，先齐其家；欲齐其家者，先修其身……”一个人本身把孝悌做好了（修身），才能齐家；家治好了，才能治国。汉代，把“举孝廉”作为选拔官吏的科目，还设有“孝弟力田”的官职，与三老同掌郡县教育，表示朝廷提倡孝道。

汉许慎《说文》说："教，从孝从攴。"攴是手拿着小棍子，用现代话说是手执教鞭；教的内容是孝。民间流传着许多孝亲的故事，连传说中的舜也被说成"二十四孝"人物之一。佛教徒出家修行，割爱辞亲，不娶妻，不生子，不仅违背了三纲五常，且犯了"不孝有三，无后为大"的大错，不符合我国民心国情，被骂为无父无君，不忠不孝。民心不可违，好在佛教有很大的灵活性、适应性，善于寻求妥协，才能得到立足发展。

佛教对本土文化的妥协，是从借神仙方士以立足，借道家语言阐述教义、解释佛经开始的，慢慢地又与儒家寻找共同点。这得力于一批有儒家修养而后皈依佛教的中国僧徒，以及在中国布道而钻研中国文化的西域高僧。魏晋时的僧人竺法雅（河间——今河北献县人）、康法朗（中山——今河北定县人）等，把佛教的常（没有变革、生灭）、乐（寂冥永安、自在随心）、我（体真实而用实在）、净（解脱一切垢染）四德，比附于《易·乾·文言》中说的君子四德：元、亨、利、贞；把佛教的不杀生、不偷盗、不邪淫、不饮酒、不妄语等五戒，比附于儒家仁、义、礼、智、信五常。他们说，不杀生便是仁，不偷盗便是义，不邪淫便是礼，不饮酒便是智，不妄语便是信。还说五戒只是为人增善进德的基础，如不杀生并不够，要爱护一切众生，救济一切众生，普度一切众生，才是积极行善。《理惑论》则以拟问形式，用儒道的理论来解释佛经、宣扬佛教：

> 吾未解佛经之时，惑甚于子。虽诵五经，适以为华，未成实矣。吾既睹佛经之说，守恬澹之性，观无为之行。还视世事，犹临天井而窥溪谷，登嵩岱而见丘垤也。五经则五味，佛道则五谷矣。吾自闻道以来，如开云见白日，炬火入冥室焉。
>
> ……
>
> ……子贡云，夫子何常师之有乎，尧事尹寿，舜事

务成，旦学吕望，丘学老聃……四师虽圣，比之与佛，犹白鹿之与麒麟，燕鸟之与凤凰也。尧、舜、周、孔且犹学之，况佛身相好，变化神力无穷，焉能舍而不学乎！

前面说过的晋代高僧慧远，因战乱在元兴间（402—404）迁居庐山东林寺，创建佛学团体莲社。莲社里被称为庐山十八贤的，都是当时儒学名士。如对《三礼》、《毛诗》有研究的雷次宗，著有我国最早画论之一《画山水序》的宗炳，论著甚多的周道祖等。他们入莲社钻研佛学，师事慧远；对照儒、道、佛三家，借儒学阐述佛学，从理论上沟通三者关系，为佛教中国化开拓道路，有很大的历史影响。这和慧远的见解是一致的。慧远的业师道安著有《二教论》，把儒、佛称作内、外二教，说：

救形之教，教称为外；济神之典，典号为内。是以《智度》有内外两经，《仁王》辩内外二论，《方等》明内外两律，《百论》言内外二道。若通论内外，则该彼华夷；若局命此方，则可云儒释。释教为内，儒教为外。

慧远承师志，在《三报论》中说：

世典（指儒经等世俗经典）以一生为限，不明其外。其外未明，故寻理者自毕于视听之内。此先王即民心而通其分，以耳目为关键者也。如令合内外之道，以求弘教之情，则知理会之必同，不惑众涂而骇其异。若能览三世报以观穷通之分，则尼父之不答仲由，颜冉对圣匠而如愚，皆可知矣。

慧远在讲《丧服经》时，也提出“内外之道，可合而明”（见雷次宗《丧服经略注》）；在《沙门不拜王者论》中提出“道法（佛教）之与名教（儒学），如来之与尧孔，发致虽殊，潜相影响；出处诚异，终期则同”。他认为佛教和儒家，殊途同归。

佛教和中国本土文化矛盾中，曾有华夷之争。这可能是道教徒利用人们地理上的无知（中国地处世界中心），心理上的自大，以排斥佛教。在有意沟通西域的两汉、边疆民族进入中原建立政权的十六国时代，这是不值得提、人们也不会有兴趣去争论的问题。可一些人，如道士王浮，据“或言老子入夷狄为浮屠”的传说（见《后汉书·襄楷传》），编造出《老子化胡经》，说老子西游天竺，化为胡人，释迦牟尼便是老子化身，借此抬高道教而贬低佛教。这个说法影响面有限。

孝，融合的契机

佛教和中国本土文化的诸多矛盾中，最根本的是对父母的态度，也就是孝的问题。《国语·晋语》有“爱亲谓之仁”；《论语·学而》中孔子回答樊迟问孝时说：“生，事之以礼；死，葬之以礼、祭之以礼”；回答子游时说：“今之孝者，是谓能养。至于犬马皆能有养。不敬，何以别乎？”孝不仅仅是生养死葬这件事，还要敬爱父母。如果不敬爱父母，和犬马这些畜生有什么区别呢？高明的僧人和佛教徒懂得，孝是中国封建社会的基石；佛教要在中国立足并求发展，得在佛经中找出根据认同于“孝”，才可获得中国人的心。三国时僧人康僧会回答孙皓说：“明主以孝慈训世”，东晋文学家孙绰（314—371）曾撰《论语注记》，他与僧人支道林（314—366）交游甚密。孙绰撰写的《喻道论》中，论证佛教也很讲孝道：

> 孝之为贵，贵能立身行道，永光厥亲。若匍匐怀袖，日御三牲，而不能令万物尊己，举世我赖，以之养亲，其荣近矣！昔佛为太子，弃国学道……蠢蠕之生，浸毓灵液；枯槁之类，化瘁为荣。还照本国，广敷法音。父王感悟，亦升道场。以此荣亲，何孝如之！

这以后，僧人便把释迦牟尼说成个“孝子”。北齐僧人法琳《高僧传》说他寂于建武二年（495），以《智度论》中释迦牟尼抬父亲净饭王火葬、为母亲摩耶夫人说法使成正果事，说释迦牟尼“孝敬有仪”。唐代僧人宗密（780—841）作《盂兰盆经疏》，其《序》说：“始乎混沌，塞乎天地，通人神，贯贵贱，儒释皆宗之，其唯孝道矣”；“应孝子之恳诚，救二亲之苦厄，酬昊天恩德，其唯盂兰盆之教焉”。这样一来，孝就成了中国佛教很重要的一项道德准则了。这是佛教中国化迈出的重要一步。《盂兰盆经》是在这个背景下，被推到中国佛经中的重要位置上。

佛教的这一变化，赢得了中国社会的欢迎，也为争取更多的信徒和认同者创造了条件。世代崇儒的北齐文学家颜之推（531—约590），著有教育子孙立身处世的《颜氏家训》20篇。其基本思想是儒家的，也认同和吸收了不少佛学哲理。其《篇末》说：“君子处世，贵能克己复礼，济时益物……须顾俗计，树立门户，不得悉弃妻子一皆出家。”笔头一转，表现出他相信佛教的因果报应和三世观：“但当修行业，留心读诵，以为来世资粮。人身难得，勿虚过也。”《颜氏家训·归心篇》很明白地认同了道安、慧远的内外教之说：

> 内外两家，本为一体，渐极为异，深浅不同。内典初门，设五种禁，外典仁、义、礼、智、信皆与之符。仁者，不杀之禁也；义者，不盗之禁也；礼者，不邪之禁也；智者，不酒之禁也；信者，不妄之禁也。至于畋狩、军旅、宴饷、刑罚，因民之性，不可卒除，就为之节，使不淫滥耳。归孔而背释，何其愚也。

像这样观点上的靠拢，在士子读书人中日渐普遍。到了唐代，柳宗元（773—819）认为，“释氏之书有大报恩七篇，咸言由孝报其业”，并进而认为“浮图之教，与《易》、《论语》相合，虽得圣人复生，不可斥”（《送元皓序》）。

佛教与中国本土文化从矛盾到渐趋融合，并不是一帆风顺的，而是时有撞击的，有时甚至动用政权和军队，有过流血冲突。佛教史上所谓“三武一宗之厄”便是突出的例子。“三武”是指北魏太武帝拓跋焘、北周武帝宇文邕、唐武帝李炎，“一宗”指五代时后周世宗柴荣，这四个帝王，曾禁止和取缔佛教。世居大西北的鲜卑族拓跋珪，公元386年建立北魏政权，初时定都平城（今山西大同），后迁洛阳。北魏统治者敬奉佛教，封僧人法果为辅国宜城子忠信侯。传到第三代太武帝拓跋焘（424—452在位），开始时曾任命僧人玄高为太子师，后来相信道士寇谦之（365—448）、司徒崔浩。这两人常在拓跋焘前说佛教的坏话。拓跋焘征讨盖吴至长安，部下偶入佛寺，发现藏有兵器。拓跋焘命地方官员去查，查出和尚饮酒，庙里有酿酒设备，密室藏有妇女，聚有财宝钜万。崔浩趁机请求杀长安和尚，焚经毁佛像。拓跋焘回平城后，下诏全国都这样做，“自王公以下至于庶人，有私养沙门者，限今年二月十五日。过期不出沙门，身死；容止者，诛一门”（《魏书·释老志》）。后来北魏的帝王如文成帝拓跋睿、献文帝拓跋弘等，均崇信佛教，大建佛寺，并在大同云冈、洛阳龙门山等处开石窟造像，为我国留下宝贵的佛教艺术品。北周也是鲜卑族建立的王朝，都城在长安。它的第三位皇帝武帝宇文邕（561—578在位），开始也是信佛的，他请僧玮禅师在长安天保寺讲经，自己带头去听，并叫后妃公卿受十善戒。后来他又信谶纬和道教，曾组织儒、僧、道论三教优劣。建德三年（574），宇文邕废道、佛二教，建通道观，招佛道二教有德者120人住观，称通道学士，发布诏敕说：“圣哲微言，先贤典训，金科玉篆，秘籍玄文，所以济养黎元，扶成教义，并宜弘阐，一以贯之。”表面上看他是让佛、道二教统一起来，实际上是毁寺塔、焚经像，打击佛教。建德六年（577），宇文邕灭北齐（都城邺，今河北临漳），将北齐寺庙都改为王公宅第，300万僧徒被令还俗。

李世民父子建立唐朝后，抬高老子李聃地位，被奉为太上玄元皇帝。当时，六朝九品中正制影响仍很大，李氏是边疆氏族，担心别人看不起，攀名人李聃为祖先，以提高氏族的门阀地位，这是政治上的需要。但李渊、李世民、李治、武则天、李显一连五个皇帝，多是信佛或支持佛教的。他们在位的90年间（618—705），是佛教大发展的时期，寺庙林立，西行取经的僧人多，形成了我国翻译佛经的空前高潮。佛教内部也发展许多宗派，对佛学理论有了深入研究，出现了被佛教史学家称为“立宗判教”活动，表现出我国佛教思想、理论、组织上的成熟，基本完成佛教的中国化。然而，唐朝也出现过被称为“会昌法难”的灭佛活动。会昌是唐武宗李炎的年号（841—846）。有道士赵归真、刘元靖的鼓动和宰相李德裕的支持，会昌五年（845）武宗下令，除长安、洛阳各留四寺外，其他州各留一寺，其余寺庙都要拆除；各寺人数也有限制：大寺20人、中寺10人、小寺5人，其余僧尼全部还俗。毁寺的木材用以建廨驿，金银交度支（政府财政部门），铁像和铁器造农具，铜像和铜器铸钱。正面有“开元通宝”四字，背面有“昌”字或各州州名的钱币，便是那次铸的。这种钱币被钱币收藏家称为“会昌开元”。李炎的诏书说：“驱游惰不业之徒五十万，废丹雘无用之室凡六万区”。佛教的另一场灾难发生在唐末五代时，周世宗柴荣显德二年（955）下令：禁止私自出家，寺院只留已备案的2 700所，废未批准的3万余所；民间的佛像等铜器，限50日内交官府作价；私藏铜器5斤以上者处死。“三武一宗之难”，表面上是佛教和道教的矛盾，实际上是佛教的发展，威胁或侵犯了统治者的利益。晋末十六国群雄割据，寺庙里藏武器能让统治者放心吗？到处盖庙，几百万人当和尚，使纳税人减少而消耗却增加。唐武宗李炎禁佛的诏书中道出了他灭佛的道理：“其天下所拆寺，还俗僧尼，收充税户。”（《旧唐书·武宗纪》）

尽管经历这许多撞击、冲突，甚至流血，佛教和本土文化最终仍融合了。这首先是佛教和中国本土文化有些哲理相近相通。佛教和儒家都讲中庸之道。《论语·雍也》说："中庸之为德也，其至矣乎!"《中庸》一书，相传为孔子的孙孔伋（即子思）所作。子思肯定中庸是道德行为的最高标准，提出"诚者不勉而中，不思而得，从容中道，圣人也"；"喜怒哀乐之未发谓之中，发而皆中节谓之和。中也者，天下之大本也；和也者，天下之达道也。致中和，天地位焉，万物育焉"。宋末的理学家程颐是十分肯定中庸之道的，是他和朱熹将《中庸》从《礼记》中拿出来单独成篇，与《大学》、《论语》、《孟子》合称"四书"，规定士子必读。程颐为单独成篇的《中庸》写了前言：

> 子程子曰：不偏之谓中；不易之谓庸。中者，天下之正道；庸者，天下之定理。此篇乃孔门传授心法。子思恐其久而差也，故笔之于书，以授孟子。其书始言一理，中散为万事，末复合为一理。放之则弥六合，卷之则退藏于密。其味无穷，皆实学也。善读者玩索而有得焉，则终身用之，有不能尽者也。

佛教没有说"中庸"二字，说的是"中和"、"中道"。《大智度论》卷四十三说：

> 常是一边，断灭是一边，离是二边行中道，是为般若波罗密。

佛教说的"常"，是常见，意为事物是常住不变的；"断"是"断见"或"断灭"，意为事物灭后不再生起。《大智度论》认为，"常"和"断"都是偏见，有片面性，只有认为事物是迁流无常而又相续不断的中道，才是真理。般若是梵语智慧的音译，波罗密是梵语真理或彼岸法门的音译。般若波罗密意为佛的智慧和真理。这和"不偏不倚，永执厥中"的中庸之道何其相近似！中庸使人中和宽厚，不走极端，因而佛教传入中国后，从来未曾发生过因传教和反传教引起的战争；而基督教和穆斯林却有过十字军东征和麦加战争。佛教和我国本土文化有认同、融合的可能，是东方人、东方哲学决定的。

当然，中国佛教强调的孝，与本土文化的孝，有着目的性和终极性的不同。以儒家为代表的本土文化说孝，是修身、齐家、治国、平天下的一个重要环节，目的是要人们积极地对待现实生活，为国家民族、为社会作贡献。佛教提倡孝，最终意义是要度父母出家修行，免除六道轮回之苦；自己出家是孝，度父母出家是大孝。佛教有本《四十二章经》，梁启超认为是三国以后中国人撰写的。这本经说：

> 佛言，饭凡人百，不如饭一善人。饭善人千，不如饭持五戒者一人。饭持五戒者万人，不如饭一须陀洹。饭须陀洹百万，不如饭一斯陀含。饭斯陀含千万，不如饭一阿那含。饭阿那含百亿，不如饭一阿罗汉。饭阿罗汉十亿，不如饭一辟支佛。饭辟支佛百亿，不如以三宝之教，度其一世两亲……

东晋慧远和明代莲池两位高僧，都说过“出家大孝”。莲池又名株密，是一位孝僧。明代明河撰写的《补续高僧传》说，莲池“单瓢只杖游诸方……时以母服未阕，怀木主以游，每食必供，居必举”。他是奉净土宗的，这一宗修行简易，加上以孝著名，因而跟从他学佛的人很多。佛教俗讲《大目乾连冥间救母变文》中说：“汝在家中勤祭祀，只得乡闾孝顺名；纵向坟中浇沥酒，不如抄写一行经。”确立中国佛教的禅宗六祖慧能（638—713）《坛经》中有：“心平何劳持戒，行直何用修行。恩则孝养父母，义则上下相邻……”中国佛教在“孝”和其他方面的世俗化、中国化，逐渐摆脱印度佛教的拘泥，开拓了自己的广阔道路。其与本土文化的融合，换得的是植根的深远和传播上的大扩展。

第三章 变文：中国佛教的创造

吟经唱偈是印度传来的

佛教创始人释迦牟尼有很高的文化修养，懂得枯燥的说教不能吸引群众，布道说法时常将教理教义，寓于引人入胜的故事或寓言中，因而信徒很多。他生前没有留下形成文字的佛经，去世后由他的弟子迦叶波（或称大迦叶），在王舍城七叶窟召集徒众共同回忆、朗诵，追记成文。据说参加这次活动的有500多比丘。由于记忆不尽相同，领会各有深浅偏倚，只好协商讨论，经核对、整理后写在经过处理的贝罗多树的叶子上，这便是最早的佛经：贝叶经。这也开创了佛经以“佛说”二字开头的先例。经中保留有释迦牟尼当年口述的故事和寓言。当时尚未发明纸和印刷术，佛经主要靠口头传播。为便于口头传播，佛经和古印度的史诗一样，多用民歌体。当时的佛经，北印度多是梵文本，南印度有巴利文本，西印度有佉留文本。后来作为语言的巴利语、佉留语失传，古老的巴利文本、佉留文本佛经仍被保留下来。汉魏以来传入我国的佛经，并不是全从梵文（准确地说是梵语）译过来的，有的是从西域的康居（今哈萨克斯坦境内）语、于阗（今新疆和田一带）语、龟兹（今新疆库车一带）语转译的。西域的3种文本，当时统称胡本。胡本也多是口传声授的。

佛经能靠口头传播，全在于易读、易诵、易记。佛经的文字从体例上说，是3种文体结合在一起的。这3种文体是：契经，音译为修多罗，以散文体说经；重诵，音译为祇祖，以诗歌体将散文内容概括地重复赞颂，或补充散文的不足，句数不限；风颂，音译偈陀，或称偈，诗歌体，一般四句为一偈，用于歌颂，内容一般不与散文重复。前者虽是散文体裁，讲说故事、寓言或事理，但讲究声韵和节奏；后二者是诗歌体，可以咏唱。这3种体裁都可以合乐。在古印度，这种散文和韵文间杂的文体，不是佛经独有的，而是普遍常用的。南宋史学家郑樵（1103—1162）研究过古印度文学的这一特点，在《通志·六书略论·华梵下》中说：

> 梵人长于音，所得从闻入；华人长于文，所得从见入。

郑樵认为，古代印度人长于音乐和歌咏，获得知识主要靠耳朵听；中国人讲究文字，获得知识主要靠眼睛看书。印度最古老的宗教文献和文学作品的总称叫"吠陀"，意译是知识、学问。《吠陀本集》是公元前15至前5世纪诗歌记录编成的书，包括四大部作品：《黎俱吠陀》，黎俱的意译是诗歌，这是一本有关历史知识和自然现象知识的诗歌集，收集1 028首，4万多行；《阿闼婆吠陀》，收集用于巫术的诗歌和咒语731首；《娑摩吠陀》是歌曲集；《耶柔吠陀》是有关祭祀和仪程的民歌。英人麦克唐纳《印度文化史》中说："四种吠陀和三种梵书，都是诵偈的圣经，经文的音韵都是合音乐的。"印度的历史都是用诗歌记述的，叫诗史。《摩诃婆罗多》和《罗摩衍那》并称为古印度的两大诗史。这和我国大不相同。我国古代的史书如《春秋》、《左传》、《公羊传》和《史记》等，都是用散文记叙的。

据说释迦牟尼是坐在菩提树下得道的。微风吹动菩提树叶而发出音乐之声，因而菩提树被称为音乐树。这种近乎神话的传说，反映出佛教对音乐的重视。《楞严经·六》说："梵呗咏歌，自然敷奏。”因其“自然敷奏”，中国僧人称之为天音。随着佛经的流传，吟经唱呗也传入我国。梁简文帝萧纲（550—551）《吴郡石像碑》有“顶礼归依、歌呗赞德”。梁代慧皎《高僧传·经师第九·论》，将呗比之如我国的乐，说：

> ……东国之歌也，则结韵以成咏；西方之赞也，则作偈以和声。虽复歌赞为殊，而并以协谐钟律，符靡宫商，方乃奥妙。故奏歌于金石，则谓之以为乐；赞法于管弦，则称之以为呗。夫圣人称乐，其德四焉：感天地，通神明，安万民，成性类。如听呗亦其利有五：身体不疲，不忘所忆，心不懈倦，音声不坏，诸天欢喜。是以般遮弦歌于石室，请开甘露之初门；净居舞颂于双林，奉报一化之恩德。其间随时赞咏，亦在处成音。至于亿耳细声于宵夜，提婆扬响于梵宫；或令无相之旨，奏于篪笛之上；或使本行之音，宣乎竽瑟之下。并皆抑扬通感，佛所称赞。故《咸池》、《韶》、《武》无以匹其工，《激楚》、《梁尘》无以较其妙。……夫音乐感动，自古而然。是以玄师梵唱，赤雁爱而不移；比丘流响，青鸟悦而忘翥。昙凭动韵，犹令鸟马踡跼；僧辩折调，尚使鸿鹤停飞。量人虽复深浅，筹感抑亦次焉。故击石拊石，则百兽率舞；箫韶九成，则凤凰来仪。鸟兽且犹致感，况乃人神者哉！但转读之为懿；贵在声文两得。若唯声而不文，则道心无以得生；若唯文而不声，则俗情无以得入。故经言，以微妙音歌叹佛德，斯之谓也。……然天竺方俗，凡是歌咏法言，皆称为呗。至于此土，咏经则称为转读，歌赞则号为梵呗。昔诸天赞呗，皆以韵入弦管。五众既与俗违，故宜以声曲为妙……

慧皎论述了佛教读经歌赞中音乐的好处，说比我国的乐有四德还多一条；它的技巧和效果，我国古代乐曲《咸池》、《韶》、《武》、《激楚》、《梁尘》都无以相比。他还论述了转读中声和文，也就是我们现在说的腔和字的关系：有腔无字，不能理解经文的意义；有字无腔，无法表达咏读的感情。只有字正腔圆，才能理解和表达经的意义和佛的伟大。

佛经初译是东汉时，正值我国五言古诗和汉赋兴盛时期。很多译经，既保留了印度佛经散文和韵文间杂、口语化等特色，又吸取了汉赋敷陈、铺张、讲究文采、语式整齐的格式，以五言为主，多有排比句式。比如马鸣的《佛所行赞》说释迦牟尼的一生，从他的家世、诞生、出家、悟道、说法至涅槃的故事，是一篇杰出的叙事长诗。天竺僧人昙无谶来华后刻苦学习汉语，用了七年（415—422）的时间将这本经翻译过来，成为中国文学史上评价极高的五言长篇无韵叙事诗之一。它分28品，约有9 300句近4万字，可称得上中国诗歌史上的第一长诗。曾去印度取经的东晋僧人宝云（376—449），《高僧传》说他是一位“华梵兼通，音训冗正”的翻译家。宝云译的《佛本行经》，是以五言为主，间有四言、六言、七言的长篇叙事诗，并有偈、颂。这些译作，对当时流于形式、萎靡不振的中国文坛震动很大。梁启超对马鸣的《佛所行赞》评价甚高：

> 试细检藏中马鸣著述，其《佛所行赞》实一首三万余言之长歌，今译本虽不用韵，然吾辈读之，犹觉其与《孔雀东南飞》等古乐府相仿佛。（《翻译文学与佛典》之第六章，收入《饮冰室合集》卷六十一）

> 《佛所行赞》译成华文以后，也是风靡一时，六朝人士几乎人人共读……像《孔雀东南飞》和《木兰诗》一类的作品，都起于六朝，此前却没有。（《印度文化与中国文化之亲属关系》讲话稿，收入《饮冰室合集》）

陆侃如《孔雀东南飞考证》说：“假如没有宝云与昙无谶的

介绍（指译经），《孔雀东南飞》也许到现在还未出世呢！”陆侃如的说法虽绝对了点，但译经对我国的文学艺术、对我国长篇叙事诗的出现，是有引发作用的。

随着西域僧人来华和译经事业的开展，吟唱佛经的梵呗也传入我国。据梁《高僧传》说，康居国（今哈萨克斯坦境内）僧人康居会，于东吴赤乌十年（247）至建业（今南京）传过因《泥洹经》命名的《泥洹梵呗》一契，“清靡哀亮，一代模式”；西晋末年不会汉语的西域僧尸黎密在建业（今南京）给受业弟子觅历传授过《高声梵呗》；东晋时月支僧人支昙籥在吴（苏州）虎丘山创作过《六音梵呗》，用来唱《超日明三昧经》中“大慈哀愍群黎”偈。由于中、印两国语言差异大，加上当时记谱方法不完善，把唱梵文经偈的声腔搬来唱汉语经偈，便很不适应。《高僧传·经师论》这样说：

> 自大教东流，乃译文者众而传声盖寡。良由梵音重复，汉语单奇，若用梵音以咏汉语，则声繁而偈迫；若用汉曲以咏梵文，则韵短而词长。是故金言有译，梵响无授。

曹植和《渔山梵呗》

在上述情况下，中国的僧徒和佛学者，便开始仿效印度佛教徒咏经唱呗的特点，用“汉曲”来唱“汉语”佛经，创造中国佛教的经呗。据中国佛教典籍说，第一个创造唱汉语佛经梵呗的是三国时的文学家曹植（192—232）。曹植字子建，是曹操的三儿子。他和魏文帝曹丕是一母所生。这三父子被称为“三曹”，和“建安七子”同是汉末魏初文学创作的代表人物。

> 始有魏陈思王曹植，深爱声律，属意经音；既通般遮之瑞响，又感渔山之神制，于是删治《瑞应本起》，

以为学者之宗，传声则三千有余，在契则四十有二。（梁·慧皎《高僧传·经师论》）

植曾游渔山，于岩谷间闻诵经声，远谷流美，乃效之而制其声。（刘宋刘义庆《宣验记》）

渔山在今山东省东阿县境，曹植的墓在渔山西麓。曹植懂音律，也爱读佛经；生活中也常宴饮游乐。他的《斗鸡篇》诗中，有“游目极妙伎，清听厌宫商”句。《三国志·魏书·曹植传》中，没有记述他作《渔山梵呗》的事。但从《楞严经》六“梵呗咏歌，自然敷奏”看，梵呗是出乎自然的声腔。这个论点，和我国古代的音乐理论很相近。《乐记·乐本篇》说：“凡音之起，由人心生也。人心之动，物使之然也。感于物而动，故形于声。”《毛诗序》说：“情动于中而形于言，言之不足故嗟叹之，嗟叹之不足故歌咏之。”感于物、动于情的歌，是自然的，也是感人的。佛教（至少中国佛教）是持这一观点的。《高僧传·经师论》的开头就是这么说的：

夫篇章之作，盖欲申畅怀抱，褒述情志；咏歌之作，欲使言味流靡，辞韵相属。故《诗序》云：情动于中而形于言，言之不足则咏歌之也。

曹植造《渔山梵呗》之说，可能是真的，当然也不排除别人为了借他的名人效应以求传播。说有可能，是因为曹植有文化修养和音乐修养，且有佛学修养。据说月支僧人支谦翻译的《太子瑞应本起经》，曾经曹植润饰。吟咏诗文本是我国读书人的传统。《诗·周南·关雎序》：“吟咏情性，以风其上。”孔颖达疏：“动声曰吟，长言曰咏。作诗必歌，故言吟咏性情也。”《史记》曾记述，屈原既出，“披发行吟泽畔”。秦时开始设有以乐府为名的官署，掌管朝会宴飨、道路游行用的音乐。这些音乐的词，俱是诗歌；《乐府诗集》说诸葛亮曾作《梁甫吟》。曹植在吟哦《太子瑞应本起经》时，必然全神贯注，必然因内容而动感情，因感情而有声腔。这声腔中，既有佛教梵呗腔，也有中国士人吟诗文的韵腔，还有渔山民歌的旋律。情感起于经文的内容，声腔出于汉字音律，自然容易流传。因而佛教人士对《渔山梵呗》评价甚高。唐道世《法苑珠林》卷36有《赞渔山梵呗》诗说：

玄亮吐清气，神响沏幽声；登台发春咏，高步希遐踪。乘虚感灵觉，渔山振思童。摹写天歌梵，冀布法音同。

两晋时，帛乔、支籥（《高僧传》有帛法乔、支昙籥传）等，也造过经呗，都是在曹植《渔山梵呗》的基础上发展的；南北朝时又有昙迁、僧辩和萧子良等造经呗新声。自此以后，中国佛教的经呗和音乐才有了更大的发展。梁《高僧传·经师论》这样评价：

……其后帛乔、支籥，亦云祖述陈思，而爱好通灵，别感神制，裁变有声，所存止一千而已。至石勒建平中（330—333），有天神降于安邑厅事，讽咏经音，七日乃绝，时有传者，并皆讹废。逮宋齐之间，有昙迁、僧辩、太傅文宣等，并殷勤嗟咏，曲意音律，撰集异同，斟酌科例，存于旧法，正可三百余声。自兹厥后，声多散落。人人致意，补缀不同，所以师师异法，家家各制。皆由昧乎声旨，莫以裁正。……原夫梵呗之起，亦肇自陈思，始著《太子颂》及《睒颂》等，因为之制声，吐纳抑扬，并法神授。今之“皇皇顾惟”，盖其风烈也。其后，居士支谦，亦传梵呗三契，皆湮没不存。世有“共议”一章，恐或谦之余则也。唯康僧会所造《泥洹梵呗》，于今尚传，即“敬偈”一契。文出《双卷泥洹》，故曰《泥洹呗》也。爰至晋世，有生法师初传觅历，今之行地印文，即其法也。籥公所造六

> 言，即“大慈哀愍”一契，于今时有传者。近有《西凉州呗》，源出关右而流于晋阳，今之“面如满月”是也。凡此诸曲，并制出名师，后人继作，多所讹漏；或时沙弥小儿，互相传校，畴昔成规，殆无遗一，惜哉！

我国佛教的经呗，从《渔山梵呗》开始，创作素材来源于三方面：汉字吟哦调、印度佛教音乐和中国民间音乐。尽管六朝前期的佛教音乐不丰富，但六朝后期，特别是隋唐以来，随着我国和西域各国的交通发展、贸易交往、僧俗人员交流，西域音乐传入我国的更多了，梵呗和佛教仪典音乐的传入和创作都多了。记述于文字的，如《隋书·音乐志》说的于阗佛曲；唐人南卓《羯鼓录》说的“诸佛曲词”10首；宋人王溥《唐会要》卷33说的《龟兹佛曲》；宋人陈旸《乐书》说到的唐乐府中的《普光佛曲》、《弥勒佛曲》、《日光明佛曲》、《大威德佛曲》等26首。梁武帝萧衍在制定梁朝祭祀天地、祖先及朝贺、宴享等大典用的雅乐中，《善哉》、《大乐》、《龙王》、《断苦轮》等10首乐舞，“名为正乐，皆述佛法”。佛教和西域音乐，不仅影响了我国佛教，且影响及朝廷的庆典和民间生活。隋、唐制定的国家乐舞的七部乐、九部乐和十部乐中，都有相当数量的包括天竺音乐在内的西域音乐。西域的乐器如觱篥、胡笛、蛇笛、琵琶等也先后传入中原。

在佛教音乐被我国音乐吸收、融化，我国音乐增加西域色彩的同时，佛教也容许僧人们以各地地方音乐的素材，创作赞、呗和佛曲。成书于贞观时的唐释道宣《续高僧传·声德论》说：

> 至于梵之为用，则集众行香，取其静摄专仰也。考其名实，梵者净也，实为天音。色界诸天来觐佛者，皆陈赞颂，经有其事，祖而习之，故存本因诏声为梵。然彼天音未必同此。故东川诸梵，声唱尤多。其中高者，则新声助哀、般遮屈势之类也。地分郑魏，声亦参差，

然其大途，不爽常习。江表关中，巨细天隔；岂非吴越志扬，俗好浮绮；致使音颂所尚，纤婉为工。秦埌雍梁，音词雄远，至于咏歌所被，皆用深高为胜。然则处事难常，未可相夺。若都集道俗，或倾郭大斋，行香长梵，则秦声为得。五众常礼，七贵恒兴，开发经讲，则吴音抑在其次。岂不以清夜良辰，昏漠相阻，故以清声雅调，骇发沉情。京辅常传，则有大小两梵；金陵昔弄，亦传长短两引。事属当机，不无其美。剑南陇右，其风体秦。虽或盈亏不足论评，故知神州一境，声类既各不同；印度之与诸蕃，咏颂居然自别……

佛教和西域音乐和乐器传入我国后，又经我国传入东亚国家。比如有支叫《春莺啭》的乐曲，唐崔令钦《教坊记》说："高宗（李治）晓声律，晨坐闻莺声，命乐工白明达写之，遂有此曲。"白明达是龟兹人，乐曲因而有很浓的龟兹音乐成分。后来这支乐曲被朝鲜国采用，朝鲜《进馔仪轨》也记述了白明达作曲的事；继而传入日本，日本叫《春莺啭大曲》或《天长宝寿乐》。再如《柘枝舞》，本是郅支国舞，郅支又名怛罗斯，在今哈萨克斯坦江布尔境。唐代卢肇《湖南观双枝》赋说："古也郅支之伎，今也柘枝之名。"柘枝舞本是单人舞，传入中国后发展为双人舞或多人舞，流行很广。刘禹锡、白居易、张祜、杜牧、李翱、李群玉、赵嘏、郑谷等，都有诗记述描绘。这些诗收在《全唐诗》中。刘禹锡《观柘枝舞二首》之一：

胡服何葳蕤，仙仙登绮墀。神飚猎红蕖，龙烛映金枝。垂带覆纤腰，安钿当妩眉。翘袖中繁鼓，倾眸溯华榱。燕秦有旧曲，淮南多冶词。欲见倾城处，君看赴节时。

从刘禹锡的描绘中，可看出柘枝舞者着胡服，其舞姿也与中原舞不同。路延德《小儿诗》描述唐代儿童学舞："锡镜当胸挂，银珠对耳悬，头依苍鹘裹，袖学柘枝揎……”儿童学柘枝可见其普及之广。从这些可知包括佛教音乐的西域音乐，在唐时对我国音乐的影响。

佛教有自己的要求，用以维护音乐的肃穆和纯正。《长阿含经》说，梵声有五种清净：正直、和雅、清澈、深满、周遍远闻；《毗母尼经》六卷说，用外道歌音说法有五种弊病：一不名自持，二不称听众，三诸天不悦，四语不正、难解，五语不巧，故义亦难解；《佛本行经》卷50以佛的口气说：“不得依俗歌咏而说法。”然而，佛教是要传播的。宣讲经义得面向听众，必须力求通俗。东晋时出现的唱导，便是在面向群众布道而出现的一种说唱艺术。

唱导，慧远奠定的俗讲

唱导是用听众喜爱的唱和说来宣讲佛理、佛学、佛经和佛教故事。它是佛经俗讲的最初形式，也是我国佛教说唱艺术的开端。初时，唱导穿插在佛教讲经说法或仪典中进行，目的是活跃经堂气氛，振奋听众精神。这时的唱导多是短篇的，因受听众欢迎慢慢才发展为中篇或长篇；说唱导的僧人也由兼任发展成为专业。梁《高僧传·唱导论》说：

> 唱导者，盖以宣唱法理，开导众心也。若佛法初传，于时齐集，宣唱佛名，依文致礼。至中宵疲极，事资启悟，乃别请宿德，升座说法。或杂序因缘，或傍引譬喻。其后庐山释慧远，道业贞华，风才秀华，每至斋集辄自升高座，躬为导首，光明三世因果，却辩一斋大意。后代传授，遂成永则。故道照、昙颖等十有余人，并骈次相师，各擅名当世。

慧远这位东晋高僧，博通六经，尤好老庄，精通般若性空之学，满腹经纶，口才也好。每次法事集会时，他都亲自走上台去，带头唱导。他借说三世因果的故事，把每次斋集的主旨告诉参加者。他的高明处得到别人的敬佩和学习。从慧远起，唱导便成为佛事集会中的一项内容，形成制度，广泛推广，永远流传。

《高僧传》也为道照、昙颖等10人立了传。道照俗姓鞠，西平（今青海省西宁市）人，“少善尺牍，兼博经文……披览群典，以宣唱为业，音吐嘹亮，洗悟尘心。指事适时，言不孤发，独步于宋代之初”。宋武帝刘裕（420—422）请他到宫里做斋事，他唱导因果报应故事，描形绘色，“俄顷，苦乐参差，必由因果”。刘裕听得高兴了，法事做完后，另外赏给他3万钱。道照的弟子慧明，俗性焦，魏郡（治所在今河北临漳）人，“祖习师风，亦有名当世”。瓦官寺有位慧璩，“丹阳人，读览经论，涉猎书史，众伎多闲而尤善唱导，出语成章，动词制作，临时采博，悫无不妙”。宋孝武帝刘骏（454—464）请他到佛会上唱导后，赏钱1万。长干寺昙颖，会稽人，“属意宣唱，天然独绝。凡邀请者，皆贵贱均赴，贫富一揆”。灵味寺的昙宗，俗姓虢，秣陵（今南京）人，“少而好学，博通众典。唱说之功，独步当世。辩口适时，应变无尽”。他曾为宋孝武帝刘骏行菩萨五法礼，礼中要读忏文。礼完后刘骏笑着问他：我有什么罪要忏悔？这是非常不好回答的，答得不好会惹祸。昙宗却引经据典拍了刘骏一通马屁，把他比作虞、舜、汤武：“昔虞舜至圣，犹云予违尔弼；汤武亦云，万姓有罪在予一人。圣王引咎，盖以轨世。陛下德迈往代，齐圣虞殷。履道思冲，宁得独异！”（以上均引自《高僧传》卷第十三）刘骏戴上这顶高帽子，高兴极了。

慧远不仅“自升高座，躬为导首”，奠定了唱导在佛教说法讲坛上的地位，且在唱导的技艺诸多方面有了创造和发展。从《高僧传》看，慧远以后，唱导发展很快，不仅有昙颖那样，“属意宣唱”的兼职高僧；还有道照那样“以宣唱为业”的专业高僧；也有瓦官寺那样出了慧璩、慧重、法觉等几辈唱导师的名寺（见《高僧传·唱导篇》）。唱导僧都有一副好嗓子，都读过许多书，知识面广；脑子灵，临机应变；口才好，能言善辩。《高僧传·唱导论》总结说：

> 夫唱导所贵，其事四焉：谓声、辩、才、博。非声则无以警众，非辩则无以适时，非才则无言可采，非博则语无依据。至若响韵钟鼓，则四众惊心，声之为用也；辞吐俊发，适会无差，辩之为用也；绮制雕华，文藻横逸，才之为用也；商榷经论，采撷书史，博之为用也。若能善兹四事，而适以入时。如为出家五众，则须切语无常，苦陈忏悔；若为君王长者，则须兼引俗典，绮综成词；若为悠悠凡庶，则须指事造形，直谈闻见；若为山民野处，则须近局言词，陈斥罪目。凡此变态，与事而兴，可谓知时众又能善说。故以恳切感人，倾诚动物。此其上也。

有了声、辩、才、博四方面的修养，唱导师便能自如地适应各种场合，各种对象；深浅不同、角度不同的例证、典故、引述，都可信手拈来，方式方法也因听众而异。审时知众，能言善辩，以自己的诚意去感动对象，打动人心。唱导师很重视唱导场地的环境布置，营造气氛，以取得更好的效果。宣讲佛教教义，诵唱佛经最好的气氛是佛事活动，即佛教的宗教仪典，或称斋。人们来参加宗教仪典，不仅先要沐浴更衣，以免亵渎神灵；更重要的是抱着虔神的心情来的。八关斋便是仪典的一种，据说参加了八关斋可以戒除八恶，八恶指杀生、偷盗、邪淫、妄语、饮酒、坐高广大床、着华鬘璎珞、习歌舞伎乐。《高僧传·唱导论》说：

> 至如八关初夕，旋绕周行，烟盖停氛，灯帷静耀，四众专心，叉指缄默。尔时，导师则擎炉慷慨，含吐抑扬，辩出不穷，言应无尽。谈无常则令心形战栗，语地

狱则使怖泪交零。征昔因则如见往业，核当果则已示来报。谈怡乐则情抱畅悦，叙哀戚则洒泣含酸。于是，阖众倾心，举堂恻怆，五体输席，碎首陈哀，各各弹指，人人唱佛……

在八关斋上说因果报应，参与者的心理状态，现场的气氛，再加上唱导师的声、辩、才、博，的确“恳切感人，倾诚动物”，才使得出家的僧、尼和在家的男、女居士这四种信徒，专心听讲；在场的听众都伤悲。

初期的唱导是没有文字底本可依的，全靠唱导僧临场发挥。《高僧传》说道儒“言无予撰，发响成制”，慧重“言不经营，应时若泻”，这都是说无底本可依据。梁《高僧传》记慧芬在洛阳白马寺和当时的御史中丞袁愍孙的一场辩论：“袁先问三乘四谛之理，却辩老庄儒墨之要。芬既素善经书，又音吐流便。自旦至夕，袁不能穷，于是敬以为师。”有底本便不能如此临场发挥。稍后一些时间，唱导成了师徒相授的专业行当，便开始有文字底本。《高僧传·唱导论》在说某些修养稍欠的唱导师：

若夫综习未广，谙究不长，既无临时捷辩，必应遵用旧本。然才非已出，制自他成。吐纳宫商，动见纰缪。其中传写讹误，亦皆依而宣唱。致使鱼鲁淆乱，鼠璞相疑。或时礼拜中间，忏疏忽至。既无宿蓄，耻欲出头。临时抽造，謇棘难辩。意虑慌忙，心口乖越，前言既久，后语未就，抽衣謦咳，示延时节。列席寒心，观涂启齿。施主失应时之福，众僧乖古佛之教。既绝生善之萌，只增戏弄之惑。始获滥吹之诮，终致伐匠之咎。

这里不仅说到“旧本”，且“才非已出，制自他成”。这旧本或“他成”的本子，当是师辈留下来的，或是从别人处抄来，才有“传写讹误”。这几句证明旧本不仅是口授，而且是用文字记下的。唐道宣（596—667）的《续高僧传》在《杂科声德篇》中为隋时唱导高僧善权立有传：

> 善权，杨都人，住宝田寺。听采成论，深有义能……时有窃诵其言写为卷轴以问于权。权曰：唱导之法，务在知机，诵言行事，自贻打棒。杂藏明诚，何能辄传？宜速焚之，勿漏人口。故权之导文，不存纸墨。

善权是个不留稿本的唱导高僧，别的唱导高僧就不一定是这种见解。像这个做法，道宣《续高僧传·声德论》也说到一些信口开河的唱导师：

> 学非师授，词假他传；勇果前闻，无思箴艾。遂即重轻同迹，真误混流，颜厚既增，弥深痴券，宁谓导达，岂并然耶？

这段文字说到“师授”、“词假他传”，可见梁以后的唱导师多有稿本相传授。这些稿本有的是文授，有的口传。

唱导的技艺和经验，在一代代唱导师中积累、丰富，导致变文的出现，对唐宋的说话、说书、鼓子词、诸宫调、宝卷等艺术的出现也有影响。

变文，唱导的必然发展

变，作为中国佛教文化的艺术形态，包括变文和变相两种形式。变相早为人们熟悉。唐裴孝源《贞观公私画史》著录有晋代张罗、刘宋袁蒨的《维摩诘变相图》，萧梁张儒童的《宝积变相图》、隋展子虔的《法华变相》等。变相这一形式也被道家采用，《宣和画谱·道释》有“（董）展作道经变相，尤为世所称赏”。变文在20世纪初尚鲜为人知，1923年商务印书馆出版的《辞源》，有“变相”条目却没有“变文”条目。因为变文是20世纪初才被发现的。1900年，也就是清光绪二十六年，敦煌莫高窟道士王圆箓打扫积沙时，在第十七窟通道复壁破处发现了一个洞，藏有六朝以来，主要是隋唐人的经卷、佛像、版画和少数木刻本等两万余卷。莫高窟俗称千佛洞，这个藏经石室被称为敦煌石室。这以后，人们才知道唐代有一种说唱底本叫变文。石室出土的抄本和画，被英籍匈牙利人斯坦因（Mark Aurel Stein，1862—1943）、法国人伯希和（Paul pelliot，1878—1945）有选择地从王道士处购走掠回国，分别藏于伦敦大不列颠博物馆和巴黎国家图书馆。余下的万卷中，北京图书馆收藏八千余卷，其余散入国内和日、俄等国的一些私人收藏家手中。

考古学家罗振玉（1866—1940）当时也收集到没有题目的三个残篇，收入《敦煌拾零》里，称之为佛曲。罗在文章里认为它是宋人说经的先驱：

> 考《古杭梦游录》，载有说话有四家……《武陵旧事》载诸技艺，亦有说经。今观此残卷，是此风肇于唐而盛于宋两京。

后来，刘半农、胡适、郑振铎、王重民、王庆菽诸学者，先后到伦敦、巴黎，将敦煌卷子抄写、影印回国，进行校录、整理。从这些卷子的标题上，才知道它们叫变、变文、押座文、缘起、话本、讲经文、赋……1955年，周绍良收辑、校订出版了《敦煌变文汇录》；1957年，王重民等校订出版了《敦煌变文集》。后者从过录的187种写本中，校勘选刊了78种，包括题为变文、押座文、讲经文、词文、话本、俗赋的。于是，变文便成为这些体裁作品的总称。

“变”是什么意思？各家说法不一。

> 像“变相”一样，所谓“变文”之“变”，当是指“变更”了佛经的本文而成为“俗讲”之意（变相是变佛经图像之意）。（郑振铎《中国俗文学史·变文·二》，商务印书馆1938年版）

> 讲经文的俗文本就叫做变文或者变。讲经文是佛经

> 的旧形式转换而来的，所以称之为变。变文不是最初有的固定名称，只是唐代的僧侣习惯上称讲经文为变文而留传下来的一种叫法。（任二北《敦煌曲初探》）
>
> 变文是敦煌石室中发现的。所谓变文是一种韵文和散文混合在一起，用于说唱的通俗文学体裁。（季羡林《敦煌学、吐鲁番学在中国文学史上的地位和作用》）
>
> 变文是把佛典中的神秘故事敷衍成文，为使其更加通俗化而作的作品。《维摩诘经·佛国品第一》中有这样一句话：“既见大圣以神变普观十方无量土。”其经中把神变故事用图画来揭示的为变相；用文字来表现的则为变文。叙述佛经以外的故事，其体制与变文相同，是以佛经为例仿效而成。（周绍良《敦煌变文汇录序》）
>
> 变之一字，也不过是变易、改变的意思而已……变相即根据文字改变成图画，变文意即把一种记载改变为另一种体裁的文字，如依佛经改变成说唱文，或依史籍记载改变成说唱文，都称变文。（周绍良《谈唐代民间文学》）

佛学界不少人认为“变”是从《维摩诘经·佛国品》中取来的，源于“神变”二字。佛经故事经艺术家的想象夸张，创造出的画或文，其画叫变相，文便是变文。变相在东晋时已出现，如敦煌石窟254窟的《饿虎投身变相》、259窟的《鹿本生变相》、275窟的《尸毗王变相》、428窟的《须大拏太子本生相》，都刻于北魏时（386—532），也就是开始于东晋孝武帝司马曜太元（376—396）或安帝司马德宗（397—418）时期。这些壁画以及后来唐代张彦远《历代名画记》、裴孝源《公私画史》上记述的地狱变、降魔变、法华变、宝积经变、弥勒变等，都是依据佛经中的神变故事绘制的画或连环画。

敦煌石窟里的变文，从题材上看可分两类，主要一类是佛教题材的。这类又分经变和俗讲两种：前者用通俗语言，说或唱某部佛经的全部和部分，如《维摩诘讲经文》、《父母恩重讲念文》；后者讲说佛经中或佛教流传的故事、比喻、因缘，如《八相变》、《破魔变文》。变文是唱导的发展，继承和发展了唱导的传统。其题材除取自佛经和佛教故事外，也必然如《高僧传·唱导论》说的，会因听众不同从“兼引俗典、绮综成词”，“指事造形、直谈见闻”，而扩拓非佛教题材，以求“恳切感人，倾诚动物”，与道教或别的说唱艺术争夺听众。民间说唱艺人也汲取佛教变文的形式来说唱故事。于是，有了民间故事题材和当时现实题材的变文，前者如《昭君变文》、《孟姜女变文》、《舜子变文》，后者如《张淮深变文》、《张义潮变文》。

张义潮（？—872），敦煌人，安史之乱后他乘吐蕃内乱，起兵占领沙州（今甘肃安西至新疆吐鲁番，包括敦煌）。唐宣宗大中五年（851）被授为沙州防御史。他又发兵略定瓜（治所晋州，今甘肃安西）、伊（治所伊吾，今新疆哈密）、西（治所高昌，今吐鲁番东南）、甘（治所张掖）、肃（治所福禄，今甘肃酒泉）、兰（治所兰州）、鄯（治所湟水，今青海西宁）、河（治所枹罕，今甘肃临夏）、岷（治所溢乐，今甘肃岷县）、廓（治所化隆，今属青海省）十州地，并献十一州图地于唐朝。唐置归义军于沙州，封张义军为归义军节度使，统领十一州。《张义潮变文》是叙说和歌颂张义军恢复唐朝版图故事的。《张淮深变文》写唐使者到了沙州，叹念沙州“百年阻汉”，“没落西戎，而今光复，人物风华，一如内地”。这两篇变文都是唐代抄本，可称得上是以时事新闻故事为题材的变文。

取材于佛经或佛教故事的变文，是从佛经或佛教故事的基础上发展的，一般采用两种手法。一是敷衍。借鉴和继承汉赋敷衍的传统，将经中有趣味的部分或事件，敷衍铺陈。如《维摩诘经变文》的每一段，都先念出经文，再发挥创造。先念经云："佛告弥勒菩萨，汝行诣维摩诘问疾"14字，然后敷衍出故事、环境、人物、情节、气氛和人物的活动和对话、心态等，成为散文部分613字，韵文部分六言、七言的65句。二是文饰。言而无文，行之不远。变文要在说唱时以它的内容、故事、声腔等引人入胜，吸引住听众；要运用概括、描写、叙述、对话、渲染、夸张等手法来塑造形象。变文的散文，十分口语化，讲究声韵和节奏，时常夹杂有对偶句、骈体句、排比句，说起来朗朗上口，悦耳动听。变文的韵文，不论三言、四言、五言、七言、十言，都节奏鲜明，顺口好唱，有旋律。初期的变文不讲究叶韵，后来也是口语韵，合辙而已。变文较经文更夸张斗艳，在文学上有发展和创造，体制更宏伟，描写更活跃，辞采更骏丽，想象更丰富。郑振铎举《维摩诘经变文》为例，深有感慨地说：这是文学史上的奇迹：

> 印度经典素以描状繁琐著称，但我们的（变文）作者却从《维摩诘经》上更引申、更廓大、更加渲染而成为这部《维摩诘经变文》，较原文增大了至少三十倍以上。这不能不说是自印度文学输入以来的一个最大的奇迹了。(《中国俗文学史·变文·五》)

关于俗讲，唐代的史书和文人笔记中有一些记述：

> 佛殿内槽东壁《维摩变》，舍利弗角而转膝。元和间（806—820）俗讲僧文溆装之，笔迹尽矣。（唐·段成式《酉阳杂俎·寺塔记》述长安平康坊菩提寺段）

> 敬宗（李湛）宝历二年（826）六月乙卯，上幸兴福寺，观沙门文溆俗讲。(《资治通鉴·唐纪五十九》)

> 长庆（李湛的父亲穆宗李恒年号，821—824）中，俗讲僧文叙善吟经，其声宛畅，感动里人，乐工黄米饭

依其念四声“观世音菩萨”，乃撰此曲。（段安节《乐府杂录·文叙子》）

《乐府杂录》中“文叙子”条，是作为曲牌名列在曲牌《得宝子》和《望江南》之间。因叙曲牌及曲牌名的来历，才谈到俗讲僧文叙的。说文叙不仅声音好，且吟唱得有感情，能感动听众。乐工黄米饭根据他念观世音的声腔创造出这支曲子。郑振铎和许多学者，都认为上面记述的文溆和文叙子（《太平御览》引用作“文溆”），是同一个人。唐时来中国留学的日本和尚圆仁，在《入唐求法巡礼记》中，记述唐武宗李炎于841年登基时的一些情况中，也述及长安俗讲盛况和文溆和尚：

开成六年正月九日五更时，拜南郡了。早朝归城，幸在丹凤楼，改年号，改开成六年为会昌元年。及敕于左、右街七寺开俗讲。左街四处：此赀圣寺，令云花寺赐紫大德海岸法师讲《华严经》；保寿寺，令左街僧录三教讲论赐紫引驾大德体虚法师讲《法华经》；菩提寺，令招福寺内供奉三教讲论大德齐高法讲《涅槃经》；景公寺，令光影法师讲。右街三处：会昌寺，令内供奉三教讲论赐紫引驾起居大德文溆法师讲《法华经》。城中俗讲，此法师第一。惠日寺、崇福寺，讲法师未得其名。从太和九年（太和为唐文宗李昂年号，九年为公元835）以来废讲，今上新开，正月十五日起首至二月十五日罢……九月一日敕两街诸寺开俗讲……会昌二年正月一日，诸寺开俗讲……五月奉敕开俗讲，两街共五座。

圆仁是从一个外来和尚的角度，记下亲眼所见的俗讲盛况。唐武宗李炎是制造中国佛教史上有名的“三武一宗之难”的“三武”之一。他初上台时是崇佛的，头两年每年在京城长安开两次俗讲，每次都是好几个寺庙同时举行，指派最好的、最德高的俗讲僧人去讲，第一次七处讲了一个月，盛况空前。而这些俗讲僧中，文溆和尚又被称为“城中俗讲，此法师第一”，可见名声大，不仅皇帝欣赏，听众满意，连日本来留学的圆仁也称赞。有帝王的提倡，俗讲更容易推广普及。宋人张齐贤在记述五代时洛阳逸闻的《洛阳缙绅旧闻记》中说，后汉高祖刘智远（947—948 年在位）时洛阳左街僧录圆鉴，“能俗讲，有文章，敏于应对”。可见俗讲一直到五代末期仍盛行。《敦煌杂文集》中，收有石室出土的《故圆鉴大师二十四孝押座文》。据启功考校，圆鉴亦名云辩，此押座文刻于圆鉴逝后；从云辩《与缘人遗书》知道，云辩逝于后周广顺元年（951）。

现藏于巴黎国家图书馆编号为 P. 3849 的敦煌残卷的纸背上，有如下的文字记载：

> 夫为俗讲，先作梵了；次念菩萨两声，说押座了；素旧《温室经》法师唱释经题，念佛一声了，便说开经了，便说《庄严》了；念佛一声，便一一说其经题字了；便说经本文了；便说《十波罗蜜》了；便念念佛赞了；便发愿了；便又念经一会了，便回（向）发愿取散云云。已后便开《维摩经》。讲《维摩》先作梵；次念观世音菩萨两三声；便说押座了；便素唱经文了；唱曰法师自说经题了；便说开赞了；便《庄严》了；便念佛一两声了；法师科三分经文了；念佛一两声，便一一说其经题名字了，便入经说缘喻了；便说念佛赞了；便施主各发愿了；便回（向）发愿取散。

这是俗讲的仪程。这个仪程除记有念佛号外，还记有作梵、念佛赞、说经题、说押座、唱经文和讲《庄严经》、《维摩经》，说因缘、比喻等。这些和梁代慧皎《高僧传·唱导论》记述的唱导仪程，颇有渊源。“昔佛法初传，于时齐集，宣唱佛名，依文致礼。至中宵疲极，事资启悟，乃别请宿德，升座说法。或杂序因缘，或傍引比喻。其后庐山拜慧远……每至斋集，辄自升高位，躬为导首”。两种仪程近似，脉络相通。

若具体分析一下两者的相互关系，可以发现有这么几点：第一，残卷上记的仪程基本上可以分为两部分，每部分都以施主“发愿取散”结束，每次说经都先说押座。从敦煌石窟出土的残卷看，押座文都较短。古时“押”和“压”可以通用。南朝与庾信齐名的文学家徐陵（507—583）《玉台新咏序》：“玉树以珊瑚作枝，珠帘以玳瑁为押”，作诗词的压韵亦可作押韵。押座也是压座。押座文就像今天影剧前加演（映）的短剧或短片、弹词的开篇一样，起着安定剧场、稳定听众情绪，准备正篇（戏）开始。押座文也有用在变文唱完后的，以使整场气氛保持良好，或预告明天活动。如《温室经讲唱押座文》是用在俗讲前的，只有 42 句，最后 4 句是“已舍喧喧求出离，端坐听经能不能？能者虔恭合掌着，经题名字唱出来”，以引出接下来的俗讲正题。《八相变押座文》、《三身押座文》等都属这一类。《不知名押座文》等则是用在俗讲以后的结束唱段，用“合掌阶前领取偈，明日闻钟早听来”结束。如果把《降魔变押座文》和《降魔变文》放在一起读，会感到两者相补益，共同构成一篇作品。当然，也有单独成篇的押座文。第二，唐代的俗讲和六朝的唱导一样，也有“杂序因缘、傍引比喻”，不过唐代多已发展为成篇的故事了。第三，敦煌出土的《阿弥陀佛经文》，开篇的第一句“升坐已了，先念偈、焚香、称诸佛号隆名”，然后有韵文、散文相间杂的说经文。这是 P. 3849 残卷上的仪程在经文中的反映或记录，也是与梁《高僧传·唱导论》记述的东晋时慧远“自升高座，躬为导首”一脉相承。第四，《维摩诘经讲经文》、《妙法莲花经讲经文》、《阿弥陀佛经讲经文》等，每篇都有许多片块组成。每一片块先引一段经文，再从经文讲开去，说一段故事（因缘），而后唱偈。讲的多是散文，唱的是韵文。这形式和慧皎记述的“其间经师转读，事见前章”很相似。只是那时经师和唱导师是有分工的。隋唐以后，有经师兼唱导师或唱导师兼经师者，因而在敦煌残卷的仪程中，已看不到二者的名称。梁僧慧皎撰的《高僧传》，分译经、义解、神异、习禅、明律、遗身、诵经、兴福、经师、唱导十科；唐僧道宣撰的《续高僧传》，科目的设置因实际情况有所变通，列译经、义解、习禅、明律、护法、感通、遗身、读诵、兴福、杂科声德十科。梁《高僧传》的神异，相当于《续高僧》中护法、感通两科；而《高僧传》中经师、唱导两科，《续高僧传》中合为声德科。关于“声”之“德”，下文将略作剖析。

《续高僧传》是从《高僧传》下断的梁天监十八年（519）续起，却突然不见“唱导”二字。不是唱导没有留传下来，而是唱导一直在寺庙里延续、发展。唱导本是俗讲的初期形式，到了道宣生活的唐代，俗讲从形式、内容到对象都有了发展。听众不再限于面向慧皎论及的“宣唱法理开导众心”的四众了，而是进一步面向群众、走向民间，因而以“俗讲”之名行世。这种走向也不是六朝以后开始的。当年慧皎《高僧传·唱导篇》为昙颖立传时，就说到“凡邀请者，皆贵贱均赴，贫富一揆”。昙颖等的唱导已开始走出寺院，走向民间。佛教说的四众指出家修道两众：僧、尼；在家修道两众：男女信徒或居士。佛教发展到唐代，宣传和布道对象不限于四众，而仿效无遮大会式样，说经时，不论贵贱、贫富、僧俗、善恶和原来的信仰观点，愿意听的和想听的，都欢迎来，平等对待。由于对象范围扩大，要求俗讲比前一个时期（唱导）更通俗、更有趣味。不仅故事的情节要更生活化，语言也要更通俗，原先印度的人名和地名、人物生活环境和时代背景、人情习俗，都慢慢改为中国的、本地的。俗讲中的唱腔和乐曲，也逐渐增加中国的民族味和地方风味。

俗讲受欢迎的盛况，可以从韩愈（762—824）《华山女》诗中窥其一斑：

街东街西讲佛经，撞钟吹螺闹宫廷。
广张罪福资诱胁，听众狎恰如浮萍。
黄衣道，亦讲说，座下寥落如晨星。
……

韩愈以昌明儒学为己任，他的《原道》、《原性》等文章，观点鲜明；《进学解》被认为是韩愈自喻的作品：“抵排异端，攘斥佛老；补苴罅漏，张皇幽眇。寻坠绪之茫茫，独旁搜而远绍；障百川而东之，回狂澜于既倒，先生之于儒可谓劳矣。”元和十四年（819）唐宪宗李纯把在凤翔的佛骨迎来京师，韩愈不惜触怒李纯，上《论佛骨表》以谏阻，被认为是排佛的。他的诗客观地反映了唐时俗讲的盛况。另一位诗人姚合（775—834）也有诗记述俗讲的诗。其中一首是《赠常州院僧》：

一往毗陵寺，师应只信缘。
院贫人施食，窗静鸟窥禅。
古磬声难尽，秋灯色更鲜。
仍闻开讲日，湖上少鱼船。

这首诗只是在常州毘陵寺“听闻”的俗讲情况，另一首《僧云端讲经》则是亲临现场，既听到云端的俗讲，也看到了听众踊跃的盛况：

天上深旨诚难解，唯是师言说得真。
远近持斋来谛听，酒坊鱼市尽无人。

两首诗一虚一实写俗讲，描绘出远离长安的江南渔村的凡夫俗子，被僧人俗讲吸引弃渔停市去听，酒坊鱼市都看不到人的情景，反映出佛教传播宣讲深入民间。

市井凡人、渔夫农父、山叟村姑，都成了佛教传播争取的对象，俗讲便要迎合他们的口味。佛经故事之外，还得加说一些取材于民间故事和新闻时事、市井传闻的俗讲来满足听众。即使是佛经故事，也要节外生枝地穿插一些听众喜闻乐见的内容。这就是非佛经题材变文产生的原因和背景。非佛经题材俗讲的第一批创作者当是俗讲僧，主要是那些受听众欢迎，声、辩、才、博四艺全备的俗讲高僧。前面提到的文溆（或作文淑）便是其中一位。这位在唐敬宗、武宗时期被誉为“京城俗讲第一”的法师太会讲了，太受群众欢迎了。他不但听皇帝安排，在佛寺讲，在宫廷讲，还讲出了佛寺；不但讲佛经题材，还讲市俗题材。结果不仅丢掉“内廷供奉”、“三教讲论”、“赐紫”、“引驾起居”、“大德”等一连串头衔和荣誉，还落得个杖背流放的下场。唐开成（836—840）进士赵璘《因话录》卷4记述：

> 有文淑僧者，公为聚众谈说。假托经论，所言无非淫秽鄙亵之事。不逞之徒，转相鼓扇扶树；愚夫冶妇乐闻其说，听者填咽寺舍，瞻礼崇拜，呼为和尚。教坊效其声调以为歌曲。其畤庶易诱。释徒苟知真理，及文义稍精，亦甚嗤鄙之。近日庸僧以名系功道使，不惧台省。府县以士流好窥其所为，视衣冠过于仇雠，而淑僧最甚。前后杖背，流在边地数矣。

《太平广记》卷240引《卢氏杂说》，也有关于文溆的记述：

> 文宗（李昂，827—840）善吹小管，时法师文溆为入内大德。一日，得罪，流之。弟子入内收拾籍入家具籍，犹作法师讲声。上采其声为曲子，号《文溆子》。

这一记述，也说到曲牌《文溆子》的来历，和段安节《乐府杂录》的记述基本相同；也说到文溆被流放的事，只是没像《因话录》那样，说出被流放的罪名。

文淑（文溆）的俗讲，听众多到把庙门口的通衢大道都堵塞的程度，因而大家用佛教中博士和师长的称号“和尚”来尊称他、礼遇他。文淑得到各种荣誉和封赠，必然遭到嫉妒。加上他摆架子，不尊敬中央部门（当时有尚书、中书、门下三省和御史台）的政府官员，于是便被人以他的俗讲在内容、表演上“淫秽鄙亵”为理由，将他杖背流放。然而，他历事五朝二十余年，数经流放声誉不毁。《卢氏杂谈》说的《文溆子》乐牌，是在他流放后由唐文宗命人“采其声为曲子”的。他的非佛教题材的俗讲，自然也会和他的曲子一起在社会上流传。

俗讲采用非佛教题材，正如郑振铎分析的，是僧侣们“为了增进听众的欢喜”，为了“改变群众的视听，便开始采用民间喜爱的故事来讲唱”；讲唱中还采用不少非佛教的声腔，也就是民间流行的声腔。这种演唱，不是从文溆和尚开始的，文溆和尚只是在前代和尚讲唱非佛教题材的基础上，将它发展到成熟的阶段，因而唱得“填咽寺舍”，唱入宫廷，而被文人学士的笔记本记下来了。非佛教题材的俗讲，在唐以前已有了。初唐道宣《续高僧传·声德论》中的一段：

> 若夫声学既丰，则温词雅赡；才辩横溢，则慧发邻几。必履此踪，则轨躅成于明道；如乖此位，则滥罔翳于玄津。但为世接五昏，人缠九恼；俗利日隆而道弘颇踬。所以坐列朝宰，或面对文人，学构疏芜，时陈鄙俚；褒奖帝德，乃类阿衡；赞美寒微，翻同旒冕。如陈满月，则曰圣子归门；迷略璋弧，岂闻床几。若叙闺室，则诵窈窕纵容。能令女子奔逃，尊卑动色；僧伦为其掩耳，士俗莫不寒心。非唯谓福徒难施，亦使性情萎萃。又有逞衔唇吻，摇鼓无惭，艳饰园庭，润光犬马。斯并学非师授，词假他传，勇果前闻，无思箴艾。遂即重轻同迹，真误混流，颜厚既增，弥深痴券，宁谓道达岂并然耶?!

道宣（596—667）隋大业中从智首受戒，高祖李渊的武德年间为西明寺上座（寺庙中级别最高的僧人）；玄奘回国后，唐太宗又派他参加译经；高宗乾封二年圆寂。道宣看到的是初唐的情况。他的《续高僧传》以“杂科”和“声德”作为第十篇。不称“唱导”而称“声德”，可能是有感于唱导僧的“德”出了问题。道宣一方面肯定唱导发展了，“声学既丰”、“才辩横溢”；另一方面指责某些僧人“学构疏芜”，更多指责的是居然讲唱“能令女子奔逃”、“僧伦掩耳”的内容——描声绘色的世俗爱情故事。从这些指责看，这样的世俗爱情故事不是从文溆开始的，而是隋唐以前便进入俗讲了，且相当泛滥。要不然，道宣也没有必要把它提到“声德”的高度来论述一番了。

俗讲中的非佛教题材作品，虽受到道宣的指责，却飞快地在寺院和民间流传，引起民间艺人的效仿，于是便有了更多的民间故事题材作品和说唱艺人。《全唐诗》可找到许多有关听民间艺人说唱的诗：

> 欲说昭君敛翠蛾，清声委曲怨于歌。谁家少年春风里，抛与金钱唱好多。（王建《观蛮妓》）

> 妖姬未着石榴裙，自道家连锦水濆。檀口解知千载事，清词堪叹九秋文。翠眉颦处楚边月，画卷开时塞外云。说尽绮罗当日恨，昭君转意向文君。（吉师老《看蜀女转昭君变》）

上面两首诗提到以王昭君、卓文君等为题材的“好多”变文。说变文的是蛮妓（边疆民族的艺人）和四川女艺人。两位艺人未开口便进入角色，蛾眉收敛显出悲容，具备一定的艺术修养，也很熟谙表演艺术。这位四川女艺人说变文时还有变相（图画）配合，以增强演唱效果，因而有“画卷开时塞外云”的诗句。变相和变文配合的方式，也是从俗讲僧开始的。敦煌出土的目连变文中，有《大目乾连冥间救母变文并图一卷并序》；编号为P. 4524的述说舍利弗降六师外道故事的《降魔变文》中劳度叉斗圣一段，卷的背面有相应的画图。《昭君变》文中有“上卷立铺毕，此入下文”字样，应该有两幅或两幅以上变相配合。

俗讲是唱导发展的。唱导的声、博、才、辩四项技艺被俗讲继承、发展，且影响了唐宋的民间说唱（对于这点将在后来论及）。从《高僧传·唱导论》看，唱导在南朝时已成熟。现在还没有足够的资料来证明唱导和俗讲两者之间的划分时间。南朝时唱导开始有底本，现在没发现这种底本，因而也无法确切地区分唱导底本与变文的异同。从现有资料看，变文在唐代已成熟、完善，被僧道和民间艺人采用而广为流传。直到宋真宗赵恒（998—1022 年在位）把儒、道以外的一切宗教，连同变文讲唱都明令禁止，变文广泛流行期当接近 400 年。郑振铎《中国俗文学史·变文·十》说：

> 但今所知的敦煌写本，有早至公元 406 年（引者按：东晋安帝义熙二年）者，也有晚至公元 995 年（引者按：北宋太宗至道元年）者。最晚的变文写本和最晚的其他写本年代相差不远（不过七八十年），而最早的变文写本和最早的其他写本，其年代竟相差 300 多年之久……

由于受各种条件的限制，在宋真宗下达禁令的时候，人们不可能把所有违禁写本都藏入敦煌石室。换句话说，敦煌石室所藏的变文是有限的，不可以偏概全，这是第一。第二，梁慧皎《高僧传》和唐道宣《续高僧传》说的唱导师和俗讲僧，有的没有底本，也有不少有底本的。前期俗讲底本（唱导），也没有被藏入石室。因此，不能根据敦煌一室之收藏而论定。至于变文的最早时间以及如何从唱导发展过来的过程，都有待于新的资料的出土和发现。

目连变，中国化了的佛教故事

敦煌出土的变文中，有关目连救母故事的残卷不少。经王庆萩、向达等整理校录出三种，辑入《敦煌变文集》中。这便是《目连缘起》、《大目乾连冥间救母变文并图一卷并序》、《目连变文》。前两篇比较完整，题也是原先有的；《目连变文》是个残卷，原无标题，现在的标题是向达等参考《大目乾连冥间救母变文》拟定的。这三篇都是韵文和散文相间杂，有说有唱。王庆菽在《大目乾连冥间救母变文并图一卷并序》的“校记”中说：

按此故事乃根据西晋月支三藏竺法护译《佛说盂兰盆经》加以演绎。

《盂兰盆经》全文连标点不到900字，除劝信佛教的语言外，有关目连救母的故事不到300字：

……大目犍连始得六通，欲度父母，报乳哺之恩，即以道眼观世界。见其亡母生饿鬼中，不见饮食，皮骨悚立。目连悲哀，即以钵盛饭往饷其母。母得钵饭便以左手障钵，右手抟食。食未入口，化成火炭，遂不得食。……佛言汝母罪根深结，非汝一人所能奈何。汝虽孝顺……亦不能奈何，当须十方众僧神威之力……佛告目连，十方众僧七月十五日僧自恣时，当为七世父母及现在父母危难中者，具饭百味五果、汲罐盆器、香油锭烛、床敷卧具，尽世甘美以着盆中，供养十方大德众僧……有供养此等自恣僧者，现世父母、六亲眷属得脱三涂之苦……时目连比丘及大菩萨众皆大欢喜，目连悲泣声释然除灭。时目连母即于是日得脱一切饿鬼之苦。

《盂兰盆经》里的目连救母故事，涉及的具体人物只有三个：目连、目连的母亲、佛；还有便是泛指的十方众僧。目连的母亲无名无姓。说她“罪根深结”，到底有哪些罪？深到什么程度？没有说。目连去地狱，也只是“以钵盛饭往饷其母”。因为饭未进母亲的口便“化为火炭”，目连才求救于佛。佛要他在僧自恣日准备“尽世甘美”“供养十方大德众僧”，他的母亲便当天“得脱一切饿鬼之苦”。这个故事不仅简单，且感染力不强，很难使人信服。后来这个故事发展成变文，故事情节作了铺陈敷衍，人物增添了，叙述、描写也夸张、细致得多。《目连缘起》和《大目乾连冥间救母变文》二者，也各有不同。

《目连缘起》的篇幅有散文2 000字左右，韵文260行；韵文多为七言，也有六言、五言的。全篇字数超过3 500，相当《盂兰盆经》中涉及故事的文字的10多倍。《目连缘起》和《盂兰盆经》比较，有这些改变和发展：

1.《盂兰盆经》以佛的语录为主，人物只有三个：佛、目连、目连的母亲。《目连缘起》是讲故事，故事的中心人物是目连的母亲，她有名字叫青提夫人；目连也有了俗名。因故事而增加了狱卒、夜叉。《目连缘起》开头便是：“昔有目连慈母，号曰青提夫人，住在西方，家中甚富，钱物无数，牛马成群，在世悭贪，多饶杀害。自从夫主亡故，而乃孀居。唯有一儿，小名罗卜。”故事沿着这条主线发展。

2. 青提夫人被打入阿鼻地狱受苦的原因，经中只有“罪根深结”四字，《目连缘起》有三条。一是前面引文提到的悭贪。二是罗卜出外经商时，她在家“朝朝宰杀，日日烹庖”，遣仆打僧人，放狗咬孤老。三是罗卜回来后，她对儿子谎说：“常修善事”；罗卜听了邻人的反映，她又指责儿子“纳他人之闲词”，并发咒誓说没开荤，若开了荤，“七日之内命终，死坠阿鼻地狱”。到了第七天，她果然死了，坠入阿鼻地狱。“阿鼻”是梵文“无间断”的音译，阿鼻地狱是受刑无间断的地狱，也叫无间地狱。唐代僧人道世《诸经要集·地狱会名》：“彼处恒受苦累，无喜乐间，故名无间。”

3.《盂兰盆经》中是目连出家修道，得六通后“欲度父母”，才知道母亲在地狱受苦。《目连缘起》则是刘青提去世后，罗卜才“投佛出家，便得神通第一；世尊作号，名曰大目连”，思报父母深恩。打开天眼找母亲的情节和《盂兰盆经》相同，只是经中叫“道眼”。《目连缘起》写目连投佛的理由是：“三年至孝，累七修斋，思忆如何报其恩德，唯有出家最胜”，罗卜出家是为了报母恩、救母亲。这是和经文不同的。三年至孝，是指封建时代儒家的守孝三年。累七修斋，是佛家的说法。佛家谓人死后至转生期间，寻求生缘以七日为一期。若到了七日，还未转入轮回，则要等第二个七日，到第七个七日必定转生一处，因而有“七七”的说法。“七七”又名累七。“七七”期间，要举行超度或祭奠仪典。《北史·胡国珍传》：“又诏自始薨至七七，皆为设千僧斋。”在《目连缘起》里，目连俗名“罗卜”，他追悼母亲“三年至孝”符合当时中国的人情世俗。至于如何报母恩德，“唯有出家最好”，则是《四十二章经》中，“饭辟支佛百亿，不如以三宝之教，度其一世两亲”和慧远“出家大孝”的演绎。

4．经文中说目连得道后，即“以道眼观世界”，见其亡母生饿鬼中，不见饮食，皮骨悚立，目连悲哀，即“以钵盛饭饷母。母得饭便以左手障钵，右手抟食。食未入口，化成火炭，遂不得食”。《目连缘起》丰富了这些情节。如用“天眼观占”时，首先看见“慈父已生于天上，终朝快乐逍遥；母身坠在阿鼻，日日唯知受苦”；且对青提受的苦作了描述：“身卧铁床无暂歇，有时驱逼上刀梯；碓捣硙磨身烂坏，遍身恰似淤青泥”，“累岁不闻浆水气，干枯渴乏镇长饥”。目连为母亲送饭，“香饵琼浆都一钵，愿母今朝吃一匙”；盂钵到了青提嘴边，“琼浆水来变作铜汁，香饵欲飧变成猛火”。

《目连缘起》中故事的结局，是如来佛教育目连：“汝能行孝，愿救慈母，欲酬乳哺之恩”，应在众僧解忧之日，“办香花之供养，置盂兰之妙盆”。目连依教奉行，办诸供养，青提得脱阿鼻地狱，又变成王舍城中的狗。佛又教目连请僧四十九人，铺设七日道场，日夜六时礼忏，悬幡点灯，行道放生，青提脱了狗身，生于天上。从全篇看，《目连缘起》写的青提，本是个不信佛、不信报应、不信有地狱的人物，经历过这场灾难，她处处悔恨自己的无知，“将为（谓）世间无善恶，何期今日受斯殃”；变文作者也以第三人称说：“母为前生造罪多，积集悭贪结网罗，毁佛谤僧无敬信，不曾将口念弥陀，死坠三涂无间狱，终朝受罪苦波波。”刘青提受罪的关键原因，是毁佛、谤僧、无敬信。《目连缘起》以青提的经历，宣传要敬重三宝，相信报应，相信确有地狱。这对于当时不信佛教的人来说，是一种精神威胁。《目连缘起》也宣扬佛法无边，宣扬目连坚忍不拔的救母精神。从佛教徒来说，宣传孝，主要是孝莫大于出家。尽管文字中夹杂有儒家思想和世俗的生活习俗，总的说是以佛家体系为主的。《目连缘起》中“奉劝座下门徒”、“奉劝座下弟子”两段劝世文，前一为告诫门徒千万不要“毁佛谤僧无敬信”，后一为用了董永、郭巨、孟宗、王祥和慈鸟反哺、羔羊跪乳等民间故事衬托，要人们“孝顺学取目连”，“免作青提一会人”。全文以“今日为君宣此事，明朝早来听真经”结束，说明这篇变文是在佛寺里宣讲的。

《大目乾连冥间救母变文》（以下简称《变文》）有散文6 600字，韵文760余行，合计字数超过1万。篇幅为《目连缘起》（以下简称《缘起》）的3倍，相当于《盂兰盆经》中故事字数的40多倍。与经文和《缘起》相比，《变文》又有一些不同：

1. 《变文》的开头是“夫为七月十五者，天堂启户，地狱门开，三涂业消……承供养者，现世福资，为亡者转生于胜处，于是盂兰百味，饰贡于三尊。仰大众之恩，先救倒悬之窘急。昔佛在世时，弟子厥号目连……”《变文》从盂兰会解倒悬和目连述起，与《缘起》从目连慈母青提夫人述起，叙述角度不同，目连成为第一主角。青提是因为不供养佛、法、僧，悭吝和

“欺诳凡圣”，坠入阿鼻地狱的。《变文》中，青提去世写得简单，写了一段罗卜“礼泣三周复（服）制毕”，而后投佛学道，这点和《缘起》相同。礼是指我国儒家的丧礼，按礼，父母逝，着斩衰（粗麻布做、不缝边的丧服）。《礼·丧报小记》：“斩衰括发以麻”，也就是披麻带孝。制，是按礼规定的守孝。罗卜未投佛前，是按儒家礼办的丧事。变文的这种改变，使得远在天竺的古代故事移入我国后，更符合唐人礼法。

2. 目连的父亲在变文中出场了。《缘起》中他不出场，被笼统地叫西方善人。现在他的名字叫辅相，亡后在天宫受乐，还增加了许多人物，如阎罗大王、狱主、夜叉王、地藏菩萨、八部龙天等佛教经书中能见到的名字；太山都尉、五道将军等不属于佛教的名字。太山都尉即泰山神，俗称东岳大帝。自魏晋以来，道家传说人死后魂归泰山，因而道教以泰山神为地下（冥间）之王。《后汉书·乌桓传》：“如中国人死者，魂归岱山也。”晋干宝《搜神记》中，叙说泰山人胡母班魂游地府，求泰山神免其父苦役。变文中阎罗大王对目连说的话中，有“太山定罪卒难移，总是天曹地笔批”句，业官启奏阎罗大王话中，有“青提夫人亡来已经三载，配罪案总在天曹录事司太山都尉一本”。可见这泰山都尉，是管鬼魂的。佛教没有“天曹”的称呼，“天曹”是道家对天上神官的称谓，《南齐书·颜欢传》：“今道家称长生不死，名补天曹。”五道将军也不是佛教中的神佛。《变文》说：“五道将军性令恶，金甲明晶剑光交错，左右百万余人，总是接飞手脚。叫喊似雷惊振动，怒目得电光耀霍，或有劈腹开心，或有面皮生剥”；“若问三涂何处苦？咸言五道鬼门关”。五道将军是管这五道鬼门关的，所以将军称是中国的神鬼。《变文》比《缘起》多了些本土神鬼。

3.《变文》中目连得证阿罗汉果后，自己用“道眼访觅慈亲，六道生死，皆不见母”，是佛和辅相告诉他，青提在阿鼻地狱受苦。《变文》叙述了目连深山修道的过程，也写了他的神通：天庭访父亲和上天下地救母亲的毅力和艰辛。目连初入冥道，遇上“八九个男子女人”，只是些游魂；继而到阎罗大王处、奈河桥边、鬼门关前，然后到诸地狱。《变文》通过目连寻母的行动，具体描写了刀山剑树狱、铜柱铁床狱、阿鼻地狱……这些地方的鬼魂都承认，“我等生前多造罪，今日受苦方知悔”。这些处所，或“铁轮往往从空入，猛火时时脚下烧，心腹到处皆零落，骨肉寻时似烂焦，铜乌万道往心撖，铁汁千回顶上浇”，或“刀山白骨乱纵横，剑树人头千万颗”；或“女卧铁床钉钉身，男抱铜柱胸怀烂；铁钻长交利锋刃，馋牙快似如锥钻；肠空即以铁丸充，唱喝还将铁汁灌，蒺篱入腹如刀劈，空中剑戟跳星乱”。目连快到阿鼻地狱，“空中见五十个牛头马脑、罗刹夜叉，牙如剑树，口似血盆，声如雷鸣，眼如掣电”守在狱前。他们劝目连不要往前走，“狱中毒气着，和尚化为灰尘处”。目连凭着救母的毅力、佛赐的芒鞋、锡仗和佛法向前，至地狱百步处，被火气吸着而欲仰倒。这狱，铁城高峻，莽荡连云，剑戟森林，刀枪重叠，铁蛇吐火，铜狗吸烟，铁耙踔眼，铜叉剉腰。这些描写，既说出那些不行善、不信佛的人死后必受苦，也写出了目连寻母的艰难险阻，衬托出他救母的坚定决心。

4.《变文》成功之处是写人物。上段说了用寻母艰难来显现目连毅力，而阿鼻地狱中母子见面的描写，占了整个篇幅的三分之一，表现出人物的真情。目连请阿鼻地狱狱主寻母亲，狱主在高楼上招白旗打铁鼓，寻问第一隔中有没有青提；换一次旗、鼓又找另一隔，直到第七隔才找到。问青提为何不早答应，说是“恐畏狱主更将别处受苦”。刘青提是换了若干地方才到这里的，每换一次地方，受苦越多。此时她被用四十九颗铁钉，钉在铁床上，她最怕换地方了。一句话道出了无限辛酸。狱主告诉她：有个和尚说是你的儿子，要来相见。青提说没有当和尚的儿子，莫不是找错了。直到说出和尚小时名叫罗卜，青提才说："若小时字罗卜，即是儿也，罪身一寸肠娇子"，这才肯相认，表现出服刑中青提小心谨慎的心理状态和对儿子的天伦情深。狱主拔掉她身上四十九道长钉和腰上铁锁，仍是七孔流血汁，口中生猛火。在持叉狱卒和牛头押解下，她和目连相会，母子抱头痛哭。可目连救不了母，也不能代母受罪，还得回去求如来。狱卒持叉催促，母子只好分别。青提托门回盼，目连切骨伤心如泰山崩塌，七孔流血，晕倒过去。这鬼世界充满人情味。释迦带领八部天龙去地狱，"铁丸化作摩尼宝，刀山化作琉璃地，铜汁变成功德水"。唯有青提仍为饿鬼道，"咽如针孔，滴水不通"；"遥见清源冷水，近看变成脓河；纵得美食香飧，便即化为猛火"。如来要目连在七月十五日造盂兰盆斋，青提得离饿鬼道，在王舍城中做狗。目连引狗于佛塔前诵大乘经典七日七夜，蜕却狗皮，还为人身，携同一道去西方佛国。

《目连缘起》和《大目乾连冥间救母变文》，在结构、语言、描述手法和人物对话各方面，比当时出现的传奇小说毫不逊色，是用韵文和散文交错写成的传奇文学，是我国较早出现的成熟的说唱文学。其故事梗概是从《盂兰盆经》中取来的，但其情节、细节，有的是从别的佛经故事中借来的，有的是从生活中取来的。比如目连母亲变狗身的情节，六道轮回之说是这一情节的理论依据，而《目连化诸鬼神自说先恶第十六》经中的犍陀罗神，便有化狗的故事。犍陀罗神施给比丘梵志贫乏人时，粗言咒骂，后来变成了狗头人身。至于地狱的描写，《高僧传》记述六朝时已"谈无常令人战栗，语地狱则怖泪交零"，本是俗讲僧人所长，敦煌残卷还有《地狱变文》等可资借鉴。何况地狱故事传入我国后，和道教、巫教、神仙方士中相类似故事相结合，又有了新的发展。晋代干宝《搜神记》、张华《博物志》、刘宋时王琰《冥祥记》及托名陶潜的《搜神后记》，都记述有不少鬼的故事。如《搜神记·蒋济亡儿》，说蒋济的儿子死后，在冥间的衙门当差，便是地狱故事发展的一例。尽管道教也有阎王之说，但佛教题材的目连变文中，把阎王、太山都尉、五道将军都纳入一个系统，让目连遇见了。这也是不同文化相互融合的一个实例。具备声、辩、才、博的俗讲僧，自可商榷经论，采摘书史，融会贯通，适时应对，口吐莲花。经过一代代唱导僧的创造和积累，一代代听众的检验和淘汰，变文一步步得到丰富、发展和提高。

《大目乾连冥间救母变文》卷末，有“贞明七年辛巳四月十六日净土寺学郎薛安俊写、张保达书”字样。贞明七年是公元921年，这是抄写的年代。《目连变文》的创作年代当更早，可从唐代孟棨《本事诗》和五代时王定保《摭言》中记述张祜把白居易《长恨歌》比作“目连变”的故事知道。《本事诗》说：

> 诗人张祜未曾识白公。自公刺苏州，祜始来谒。才见白，白曰：“久钦籍，曾记得君款头诗。”祜愕然曰：“舍人何所谓?”白曰：“鸳鸯钿带抛何处，孔雀罗衫何阿谁，非欵头何耶?”张顿首微笑，仰面答曰：“祜亦曾记得舍人目连变。”白曰：“何也?”祜曰：“上穷碧落下黄泉，两处茫茫皆不见，非目连变何耶?”遂与欢宴竟日。

白居易到苏州当刺史，是唐敬宗李湛宝历元年（825），张祜见白居易是在这几年间。其时，“目连变”已被当作典故出现在笑谈中，其创作年代当更早。

唐代的开国帝王高祖李渊和太宗李世民，虽尊重佛教，但都不太信仙佛之说的。《新唐书·高祖纪》有“武德九年（626）四月辛巳，废浮屠、老子法”；“沙汰僧尼、道士、女冠”等记述。《旧唐书·太宗纪》说，贞观元年（627）“十二月壬午，上谓侍臣曰，神仙事本虚妄，空有其名”，并举了秦始皇、汉武帝求仙故事说：“据此二事，神仙不烦妄求也。”李世民在贞观十一年（638）秋七月“丙午，建老君庙于亳州（今安徽谯县）、宣尼庙于兖州（今山东济宁），各给二十户享礼焉。”李世民的儿子、高宗李治是个儒、释、道都用的皇帝。他做太子时就为母亲长孙皇后建慈恩寺；登位后，一方面承继父祖的志愿，追封老子李聃为太上玄元皇帝，追赠孔子为太师；一方面提倡佛教，废玉华宫为佛寺，将高祖的旧宅改建为僭龙寺。他还要“王公百僚皆习《老子》”，“准《孝经》《论语》例试于有司”（《旧唐书·高宗纪》）；高宗的儿子、中宗李显，在嗣圣元年（684）二月“丙申，僧会范、道士史崇玄等十余人皆授官封公，以赏造圣善寺功也”。以后的几个皇帝，武则天当过尼姑，睿宗李旦、玄宗李隆基，都是三教并重的。《资治通鉴·唐纪》说，高宗龙朔二年（662）、玄宗开元二年（714）“令道士、女冠、僧尼致拜父母”；玄宗开元十年（723）六月，“上训注《孝经》，颁于天下”。唐代这种社会氛围，很有利于目连变文的形成、推广和流传。

第四章 目连变文被搬演成杂剧

世界上有三种古老的戏剧：希腊古典戏剧鼎盛于公元前 5 世纪，它是欧洲戏剧的源头；梵剧产生于印度，公元前 2 世纪走向成熟，公元 5—6 世纪有过黄金时代，后来衰落；中国戏剧初创于公元前 2 世纪，西汉出现了角抵戏《东海黄公》，但它的成熟、定型是 12 世纪的南戏和元杂剧，发展为明清的传奇剧，然后才有今天的京剧、昆剧和全国各地的地方戏剧。北宋出现的《目连救母》杂剧，是南戏的滥觞。

戏剧萌芽和宗教祭祀

希腊、印度、中国，都是世界上的文明古国。由于各国所处的地理环境不同，经济和文化条件有异，民族性格和习俗有别，因而戏剧产生和成熟的时间不同。其中，宗教和祭祀对戏剧的影响最大。

希腊悲剧起源于酒神节的颂歌，喜剧则产生于酒神节祭祀后的狂欢游行。在每年播种和收获季节，希腊农村都祭祀酒神。酒神或被称为丰收之神，他名叫狄俄尼索斯。公元前 560 年前后，庇西特拉图依靠平民发动政变，夺取了雅典政权。他实行打击贵族，保护中小土地主利益，鼓励农、工、商业和发展海外贸易的政策，使雅典的经济和文化得到发展。他把酒神节的祭祀活动搬到雅典城中，作为国家的重要教育活动，由国家主办。当时有一支乘马车串乡赶酒神庆典的颂歌队，队长叫特斯庇斯。他们进入雅典后在祭典上唱颂歌时，特斯庇斯从歌队中分离出来，以神的身份和歌队对话。以前，只有祭司和国王才有资格代表神说话。特斯庇斯的这一行动，不仅开创了“扮演”的艺术，也使参加祭祀的群众，由从宗教意义看待歌队转到从欣赏娱乐的角度来看待歌队。这便是希腊戏剧的开始。公元前444年，伯里克利任雅典大将军，成为国家的实际统治者。这位出身贵族的将军，是一位民主派。他完成雅典奴隶主民主宪法，实行发展工商业、航海事业和奖励文化的政策，使雅典出现鼎盛时期。他建成可容万人的大剧场，每年举行三次戏剧比赛，使希腊戏剧得到充分发展。希腊悲剧的题材，多取自公元前9世纪盲诗人荷马的史诗《伊利亚特》和《奥德赛》以及民间神话传说。这期间出现了三位有代表性的悲剧诗人：被恩格斯称为悲剧之父的埃斯库罗斯（约公元前525—前456）和索福克勒斯（约公元前496—前406）、欧里庇得斯（约公元前485—前406）。大哲学家亚里士多德（公元前384—前322）归纳出悲剧的六要素：语言、旋律、情节、性格、思想、场景。他还定义式地认为，戏剧“是对行动的模仿，而不是行动的本身”（《诗学》）。希腊戏剧从实践到理论，都发展到相当高度。其丰硕成果被罗马戏剧继承，后来发展成为现代的欧洲戏剧。

从印度最古老的戏剧理论、公元2世纪产生的《舞论》（或译作《剧论》）看，古印度是把音乐、戏剧、舞蹈看成一体的。公元前7世纪形成的婆罗门教，崇拜的三位主神中有一位湿婆，或称大自在天。他的现身有三：苦行之神、毁灭之神、舞蹈戏剧之神；常见的是舞蹈戏剧之神。在摩亨佐·达罗（今巴基斯坦信德省境内），有三千年前雕塑的湿婆像，是狂舞造型。印度史诗《吠陀》中的《耶柔吠陀》，记述国王祭祀时进行征伐模拟，是一种原始的戏剧活动；《黎俱吠陀》中《阎摩与阎密的对话》、

《洪呼王与广延天女的对话》，都是第一人称说话的记述和描绘，有戏剧因素。婆罗门教祈祷和酬神的舞蹈，也含有戏剧因素。佛教盛行后，宗教节日和佛像出巡时扮演佛本生故事，“扮演”便是戏剧成分。印度古典戏剧梵剧的完全成熟时期在公元 2 世纪初，代表人物是马鸣（Asvaghosa），即佛教中说的马鸣菩萨。他生活在贵霜王朝的迦腻色迦时，担任过王朝的诗歌供奉。他原是婆罗门教徒，后遇胁尊者而皈依佛教。他是高僧也是佛学家，崇大乘。这时国势强大，国土袤广，包括今天中亚和印、巴大部分地区。佛教史上第四次佛典集结也在此时。马鸣撰写的佛经中，《大庄严论》、《佛所行赞》、《尼乾子问我无义》、《大乘起信论》等，已被译成中文。20 世纪初，在我国新疆地区发现了他的九幕梵剧《舍利弗传》和其他两个残卷。梵剧中有乐歌、舞蹈、科白；科白的出现较乐歌、舞蹈晚。

《舞论》的作者婆罗牟尼，意译是婆罗地方或婆罗氏族的哲人。迦黎陀娑的剧本《摩罗维迦》中说，婆罗牟尼是天国戏班的班主。这无疑把他神化了；印度的戏剧艺人尊他为祖师。《舞论》认为，戏剧的基本性能是模仿人间生活，也是天上、人间、地狱三界的表现；戏剧应具有社会功能和娱乐功能；要有故事，且有形体表演；要有味（情调、品味）和情（情态）；戏剧要根据吠陀经典、史诗和历史传说故事编演……《舞论》使梵剧创作经验上升为理论，指导着古印度戏剧艺术的发展。梵剧代表作有迦黎陀娑的《沙恭达罗》、首陀罗迦的《小泥车》等。10 世纪以后，梵剧日趋衰落，逐渐被民间口语戏剧取代。

我国戏剧的形态是戏曲，它是歌、舞、诗、剧、画的综合。作为世界文明古国之一的我国，有文字记述表明，民间歌舞几乎和原始的集体劳动同时产生；作为最古宗教的巫却一直处于原始状态，到公元 2 世纪才创立道教。《尚书·尧典》记有：

帝曰，夔，命汝典乐……诗言志，歌咏言，声依咏，律和声，八音克谐，无相夺伦，神人以和。夔曰：予击石拊石，百兽率舞。

“百兽率舞”是人们歌颂、祭祀图腾时的歌舞，表演者要装饰成图腾的各种动物。专门祭祀、通神鬼的人便是巫。巫靠歌舞请神、求神、祈祷、和神鬼对话。巫的歌舞取材于民间歌舞，经整理、提高而保留。屈原的《九歌》便是在巫的祭祀歌舞基础上创作的文学名作。巫是古代的职业歌舞者，古代的“巫”和“舞”是一个字，是象形字，像展袖舒舞的巫的形：。

巫，祝也。女能事无形，以舞降神者也。象人两袖舞形。（许慎《说文》）

时至今天，巫仍是靠舞来求神、通神。东北的跳大神、湖南的冲傩和扛马脚、湘西的扛菩萨、八峒瑶山的跳堂鼓、滇黔彝族的跳虎节、满族和内蒙古科尔沁的萨满，都是巫的歌舞，也是巫祭祀仪典和通神过程。巫在祈神和通神中，要悦神、装神。“装”神便有戏剧因素。因而明代文学家杨慎（1488—1559）认为，女乐本于巫觋：

女乐之兴，本由巫觋，《周礼》所谓以神任者，在男曰觋，在女曰巫。巫咸在上古已有之。《汲冢周书》所谓“神巫用国”。观《楚辞·九歌》所言巫以歌舞悦神，其衣被情态，与今倡优何异。《伊尹书》云：“敢有恒舞于宫，酣歌于室，时谓巫风。”巫山神女之事，流传至今，盖有以也。晋《夏统传》：女巫章丹、陈珠二人，并有国色，装服雅丽，歌舞轻徊。其解佩褫绅，不待低帷昵枕矣。其惑人又岂下于《阳阿》、《北里》哉！（《升庵集》卷四十四）

《阳阿》、《北里》是古代的舞曲。《淮南子·俶真》有东汉高诱注：“阳阿，古之名倡也”，因人名而名乐。《史记·殷纪》：“北里之舞，靡靡之乐。”王国维（1877—1927）举《楚辞》而论巫扮演的“灵”是“戏剧之萌芽”：

> 《楚辞》之灵，殆以巫而兼尸之用者也……至于浴兰沐芳，华衣若英，衣服之丽也；缓节安歌，竽瑟浩倡，歌舞之盛也；乘风载云之词，生别新知之语，荒淫之意也。是则灵之为职，或偃蹇以象神，或婆娑以乐神，盖后世戏剧之萌芽，已有存焉者矣。(《宋元戏曲考·上古至五代之戏剧》)

汉代出现的《东海黄后》，是在巫歌舞的基础上发展的表演节目。关于《东海黄公》，有不少文字记述：

> 东海黄公，赤刀粤祝，冀厌白虎，卒不能救；挟邪作蛊，于是不售。(东汉张衡《西京赋》)

> 有东海人黄公，少时为术，能制蛇御虎，配赤金刀，以绛束发，立兴云雾，坐成山河。及衰老，气力赢惫，饮酒过度，不能复行其术。秦末有白虎见于东海，黄公乃以赤刀往厌之，术既不行，遂为虎所杀。三辅人俗用以为戏，汉武帝亦取以为角抵之戏焉。(东晋葛洪《西京杂记》)

黄公少年时有法术，能制服蛇虎；老后他又带着宝刀，念着咒语去制虎，法术不灵了，被虎所害。道教《人元秘枢经》：“白虎者，岁中凶神也，常居岁后四辰。”念着咒语去制服“岁之凶神”，黄公是个巫师或方士。史载，汉景帝二年（公元前155）由左内史、右内史和主爵中尉（后改为主爵都尉）共治长安城，因而人们将京城及附近的地方称为“三辅”。京城附近的地方将东海黄公的故事搬来作节目，汉武帝（公元前140—前87）把这故事作角抵之戏。角抵原只是类似今天摔跤的技艺表演，有了东海黄公的故事，便有了人物、情景和故事，便不是单纯的技艺角力了。它在巫师的歌舞表演的基础上，又增加了几分戏剧因素。

六朝时，非宗教的歌舞也有表现简单故事的，如《兰陵王》、《踏摇娘》一类节目。关于《兰陵王》有如下记述：

北齐（550—577）兰陵王长恭，才武而面美，常着假面以对敌。尝击周（宇文氏建立的王朝）师于金墉（今河南洛阳市东北）城下，勇冠三军。齐人状之为此舞，以效其指挥击刺之容，谓之《兰陵王入阵曲》。（《旧唐书·音乐志》）

大面出北齐，兰陵王长恭性胆勇而貌若妇人，自嫌不足以威敌，乃刻木为假面，临阵着之。因为此戏，亦入歌曲。（唐崔令钦《教坊记》）

戏有代面，始自北齐神武弟，有胆勇，善斗战。以其貌颜无威，每入阵即着面具。后乃百战百胜。戏者衣紫、腰金，执鞭也。（唐段安节《乐府杂录·鼓架部》）

上述三则记述，从不同角度描绘出《兰陵王》这个节目的来由和演出情况。有人物、矛盾、故事情节和结局。其演出形式是歌舞。关于《踏摇娘》，也有不少文字记述：

北齐有人姓苏，㿜鼻，实不仕，而自号为中郎。嗜饮酗酒，每醉辄殴其妻。妻衔悲，诉于邻里，时人弄之。丈夫着妇人衣，徐行入场。行歌，每一叠，傍人齐声和之云："踏摇和来，踏谣娘苦和来"。以其且步且歌，故谓之"踏谣"；以其称冤，故言苦。及其夫至，则作殴斗之状，以为笑乐。今则妇人为之，遂不呼郎中，但云阿叔子。调弄又加典库，全失旧旨。或呼为《谈容娘》，又非。……（《教坊记》）

苏中郎：后周士人苏葩、嗜酒落魄，自号中郎。每有歌场，辄入独舞。今为戏者，着绯，戴帽；面正赤，盖状其醉也。即有《踏摇娘》。（《乐府杂录·鼓架部》）

《踏摇娘》题材来源于生活，苏妻是人们同情的对象，苏葩是被嘲讽者。节目的形式是“且步且歌”，一唱众和。这似我国古代民间的踏歌。葛洪《西京杂记》说，汉宫女“以十月十五日（晚）……相与联臂，踏地为节，歌《赤凤凰来》”。李白游安徽泾县桃花潭《赠王伦》诗，有“忽闻岸上踏歌声”句；刘禹锡《踏歌行》诗：“春江月出大堤平，堤上女郎连袂行……灯下妆成月下歌……振袖倾环风露前。”《踏摇娘》是在踏歌基础上发展成的小节目，有人物、简单情节和戏剧矛盾，也有了些第一人称谓的言行。这种具备戏剧雏形的小歌舞，有对生活中是非的褒贬，形式新鲜，当时很受观众欢迎。

《教坊记》说，《踏摇娘》“或呼为谈容娘”。天宝时（742—756），常非月有诗《咏谈容娘》描绘演出现场实况：

举手整花钿，翻身舞锦筵。
马围行处匝，人簇看场圆。
歌要齐声和，情教细语传。
不知心大小，容得许多怜。

《兰陵王》、《踏摇娘》都是在民间歌舞的基础上发展的小节目。王国维《宋元戏曲考》认为，“其事甚简，与之谓之戏，不若谓之歌舞之为当也。”

戏曲迟迟不成熟的原因

我国古代，曾有过商业发达的殷周；有过“率土之内，莫非王土”的大统一的西周；“车同轨、书同文”的秦汉；有过“都鄙廪庾皆满而府余货财，京师之钱累巨万，贯朽而不可校；太仓之粟陈陈相因，充溢露积于外，至腐不可食”（《史记·平淮书》）的汉初物阜民丰。作为原始宗教的巫，殷周时曾是帝王决策时被咨询的重要官员，具有至高权威；东周以后其社会地位下降。“敬鬼神而远之”的孔子，“乡人傩，朝服而立于阼阶”（《论语·乡党》），还算对巫的开明派。若遇上西门豹，巫师巫徒连同支持巫的三老（掌教化的乡官），会被一起投入黄河波涛中。巫的政治、社会地位下降，它的那点“戏剧萌芽”很难生枝长叶开出花来。这可能是我国戏剧成熟较晚的原因之一；还有下面几条原因：

希腊悲剧和梵剧的题材，主要来自史诗：荷马史诗和吠陀史诗。这两大史诗，分别记述了他们各自民族的历史传说、英雄故事和寓言。史诗是靠口头流传的，传说中的荷马，是一位到处行吟的盲诗人。吟，有声腔，有旋律，有音乐性。这和我国古代诗歌可以吟唱是一样的，至今仍有“吟诗作对”的说法。《史记·孔子世家》：“诗三百五篇，孔子皆弦歌之。”《汉书·艺文志》：“不歌而诵谓之赋”，这是说赋与诗不同的地方，也从另一角度说明诗是可以歌唱的。然而，古人在承认诗是抒发感情、表明志趣、志向的同时，忽视了诗的叙事功能。《毛诗序》：“诗者，志之所之也。在心为志，发言为诗。”《尚书·虞书·尧典》和《乐礼·乐象篇》都说“诗言志”；晋代陆机（261—303）《文赋》也说：“诗缘情而绮靡。”重视诗的言志，造成述志、抒情诗歌发达，不仅技巧高，且数量多；另一方面也使我国古代缺少叙事诗歌，没有希腊、印度那种篇幅浩瀚的、记述故事和传说的史诗。这可能是我国戏剧萌芽迟迟不生枝发叶开花的第二个原因。

希腊戏剧出现后，一代圣哲亚里士多德便给予肯定，并在巨著《诗学》中，论述了希腊悲剧、喜剧的特征、题材、人物、结构、语言、风格、情趣、社会功能。梵剧初形成不久，婆罗地方的觉者婆罗牟尼撰写《舞论》，对梵剧的本体、社会功能、娱乐功能、戏剧美学和演员的形体表演等方面，作了详尽的研究。这两本论著，对希腊戏剧和梵剧的发展，起了指导性作用，促进了戏剧的进一步繁荣和发展。我国戏剧最早的源头是歌舞，古人把歌舞归入“乐”的范围，都是表达思想、志向、感情的；也深知感情这个东西，发泄出来不易控制，于是把它约束在“礼”的范畴中，所谓“发乎情，止乎礼义”（《毛诗序》）。

夫乐者，乐也，人情之所必不免也，故人不能无乐。乐则必发于声音，形于动静；而人之道、声音、动静、性术之变，尽是矣。故人不能不乐，乐则不能无形；形而不为道，则不能无乱。先王恶其乱也，故制《雅》、《颂》之声以道之……（《荀子·乐论》）

夫声乐之入人也深，其化人也速，故先王谨为之文。（同上）

乐者，圣人之所乐也。而可以善民心。其感人深，其移风易俗易。故先王导之以礼乐而民和睦。（《汉书·礼乐志》）

且乐也者，和之不可变者也。礼也者，理之不可易者也。乐合同，礼别异，礼乐之统，管乎人心矣。（《荀子·乐论》）

在对待乐，也就是歌舞、戏剧等艺术上，我国古代哲人采取了与希腊、印度哲人不同的态度。后者多看积极因素，撰写《诗学》、《舞论》，从社会功能、艺术成就诸方面加以肯定，从理论上因势利导使其蓬勃发展、迅速成长。我国古代哲人虽认识到它“入人也深、化人也速”，“移风易俗易”，却老是担心出事故，从消极面着眼多，给予种种限制（“先王恶其乱也”），除制出一批《雅》、《颂》作为样板外，最主要的是把“乐”纳入“礼”的范畴来制约，作为御民术的一部分。礼，不仅是我们今天说的礼貌、礼节、礼让。在古代，礼更是一种等级制度，是社会行为和思想观念的法则、规范、仪式。《荀子·乐论》说的“礼别异”，便是等级区分。《论语·为政》：“子曰：道之以政，齐之以刑，民免而无耻；道之以德，齐之以礼，有耻且格。”朱熹注：“礼谓制度品节也”，明白地指出礼是封建社会的等级制度。而礼和乐常常被捆在一起，乐也有了等级制度，因而孔子有“八佾舞于庭，是可忍孰不可忍”、“礼崩乐溃”的愤慨，子夏有“獶杂子女，不知父子”的指责；“桑间濮上”被斥为亡国之音，“郑卫”民歌被贬为淫曲。艺术家的创作思想和创作实践受到“礼”的拘束，“乐”在艺术上便难以得到发展。这是我国戏剧萌芽迟迟不能绽出来的重要原因之三。

古代从事专业歌舞的人主要是乐人和乐户。乐户或乐人中，少数是善歌且有兴趣于歌舞者，如唐诗人杜牧（803—约852）《张好好诗序》中说的，“好好年十三，始以善歌来乐籍中”；多数是“籍没”的女犯和罪犯家属，所谓“名忝乐籍，充当乐户者”：

> 诸强盗杀人者，首、从皆斩；妻、子同籍，配为乐户。其不杀人及赃不满五匹，魁首斩，从者死，妻子亦为乐户。（《魏书·刑罚志》）

> 天后朝，有士人陷冤狱，籍没家族，其妻配入掖庭……（《乐府杂录·离别难》）

> 诏以太常乐工皆前代因罪配没，子孙相承，多历年所，良可哀愍。宜并蠲除为民，且令执事。若仕宦入流，勿更追集。（《资治通鉴·唐纪》高祖武德四年九月癸未）

> 雍正元年令……山西等省有乐户一项，其先世因建文末不附燕兵被害，编为乐籍，世世不得自拔为良民……与编氓同列。（《清文献通考》卷十九）

身入乐籍的人与士大夫之习乐者大不相同。《礼·少仪》：“问大夫之长幼，长，则曰能乐人之事矣。”《疏》曰：“以大夫之子恒习于乐。”士大夫习乐，因《乐》是儒家六经之一，把乐作为士大夫修养的必修课。所谓“《礼》以节人，《乐》以发和，《书》以导事，《诗》以达意，《易》以神化，《春秋》以道义”（《史记·滑稽列传》）。隶入乐籍的乐人，是专业的歌舞弹唱人员，他们是供统治阶级取乐的，处于奴隶地位，也叫官妓。朝廷有专管乐人的机构，汉时叫乐府，设乐府令；唐代叫教坊或梨园，元、明、清都叫教坊，清雍正时（1723—1735）废教坊。籍没女犯或罪犯家属为乐户的法律，也延续到明清。吴敬梓小说《儒林外史》第53回有：“把那元朝功臣之后都没入乐籍，有一个教坊司管着他们。”这样一些“待罪之身”的艺术人员，政治、社会地位都很低，从事艺术活动的积极性怎能提高?！这可能是我国古代戏剧迟迟不能成熟的第四个原因。佛教中的唱导僧、俗讲僧的政治地位，比乐人高得多。在南北朝、隋、唐时期，不少唱导僧、俗讲僧得到帝王宠眷，号大德、赐法号、赏紫袍（三品官以上的穿戴），还得赏钱。无怪乎六朝和隋唐时，寺庙里的说唱艺术发展很快，有名的说唱艺术家，僧道比乐人多。故变文成为我国较早成熟的说唱艺术品类。

佛教传入后的几部文学论著

初传入的佛教和大量翻译过来的佛经，像一股清新空气吹入中原，引起了人们的兴趣。特别是三国、两晋到隋的300多年间，军阀割据，战争不断，人民颠沛流离；贪图享乐的士族，不敢正视社会矛盾，清谈玄理。不少人为探求社会和个人的前途，阅读佛经，了解佛学哲理，也研究佛教文学。在佛教文化影响下，出现了一批文学论著。现在只谈谈《文心雕龙》、《尔雅音义》和《四声谱》。

刘勰（456—521）的《文心雕龙》，是我国旷古空前的文学论著。它总结晋以前文学理论的成果，开始建立我国完整的文学理论体系。《文心雕龙》共50篇，包括总论、文体论、创作论、批评论四个主要方面，论述了文学与社会、创作与生活、内容与形式、作家修养与作品等的辩证关系，也提出了文学批评的方法论。刘勰在《序志》篇中一再声明："尝夜梦执丹漆之礼器，随仲尼而南行。旦而寤，乃怡然而喜……于是搦笔和墨，乃始论文"；"盖《文心》之作也，本乎道，师乎圣，体乎经，酌乎纬，变乎骚"。他强调，他的写作动机和指导思想，都是儒家的。《原道》、《征圣》、《宗经》、《正纬》、《变骚》等篇，又以总论形式，再三表明作者尊孔循儒的立场、观点。然而，自建安以来，文学艺术已不是纯而又纯的儒家思想，也不是董仲舒画的圈子里的儒家活动。文学创作已不断从释、老思想和民族、民间生活中汲取素材和养料。《文心雕龙·时序》摒弃董仲舒"天不变、道亦不变"的思想，提出"时运交移，质文代变；古今诗理，如何言乎"，"文变染乎世情，兴废系乎时序"的论点。他肯定建安文坛三曹在文学上的贡献："魏武以相王之尊，雅爱诗文；文帝以副君之重，妙善辞赋；陈思以公子之豪，下笔琳琅，并体貌英逸，故才俊云蒸……观其时文，雅好慷慨。良由世积乱离，风衰俗怨；并志深而笔长，故梗概而多气也。"刘勰"文变演乎世情"的观点，是对受佛教影响的两晋文学的肯定。这与他自己深受佛教影响有关。《文心雕龙·论说》篇，在评论晋代王衍（字夷甫）等祖述老庄，立论以为天地万物皆以"无为"为本，裴頠患世俗放荡，不尊儒术，著《崇有》、《贵无》二论以矫时弊时说：

> 夷甫、裴頠，交辩于有无之域，并独步当时，流声后代。然滞有者，全系于形用；贵无者，专守于寂寥。徒锐偏解，莫诣正理，动极神源，其般若之绝境乎！

"般若"是佛教词汇，指如实了解事物的智慧。刘勰信手拈来，用出意境。《文心雕龙·神思》篇，刘勰借《庄子·让王》中一句话来解释命题："古人云，形在江海之上，心存魏阙之下，神思之谓也。"也借重《庄子》文学创作上感情奔放、观察深邃、浮想联翩、优美动人的特色；更受佛经寓言故事影响，肯定创作中展开想象的翅膀，在天上、地下、人间飞翔。《神思》篇中"思接千载"、"视通万里"，何尝不是借鉴于佛家的"五通"、"六通"，因而发出"登山则情满于山，观海则意溢于海"，"或理在方寸而求之域表，或义在咫尺而思隔山河"的高论。其思路之开阔，联想之丰富，非一般儒者所能及。读一读《梁书·刘勰传》，便可知道其受佛家熏陶何止于朝夕：

> 勰早孤，笃志好学，家贫不婚娶，依沙门僧佑，与之居处积十余年，遂博通经论。因区别部类，录而序之。今定林寺藏经，勰所定也。……勰为文长于佛理，京师寺塔及名僧碑志，必请勰制文。有敕与慧震沙门于定林寺撰经证。功毕，遂启录出家。先燔发以自誓，敕许之，乃于寺变服，改名慧地，未期而卒。

《高僧传·僧佑传》说，僧佑俗姓俞，是南朝时金陵（南京）有名的高僧。齐时，竟陵王萧子良请他讲律，"听众常七八百人"。梁武帝时，他被请在定林寺办过无遮大集舍身斋。因为这些缘故，定林寺获得很多布施，修缮得很好，还"造立经藏，搜校卷轴，使夫寺庙开广，法言无坠"。僧佑年老患脚疾，梁武帝特许他"乘舆入内宫为六宫受戒"。于是，梁武帝的第一夫人丁贵嫔及武帝诸儿子，都拜僧佑为师。刘勰幼年便进了这个寺庙，伴这位大律师住了十四五年。他在寺里读了不少佛家经典和儒家经典，为定林寺的藏书分类、编目；后来又奉敕和慧震和尚一起撰经证，可见他对佛经何等熟悉，受佛家影响何等深！他终于在生前经梁武帝批准，成了慧地和尚。

《文心雕龙》对隋唐以来的作家、批评家有相当大的影响，包括对陈子昂、杜甫、白居易、韩愈等人的文学创作和文学批评观点的影响。

另一类影响后代文学创作的，是声韵学方面的《尔雅音义》、《四声谱》等。宋人郑樵《通志·六书略·华梵》说："释氏以参禅为大悟，通音为小悟"，可见声韵之学在佛学中的重要。在古印度，声韵学包含在两个范围内，最基本的是识字读声。梵语由声母和韵母拼成一字。"字母"二字的音译是悉昙，悉昙学是基础。第二步是文法训诂之学，梵语的汉译称声明学：

《西域悉昙章》本是婆罗贺摩天所作，自古迄今更无异书，但点画之间微有不同耳。（唐僧人玄应《一切音义·文字品》）

七岁之后，渐授五明大论。一曰声明，释诂训字，诠目疏别。（唐玄奘《大唐西域记·印度总述·教育》）

五明大论是古代印度教育的基本科目。这"五明"是指内明、因明、工巧明、医方明、声明。内明指哲理；因明为逻辑；工巧明指工艺技术、天文算数；医方明指医术、药剂、生理知识；声明指文法、训诂。印度僧人讲究转读和唱念经文，他们必须懂得悉昙和声明之学。这两门学问随佛教一起传入我国。

我国文字是方体字，方体汉字的造字规律是六书：象形、指事、形声、会意、转借、假注。没有专谈字音的。成书于公元100年许慎的《说文解字》，是以分析字形、字义为主；附带说字音，且只用一个字来注明读音。古印度的梵文，是由字母拼读的，所以声韵学比我国发达得早。我国在汉末，经学家郑玄（127—200）等注明古今读音异同时，才开始有一点反切，间或用两个字来注明某字的音。郑玄门人的弟子、三国时孙炎（字叔然）撰《尔雅音义》，在传说是周公或孔子门人作的《尔雅》的基础上专谈音义，才开始用反切来注明字的音：

孙叔炎创《尔雅音义》，是汉末人独知反语。至于魏世，此事大行。（颜之推《颜氏家训·音辞》）

郑玄、孙炎等逐渐采用反切拼音方法，是否受印度声明学的影响，还待进一步发现史料。但与郑玄、孙炎同时的服虔、应劭也用反切式注音。如应劭在《汉书·地理志》为“广汉郡”作注云：“潼水所出，南入垫江。垫，音徒浃反”；“辽东郡”注云：“沓水也，音长答反”。《后汉书·应奉传》附应劭传说，应劭在灵帝时（168—189）举孝廉，中平二年（185）因如何对待羌胡入寇事，与韩遂、邹靖的看法不一致。灵帝“诏百官大会朝堂，皆从劭议。三年举高第；再迁六年，拜太山太守”。《后汉书·服虔传》说，服虔“少以清苦建志，入太学受业，有雅才，善著文论……举孝廉。稍迁，中平（184—189）末拜九江太守”。中平是汉灵帝年号。此时，月支僧人支谶、天竺僧人竺佛朔都在洛阳讲经、译经、讲声明学（见《高僧传·支楼迦谶传》）；应劭、服虔亦在洛阳，或受学于太学，或身居于庙堂。不知他们和这些僧人有无接触，至少，他们会知道悉昙这回事，要不然这段时期怎么会出现这么多热心于反切的人呢！

南北朝时的诗人谢灵运著的《十四音训叙》，是一本讲拼音的专著，明显地从印度的声明学、悉昙学得到借鉴、启发：

> 陈郡谢灵运，笃好佛理。殊俗之音，多所达解。乃咨睿以经中诸字，并众音异旨，于是著《十四音训叙》。条例梵汉，昭然可了，使文字有据焉。（《高僧传·慧睿传》）

谢灵运（385—433）是位兼通儒、释、道的学者、文学史上著名的山水派诗人。他是东晋旺族谢玄的孙子，家道中落，出生后被送到钱塘道士杜明师家寄养；15 岁才接回建康家中，受当时文坛中心人物、族叔谢琨的影响，在诗坛渐著名声。中年时，他信了佛教，和慧琳和尚关系密切；以后又和慧俨、慧观、慧睿来往，和慧俨、慧观一起润饰过《大般涅槃经》，且有自己的佛学著作《辩宗论》，为顿悟之说护法。他撰写《十四音训叙》，请教过慧睿，书中有梵文和汉文对照，可见其受佛教影响何其明显！十四音也是从印度的声母韵母得到启发。《隋书·经籍志》著录有“婆罗门书一卷”可作佐证：

自后汉佛法行于中国，又得西域胡书，能以十四字贯一切音，文省而义广，谓之婆罗门书，与八体六文之义殊别。

南北朝时，沈约、周颙和许多高僧一起，在婆罗门十四音和佛教转读三声的影响下，制定出我国字音的平、上、去、入四声：

永明（齐武帝萧赜年号，483—493）末，盛为文章……汝南周颙善识声韵。（沈）约等文皆用宫商，以平、上、去、入为四声。（《南史·陆厥传》）

约撰《四声谱》，以为在昔词人累千载而不悟，而独得胸衿，穷其妙旨，自谓入神之作。（《梁书·沈约传》）

僧辩姓吴，建康人……少好读经……晚更措意斟酌，哀婉折衷，独步齐初……永明七年二月十九日，司徒竟陵文宣王梦于佛前咏《维摩》一契，同声发而觉；即起至佛堂中，还如梦中法，更咏古《维摩》一契，便觉韵声流好，著工恒日。明旦集京师善声沙门龙光普智、新安道兴、多宝慧忍、天保超胜及僧辩等，集体作声。辩传古《维摩》一契，《瑞应七言偈》一契，最是命家之作。后人时有传者，并讹漏失其大体。辩以齐永明十一年卒。（《高僧传·僧辩传》）

《梁书》、《南史》、《高僧传·僧辩传》说的是同一件事，只是《高僧传·僧辩传》说得神奇些。梦授说是无法对证的，这是僧传常用的手法，用以增加几分神秘感。陈寅恪教授（1890—1969）概括了这些记述，认为：

> 南齐武帝永明七年（489）二月二十日，竟陵王（萧）子良大集善声沙门于京邸，造经呗新声，实为当时考文审音之一大事。在此略前之时，建康之审音文士及善声沙门，讨论研究必已甚众而且精。永明七年竟陵京邸之结集，不过此新学说研究成绩之发表耳。此四声之成立所以适值南齐永明之世，而周颙、沈约之徒，又适为此新学说代表人物之故也。(《四声三问》，载《清华学报》九卷二期)

从我国文学艺术、特别是古代诗歌的发展看，我国必然产生声韵学，可能时间会稍晚点。佛教传入带来的声明之学和悉昙学及《婆罗门书》，促使我国声韵之学迅速成熟，因而有了反切和平、上、去、入四声。这些，对我国文学体裁的发展和文学创作影响很大。唐代诗歌的繁荣、发展，以及宋词、元曲、民间诗话、词话、鼓子词等民间说唱艺术的繁荣，都与我国声韵学的成熟分不开。而唐末僧人守温根据我国读音实际，参考梵文和藏文的元音、辅音，创立了我国三十字母、四等轻重例，实为汉语拼音字母的滥觞。

唐代“乐”对“礼”的突破

声韵学成熟，《文心雕龙》产生，开阔了我国文学创作，包括诗歌、说唱文学创作的天地；译经《佛所行赞》等，为叙事诗和说唱文学创作提供了借鉴。然而，人们的思想仍为“礼”所困囿：“发乎情，止乎礼义”，不可越“礼”。《礼记·王利》：“作淫声、异服、奇技、奇器以疑众，杀。”艺术创作若成了淫声、奇技，更不得了。艺术思想仍是遵古从旧、尊华攘夷、反对外来和创新为主流，不敢越雷池一步。然而，反映社会生活的文学艺术随着社会的发展而发展，这是一条不可抗拒的规律。刘勰的“文变染乎世情，兴废系于时序”，发出了文学艺术的呼声。佛教音乐对传统音乐和乐舞冲击很大。使“乐”突破“礼”的先见者是李世民。

《礼记·魏文侯》记述了魏文侯（公元前445—前396）和子夏的一段关于“乐”的对话：

> 魏文侯问子夏曰：“吾端冕而听古乐，则唯恐卧；听郑卫之音则不知倦。敢问古乐之如彼何也？新乐之如此何也？”子夏对曰：“今夫古乐，进旅退旅，和正以广；弦匏笙簧，会守拊鼓；始奏以文，复乱以武；治乱以相，讯疾以雅；君子于是语，于是道古；修身及家，平均天下。此古乐之发也。今夫新乐，进俯退俯，奸声以滥，溺而不止；及优侏儒，獶杂子女，不知父子。乐终，不可以语，不可以道古。此新乐之发也。”……文侯曰：“敢问溺音何从出也？”子夏对曰：“郑音好滥，淫志；宋音燕女，溺志；卫音趋数，烦志；齐音敖辟，乔志。此四者，皆淫于色而害于德……”

子夏的观点源于孔子。孔子是主张“放郑声，远佞人；郑声淫，佞人殆”（《论语·卫灵公》）的。郑声是什么？许慎《五经通义》说：“郑国有秦洧之水，男女聚会，讴歌相感。今郑诗（指《诗经·郑风》）二十一篇，说妇人者十九，故郑声淫也。”卫音是什么？《汉书·地理志下》：“卫地有桑间濮上之阻，男女亦亟聚会，声色生焉。”郑、宋、卫、齐的民间音乐和其他地方的民歌一样，其中有相当一部分是情歌。情歌在孔夫子眼中是不符合礼的，因而被扣上“淫声”的罪名：“桑间濮上之音，亡国之音也。其政散，其民流”（《礼记·乐记》）。民间音乐和外来音乐都是所谓“新乐”。人民群众喜欢新乐，连魏文侯这样作为魏国的开国之君，敢用李悝为相、吴起为将、西门豹治邺的有改革精神的统治者，听古乐打瞌睡，听新乐却不知疲倦，面对子夏的音乐论也不好反驳。然而，唐太宗李世民态度却鲜明得多：

> 太常少卿祖孝孙，以梁陈之音多吴楚，周齐之音多胡夷，于是斟酌南北，考以古声，作唐雅乐凡八十四调、三十一曲、十二和。诏协律郎与孝孙同修定。六月乙酉，孝孙等奏新乐。上曰："礼乐者，盖圣人缘情以设教耳。治之隆替岂由于此?"御史大夫杜淹曰："齐之将亡，作《伴侣曲》；陈之将亡，作《玉树后庭花》。其声哀思，行路闻之皆悲泣，何得言治之隆替不在乐也。"上曰："不然，夫乐能感人，故乐者闻之则喜，忧者闻之则悲。悲喜在人心，非由乐也。将亡之政，民必愁苦，故闻乐而悲耳。今二曲俱存，朕为公奏之，公岂悲乎?"右丞魏征曰："古人云，礼云礼云，玉帛云乎哉；乐云乐云，钟鼓云乎哉。乐诚在人和，不在声音也。"（《资治通鉴·唐纪》太宗贞观二年夏四月）

李世民提出"悲喜在人心，不在乐也"，强调了作为审美主体的人，在审美活动中是起主导作用的。他说这话是很有气魄的，驳斥了从春秋战国到唐代（前770年到公元628年、贞观二年）1 300年来儒家在音乐上的一些偏激理论。

李世民的气魄来自特定的历史条件。第一，经历了东汉末到隋唐400多年的分裂混乱和民族文化大交流，国家得到空前统一，国威大振，国人有强烈的自信心和广阔的胸怀，敢于吸收和接纳内外的各种文化。第二，唐代交通顺畅，经济繁荣，社会稳定，民族和谐，文化昌盛；出现了西京（长安）、东京（洛阳）两大政治、文化、经济中心城市，广州、扬州、泉州等对外贸易口岸，水陆几条丝绸之路，楚州（今淮安）、洪州（今南昌）、荆州（今江陵）、明州（今宁波）、成都等商业中心城市，市民增加。第三，佛教传入后，经历汉、晋、南北朝，唐代出现第三个译经高潮。经过800年的撞击、融合，佛教的哲理、思想、艺术渗入社会各方面，佛教也逐步完成了中国化的历程。与佛教同时传入的声韵之学和西域歌舞如胡旋、胡腾、柘枝、苏幕遮、泼胡、拨头及各种西域乐器，也逐步被中原歌舞吸收，成为我国民族文化艺术的组成部分。梁代的燕乐，有不少西域音乐成分；隋代制定的七部乐（炀帝增为九部乐）中，高丽、天竺、安国、龟兹、文康诸乐，都不是中原音乐；唐贞观十六年（642）又增加高昌乐为十部乐。文化交流，思想活跃，造成了唐代诗歌、散文、传奇、小说等文学创作和歌舞、音乐、绘画、雕塑、说唱全面繁荣，使唐代成为我国文学艺术空前辉煌的时代，也为我国戏曲这一综合艺术的成形准备了充分条件。

《目连救母》以前的杂剧

《东京梦华录》是孟元老逃亡江南时写的。他以去国怀乡之情，追述北宋汴梁的风情人物，在述中元节风俗时，记下勾肆乐人演《目连救母》杂剧情况。文字虽短，却说清了几个事实：一、演出《目连救母》的形式是杂剧，即我们现在所说的宋杂剧；二、演出时间是七月初八开始，到十五日止，演了七八天；三、演《目连救母》杂剧，是中元节日活动之一，这段时间与目连有关的活动还有焚盂兰盆、卖《尊胜目连经》，此外还有告祖秋成、祭军阵亡殁、设孤魂道场、拜扫新坟等；四、演出者既不是宫廷剧团（乐府），也不是俗讲僧人，而是勾肆乐人，即民间卖艺人。

现在还没有发现早于孟元老的有关目连戏演出记述或其他内容的大型杂剧演出记述。但“杂剧”二字曾见于唐代李德裕（787）《李文饶文集》卷十二：“杂剧丈夫二人”。演什么？怎么演？都没说。自此始有杂剧之名，史学家才说唐杂剧、宋杂剧、元杂剧、温州杂剧……现在能见到的宋杂剧编目，是南宋末周密（1232—1296）《武林旧事》卷十的“官本杂剧段数”，著录有281个题目；元末明初陶宗仪《辍耕录》卷二十著录的院本题目713个。院本、杂剧，是宋、金、元时期的不同划分：

唐时有传奇，皆文人所编，犹野史也；但资谐笑耳。宋之戏文，乃有唱念、有诨。金则院本、杂剧合而为一。至我朝（元）乃分院本、杂剧而为二。（元末夏伯和《青楼集志》）

唐有传奇；宋有戏曲、唱诨、词说；金有院本、杂剧、诸宫调。院本、杂剧其实一也。国朝（元）院本、杂剧始厘为二。院本则五人：一曰副净，古谓之参军；一曰副末，古之苍鹘——鹘能击禽鸟，末可打副净，故云；一曰引戏；一曰末泥；一曰装孤。又谓之五花爨弄。（陶宗仪《辍耕录》）

杂剧中，末泥为长，每四人或五人为一场。先做寻常熟事一段，名曰艳段；次做正杂剧，通名为两段。末泥色主张，引戏色分付，副净色发乔，副末色打诨，又或添一人装孤。（灌园耐得翁《都城纪胜·瓦舍众伎》）

……至后唐庄宗（923—926）自敷粉墨称“李天下”而盛其搬演，大率与近世同。特所演多是杂剧，非近日戏文也。杂剧自唐、宋、金、元迄明皆有之。唐所谓优伶杂剧、装服套数，观《苏中郎》、《踏摇娘》二事可见。宋杂剧亦然。元世曲调大兴，凡诸杂剧，皆名曲寓焉。教坊名妓多习之。清歌妙舞，悉萃是中。一变而赡缛，遂为戏文。（清李调元《剧话》卷上）

从上面这几则记述看，目连戏出现以前的杂剧，有两个概念：大而言之，包括用大曲唱故事、小型故事表演、滑稽小节目和各种演唱；小而言之是表演故事。后者的发展线索是：古之参军戏→《苏中郎》、《踏摇娘》→正杂剧→五花弄爨→戏文或元杂剧。

具体分析一下周密《武林旧事》记述的“官本杂剧段数”，可知大而言之的宋杂剧包括范围之广。这281段官本杂剧主要有四种类型：

第一种类型是大曲，题目中标有所演大曲的牌名。如〔六幺〕、〔瀛府〕、〔梁州〕、〔伊州〕、〔新水〕、〔薄媚〕、〔大明乐〕、〔胡渭州〕等，都是大曲的曲牌名，可在《宋史·乐志》的著录中找到；〔降黄龙〕、〔熙州〕、〔逍遥乐〕等，或是大曲名，或是词调名。官本杂剧中著录的《莺莺六幺》，是用大曲〔六幺〕唱莺莺故事；《郑生遇龙女薄媚》是用大曲〔薄媚〕唱郑生遇龙女故事；《崔护逍遥乐》是用大曲〔逍遥乐〕唱崔护故事。“官本杂剧段数”中，用大曲唱的有150多段，占总段数的一半以上。

大曲出现于汉代，隋唐间成熟。唐宋的大曲是什么样子？可参考几家笔记：

> 凡大曲有散序、靸、排遍、攧、正攧、入破、虚催、实催、衮、遍、歇指、杀衮，始成一曲，此谓大遍。而〔凉州〕排遍，予曾见一本，有二十四段。后世就大曲制词者，类从简省……（宋王灼《碧鸡漫志》卷三）

> 所谓大遍者，有序、引、歌、䬉、嗺、哨、攧、衮、破、行、中腔、踏歌之类，凡数十解，每解有数叠者。裁截用之，则谓之摘遍。今人大曲，皆是裁用，悉非大遍也。（宋沈括《梦溪笔谈》五·《乐律一》）

宋杂剧袭用摘遍的办法，很少用大遍，把同宫调乐舞的结构，简化为散序、中序、破三个段落，每个段落又有若干遍。遍，或称片、叠。散序为散板曲调，由乐队演奏；中序或称拍序或歌头，是板眼分明的四拍子曲调，节奏缓慢，歌队参入演唱；破，或称入破，二拍子曲调，由中速、渐快、加快，由舞队参舞，无歌；节奏加快的音乐舞蹈把情绪推向高潮而结束。〔六幺〕是唐宋时常用的大曲，或称为〔绿腰〕、〔乐世〕，它的舞蹈很有特点。五代南唐画家顾闳中《韩熙载夜宴图》中，画有王屋山舞绿腰的场面：王穿长袖狭管舞衣，背对观众，从右肩上侧过半张脸来；微抬的右脚正往下踏，双手从后向下分开，长袖飘舞，神采奕奕。白居易《乐世》诗说："管急弦繁拍渐稠，《绿腰》宛转曲终头。诚知《乐世》声声乐，老病人听未免愁。"李群玉《长沙九日登东楼观舞》诗，有"南国有佳人，轻盈舞《绿腰》"句。这些画和诗，描绘出《绿腰》舞的优美，也证明"管急弦繁拍渐稠"是"曲终头"。

"官本杂剧段数"著录的杂剧，没有见到词。从现存的大曲词和记述中知道，大曲是乐舞中的一种类型，以歌、舞、乐叙故事，主要是渲染情绪和气氛。和唐代流行的诗篇配乐叠唱相比，大曲已向戏曲靠拢一大步了。北宋末年诗人曾慥《乐府雅词》卷上收有董颖《薄媚西子词》的残本。如按《武林旧事》官本杂剧标题款式，可叫《西子薄媚》。这残本从排遍（中序）第八起，到入破的第七煞衮止。叙西施在吴亡后遇王生故事，以"蛾眉宛转、竟殒鲛绡"为结局，与梁辰鱼《浣纱记》故事不同。因而王国维《宋元戏曲史》第四章说：

现存大曲，皆为叙事体，而非代言体。即有故事，要亦为歌舞戏之一种，未足以当戏曲之名也。

"官本杂剧段数"中的第二种情况是爨。题目中有"爨"字的有43段。爨音cuān，窜。古代西南地区有少数民族爨，属古百濮族，或云其后为今天的白族。杂剧中的爨，可能与这个民族有关：

宋徽宗见爨国人来朝，衣装、鞋履、巾裹、敷粉墨，举动如此，使优人效之为戏。（陶宗仪《辍耕录》）

正杂剧……大抵以故事世务为滑稽，本是鉴戒，或隐为谏诤也。故从便跣露，谓之无过虫。（灌园耐得翁《都城纪胜·瓦舍众伎》）

又有杂扮，或曰杂班，又名经元子，又谓之拔和，即杂剧之后散段也。顷在汴京时，村落野夫，罕得入城，遂撰此端。多是借装为山东、河北村叟，以资笑端。今士庶多以从者。（吴自牧《梦粱录·妓乐》）

爨，明显是从参军戏、装山东河北村叟等逐步发展而来，而至装爨人，都是以“滑稽资笑端”。

《都城纪胜》说的“无过虫”，便是“滑稽资笑端”的来历。掌故出在《国语·晋》中优施的一句话：“我优也，言无邮”。古代“邮”字通“尤”。《诗·小雅·宾之初筵》：“是曰既醉，不知其邮”；《荀子·议兵》：“故刑一人而天下服，罪人不邮其上，知罪之在己也”；《论语·为政》：“子张学干禄，子曰：多闻阙疑，慎言有余，则寡尤；多见阙殆，慎行有余，则寡悔。言寡尤，行寡悔，禄在其中矣。”这些“邮”和“尤”字，作错误、过失或责备解。优施认为自己是优人，说话是不应该算过错的。清人焦循《剧说》卷一引《应庵随录》：“古之优人于御前嘲笑，不但不避贵戚大臣，虽天子后妃亦无所讳”，可作“优无邮”的注脚。因而宋人把“无过虫”作为滑稽杂剧的别称。时至今天，戏曲界仍认为“丑行说话，百无禁忌”。

《都城纪胜》和《东京梦华录》中都没有“爨”这个名词。也许这个名词是金元时这种艺术定型后才有的。《都城纪胜·瓦舍众伎》和《梦粱录·妓乐》谈正杂剧（五人杂剧），均提到“副净色发乔”。“乔”指以夸张的滑稽动作，表现人物和事件。副净是五人杂剧中的滑稽角色。如《弄参军》中的参军，《梦粱录·妓乐》中说的“借装为山东、河北村叟”的角色等，这便是戏曲中“丑”这个行当的源头之一。元杂剧中只有“副净”，南戏中始有“丑”。明代王骥德《曲律·论部色第三十七》：“今之南戏则有正生、贴生（或小生）、正旦、贴旦、老旦、小旦、外、末、净、丑（即中净）、小丑（即小净），共十二人或十一人，与古小异。”其中所说的“中净”即“副净”。爨是多种角色的滑稽表演。

《武林旧事》记述的南宋“官本杂剧段数”中，带“爨”字的，有《新水爨》、《天下太平爨》等53段，约占总段数的15%。爨与大曲都叙述故事，所不同的是，爨有了一些代言体片断和滑稽表演。如果说大曲为戏曲唱腔的套曲作了准备，爨则是演员角色制的先声。

《武林旧事》中官本杂剧的第三种情况，是出现了“孤”、“酸”。明朱权《太和正音谱·词林须知·古之善歌者》，结尾处有解释：“孤，当场妆官者。”元杂剧《窦娥冤》的提示有“净扮孤”；《救风尘》提示有“外扮孤”。前者指净行演员扮演太守桃杌；后者指外行（元时指净、末、旦中次要脚色，后来专指外末即老生）演员扮演太守李公弼。酸指杂剧人物中的秀才、书生。元杂剧《倩女离魂》、《两世姻缘》提示都有“末扮细酸”，“细酸”指年轻的读书人，前者指王文举，后者指韦皋。故宫博物院藏有两幅宋杂剧绢画，有一幅是《武林旧事》官本杂剧段数中著录的《眼药酸》。画中右方一人，腰背间插有扇子，扇上有草书的“诨”字。《都城纪胜·瓦舍众伎》和《梦粱录·妓乐》均有“副末色打诨”，此角色当为副末。画中左方一人，头戴的高帽和身穿的大袖宽袍上，均画有许多眼睛图案，背包上画有个大眼睛，是剧中卖眼药的穷酸秀才。按宋杂剧行当分，是“发乔”的副净色。这也是个表演滑稽、取笑于观众的小节目，明显是从参军戏发展过来的。“官本杂剧段数”中，属“孤”的有17段，属“酸”的有5段。“孤”和“酸”是宋杂剧中角色的分类。

《武林旧事》官本杂剧的第四种类型是法曲，如《棋盘法曲》、《孤和法曲》、《车儿法曲》等。法曲一词最早见于《晋书·法显传》，指佛教音乐，其声清而近雅，或称法乐。隋唐时被吸收入宫廷乐中，唐段安成《乐府杂录·雅乐部》云："次有登歌，皆奏法曲……近代内宴，即全不用法乐也。"唐玄宗喜爱法曲，且知音律，参加编改，使原先具有西域音乐特色的成分和中原的清高乐融合，成了具有特色的中国民族乐舞，用以教梨园子弟，称为法部。唐代有代表性的法曲如《霓裳羽衣曲》、《破阵乐》、《长生乐》、《献仙音》、《赤白桃李花》等。刘禹锡有诗云："开元天子万事足，惟惜当年光景促，三分陌上望仙山，归作霓裳羽衣曲。"元微之《法曲》诗说："明皇度曲多新态，宛转浸淫易沉着，赤白桃李取花名，霓裳羽衣号天乐。"《霓裳羽衣曲》和《赤白桃李花》是唐玄宗李隆基创作的吗？成书于南宋绍兴年间（1131—1162）的王灼《碧鸡漫志》卷三说得比较客观："《霓裳羽衣曲》，说者多异。予断之曰，西凉创作，明皇润色，又为易美名。其他饰以神怪者皆不足信也。"

《霓裳羽衣舞》是什么样子？白居易《霓裳羽衣歌》作了描述：舞者"红裳霞帔步摇冠，钿璎累累佩珊珊"；舞时"散序六奏未动衣"，"中序擘騞初入拍，秋竹竿裂春冰拆。飘然转旋回雪轻，嫣然纵送游龙惊"；"繁音急节十二遍，跳珠撼玉何铿铮"。歌有注云："霓裳破凡十二遍而终"；"凡曲将毕皆声拍促速，唯霓裳之末长引一声也"。这和《梦溪笔谈》说"《霓裳曲》凡十二遍，前六叠无拍，至七叠……始有拍而舞"同。由是可知，法曲的体制和结构，大体和大曲相似，其词或近叙事诗，或有曲而无词；前半部重于乐而无舞，后半部舞者在参与；舞在摧拍（节奏加快）中结束，仍是一种乐舞。

上面四种类型，是"官本杂剧段数"中主要的形式。这四种类型，只是乐舞、歌舞叙故事和小段的第一人称表演，都还不是“歌舞演故事”的戏曲。此外，宋代还有别种形式的杂剧和哑杂剧，如《东京梦华录》卷第七“驾登宝津楼诸军呈百戏”条所记述的：

……蛮牌者引退，烟火大起。有假面披发、口吐狼牙烟火、如鬼神状者上场，着青贴金花短后之衣，贴金皂袴、跣足，携大铜锣随身，步舞而进退，谓之《抱锣》。……又一声爆仗，乐部动〔拜新月慢〕曲，有面涂青绿，戴面具金睛，饰以豹皮锦绣看带之类，谓之《硬鬼》。或执刀斧，或执杵棒之类，作脚步蘸立，为驱捉视听之状。又爆仗一声，有假面长髯，展裹绿袍靴简如钟馗像者，傍一人以小锣相招和舞步，谓之《舞判》。继有二三瘦瘠，以粉涂身，金睛白面，如骷髅状，系锦绣腰围看带，手执软仗，各作魁谐趋跄，举止若排戏，谓之哑杂剧……复有一装田舍儿者入场，念诵言语讫；有一装村妇者入场，与村夫相值，各执棒杖互相击触，如相驱态。其村夫者以杖背村妇出场，毕。后部乐作，诸军缴队杂剧一段，继而露台子弟杂剧一段。是时弟子萧住儿、丁都赛、薛子大、薛子小、杨总惜、崔上寿之辈，后来者不足数。合曲舞旋讫……

这里所说杂剧，有多种形式，“诸军缴队杂剧一段”、“露台子弟杂剧一段”均未说内容和形式，估量是“官本杂剧段数”中某段或类似的大曲段子；“合曲舞旋”似也是大曲一类。这里说了《抱锣》、《硬鬼》、《舞判》、《哑杂剧》等，似乎是没有唱、白，只有乐队伴奏的滑稽舞蹈表演的小节目，以造型（面部化妆和服饰）、舞姿为主，表现一定的人物和简单的情节。这些节目，装神扮鬼，很容易为不久后出现的大型杂剧《目连救母》串进去演。近年挖掘演出的祁剧《目连传·九殿不语》、浙江的《哑目连》中，可找出他们与宋哑杂剧的渊源。《舞判》或《跳钟馗》等一直保留在戏曲舞台上，久经磨炼而成为戏曲舞台上的精品。宋代的哑杂剧和爨、酸、孤等一样，由歌舞“叙”故事向歌舞“演”故事跨了一大步，是我国戏曲前期的重要形态。

说话和诸宫调

在变文广为传播的中唐，还有两种文学艺术体裁蓬勃兴起，并对变文产生影响。它们是传奇小说和说话艺术。

小说一词，最初见于《庄子·外物》：“饰小说以干县令，其于大达亦远矣。”它的本意指浅薄琐屑的言论。《汉书·艺文志》把小说家列为九流十家之末，说：“小说家者流，盖出于稗官。街谈巷语，道听途说者之所造也”；并著录《伊尹说》、《青史子》等“小说十五家，共一千三百八十篇”。班固在这些书名下，分别注有“托古事”、“记古人”、“浅薄”、“不足信”等字样。汉代人桓谭（公元前23—50）《新论》：“若其小说家合丛残小语，近取譬喻，以作短书，治身理家，有可观之辞。”当时，人们把丛杂的书都归入小说类。如《隋书·经籍志》把东晋裴启《语林》、刘宋刘义庆《世说新语》，都列在小说类中。这两本书主要是实录纪闻，只能算逸史。记有许多民间传说故事的《山海经》，被《汉书·艺文志》列在“数学略·形法类”中，因为它记有山川、道里、物产、祭祀、医巫、风俗等；清《四库全书提要》才把它列入“小说家”类。

作为叙事性文学体裁的小说，在我国是出现较早的。晋太康二年（281）在战国魏王墓中出土的《穆天子传》，述周穆王驾八骏西游会王母故事，便是叙事性文学体裁。晋代干宝的《搜神记》，记述的是神仙鬼怪故事。作者写作目的是“亦足以发明神道之不诬也”——借自然造化规律（神道）来揭露违反规律、有悖人情物理的社会现象，呼吁正义，表达民心。作者的《序》

说："先考志于载籍，收遗逸于当时"——声明这些故事是有书本或事实依据的，是社会生活的实录，而不是"道听途说者所造"的小说。六朝时，佛教、道教流行，神仙鬼怪、因果报应的故事流传，这类书多了。如刘义庆《宣验记》、颜之推《冤魂志》、王琰《冥祥记》、唐临《冥报记》、王曼颖《补续冥祥记》、郎余令《冥报拾遗》等，"大抵记经像之显效，明应验之实有，以震耸世俗，使生敬信之心"（鲁迅《中国小说史略·六朝之鬼神志怪书》）。后来唐代僧人道世，从上面这些书中选了一些故事，加上据佛教经典编的故事，编成《法苑珠林》一百卷，六百四十多目，为推广佛教服务。

"志怪"二字出自《庄子·逍遥游》："《齐谐》者，志怪者也。《谐》之言曰：鹏之徙于南冥也，水击三千里，抟扶摇而上者九万里，去以六月息者也。"唐段成式（？—863）《酉阳杂俎·序》："固役而不耻者，抑志怪小说之书也"，自此便有"志怪小说"之名。鲁迅《中国小说史略·六朝之鬼神志怪书》说：

> 中国本信巫，秦汉以来，神仙之说盛行，汉末又大畅巫风，而鬼道愈炽；会小乘佛教亦入中土，渐见流传。凡此，皆张皇鬼神，称道灵异。故自晋讫隋，特多鬼神志怪之书。其书有出于文人者，有出于教徒者。文人之作，虽非如释道二家意在自神其教，然亦非有意为小说。盖当时以为幽明虽殊途，而人鬼乃皆实有，故其叙述异事，与记载人间常事，自视固无诚妄之别矣。

志怪小说中的灵异故事，编撰者把它作实录记述，读者也把它当真实事件看待。好奇是一种社会心理，想听想看这些故事的人很多。俗讲僧人和民间艺人为自神其教或卖艺，把这些故事搬去说唱，舌底生花、添枝加叶以吸引听众。唐时商业兴隆，城市繁荣，市民阶层人数大增，说唱艺术听众不断扩大。这些，为市民小说的繁荣提供了条件。

唐代开始开科取士，各地举子进京多先以诗文晋谒前辈显官，以进姓名，称为“初见”；过几天再投献新作，提请显达揄扬于主试官，以增加取录的可能性，称为“温卷”。温卷多题材新奇，篇幅不大，易记易看，给显达留下好印象。小说便是温卷常采用的文体。在这种情况下，六朝志怪小说到唐代发展为传奇小说，正如李公佐《古岳渎经》开头说的“征奇话异”、沈既济《任氏传》开头说的“征其异说”那样，无奇不传，无传不奇。明胡应麟（1551—1602）《少室山房笔丛》卷三十六说：“至唐人乃作意好奇，假小说以寄笔端”；鲁迅《中国小说史略》说唐人“始有意为小说”，因而唐代传奇小说发展很快，留下不少佳作，出于文人笔端的小说，很快被民间艺人取为“市人小说”——口头文学传播，也为宋代的说话艺术作了准备。

说话艺术（包括唐代市人小说、宋代说书说史）也不是突然在唐代出现的。《三国志·魏志·王粲传》中唐代裴松之注引《吴质别传》：“时，上将军曹真性肥，中领军朱铄性瘦。质召优，使说肥瘦”；裴注又引《魏略》说，曹植“科斗拍袒，胡服五椎舞，跳丸击剑，诵俳优小说数千言”。“说肥瘦”、“诵俳优小说”，都是说话艺术。说话艺术的题材，多取于民间传说、故事、笑话和社会生活。段成式《酉阳杂俎》续集四《贬误》记载：“予太和（827—835）末，因弟生日，观杂剧。有市人小说，呼扁鹊作褊鹊，字上声……”所指的是职业卖艺说书人。宋王溥《唐会要》载：“元和十年（815）……韦绶罢侍读。绶好谐戏，兼通人间小说”，韦绶是业余说书的文人。郭湜《高力士外传》说，唐玄宗李隆基公元756年让位与肃宗李亨后，“每日上皇与高公（力士）亲看扫除庭院、芟薙草木、或讲经、论议、转变、说话。虽不近文律，终冀悦圣情”。这是李隆基退位后的上元元年（760）的事。当时讲经、转变、说话同时存在。

唐代文学家元稹（779—831）《酬翰林白学士代书一百韵》

诗中“光阴听话移”，作者注云：“尝于新昌宅说一枝花话，自寅至巳，犹未毕词也。”说一枝花话，是用说话艺术讲一枝花李娃的故事。白居易是元和五年（810）搬进新昌住宅的，元稹在这个宅子里听关于一枝花的说话艺术，听了七八个钟头还没听完。说话人能吸引听众听这么久，技艺相当精彩。一枝花这个题材，曾被白居易的弟弟白行简写成传奇小说《李娃传》。《李娃传》结尾，有作者口气的一段话：“予伯祖尝牧晋州，转户部，为水陆运使，三任皆与生为代，故详谙其事。”小说故事似是白居易、白行简兄弟从伯祖父处听来的。故事中的男主角荥阳生是白氏兄弟伯祖父的同事，似乎李娃是确有其人。《李娃传》尾段白行简说，他是在李公佐鼓励下，“乃握管濡翰，疏而存之，时乙亥岁秋八月”。如果是这样，说不定《李娃传》会和李公佐的传奇小说《古岳渎经》一样是虚构的。所说荥阳生是作者伯祖父的同事，无非是增加几分传奇色彩的手法而已。查贞元乙亥年是公元795年。白行简写传奇小说《李娃传》的时间，比元稹在新昌宅听“一枝花话”的公元808年，早了13年。那年，白居易36岁，授翰林学士，拜左拾遗，不会自己讲几个钟头“话”了，可能是说话艺人讲的。也可能传奇小说《李娃传》已进入书场，早成为说话艺人的口头文学的底稿本。爱听“说话”的元稹写的传奇小说《莺莺传》，被宋人赵令畤取材为鼓子词《崔莺莺商调蝶恋花》、金董解元取材为《西厢记诸宫调》，后来有王实甫的元杂剧《西厢记》、李日华的《南西厢》，以及今天各剧种的《西厢记》。唐代传奇小说对说唱艺术和戏曲影响的深远，可见一斑。

唐代受欢迎的说话艺术，发展到北宋出现了细致分工。《都城纪胜》说：“说话有四家：小说、公案、讲史、讲经。”《东京梦华录》里讲史的又分出专讲“三分”（三国故事）、“五代史”等的。《西湖老人繁胜录》记的讲经艺人名字中，有长啸和尚、彭道安、陆妙慧、陆妙静，他们或许是僧尼，或许是因为熟悉经文或佛教典故，而被听众赠与这些与佛教有缘的艺名。《梦粱录·小说讲经史》中，说到王六大夫等几位民间说话人：

> 说话者谓之舌辩，虽有四家数，各有门庭。……讲史书者，谓讲说《通鉴》、汉唐历代书史文传、兴废争战之事，有戴书生、周进士、张小娘子、宋小娘子、邱机山、徐宣教。又有王六大夫，原系御前供话，为幕士请给讲，诸史俱通。于咸淳年间（1265—1274）敷衍《复华篇》及《中兴名将传》，听者纷纷。盖讲得字真不俗，记问渊源甚广耳。

所录说话人叫书生、进士、机山、宣教、大夫，都是艺名，这是因其具有说话艺术和腹中书史而被听众尊称的艺名。他们不仅“记问甚广”、“诸史俱通”，且才思敏捷，机智灵活，善于应对；不仅依史而讲，还根据当时人民抗金复国斗争故事，“敷衍”出《复华篇》、《中兴名将传》，宣扬爱国主义思想，鼓舞人民斗志。

宋代的说书艺术情况，可从宋末罗烨《醉翁谈录·小说开辟》中窥其一斑。罗烨著录说话名目，有灵怪、烟粉、传奇、公案、朴刀、杆棒、神仙、妖术等作品117种。这些名目中有宋代的太祖开国、韩世忠和岳飞抗金、杨家将、梁山英雄的故事。这些故事可能与王六大夫等说的《复华篇》、《中兴名将传》有关。民间艺人活跃于瓦肆勾栏、酒楼茶肆、街道、庙前及庙会、乡村。罗烨对当时的说话艺术作了探讨，说：“夫小说者，虽为末学，尤务多闻，非庸俗浅识之流，有博览皆通之理”，把“博览皆通”作为说唱艺人的基本修养，在文化知识方面，他们多“幼习《太平广记》，长攻历代史书”，“开天辟地通经史，博古明经历传奇”。罗烨认为说话人要有四项基本功：“曰得词，念得诗，说得话，使得砌”，使砌是穿插噱头笑料；还要才思敏捷，熟悉套路：“只凭三寸舌，褒贬是非；略团万余言，讲论古今”；“说收拾（结束），寻常有百万套；谈话头，动辄是数千回”，才能“讲论处不滞搭、不絮烦；敷衍处有规模，有收拾；冷淡处提缀得有家数，热闹处敷衍得越久长”；“说国贼怀奸从佞，遣愚夫等辈生嗔；说忠臣负屈含冤，铁心肠也须下泪……噇发迹话，使寒门发愤；讲负心底，令奸汉包羞”。郑樵《通志·艺文略》说：“稗官之流，其理只在唇舌间，而其事亦有记载。虞舜之父，杞梁之妻，于经传所言者数十言耳，彼则演成万千言。东方朔三山之求，诸葛亮九曲之势，于史籍无其事，则彼肆为出入。”

罗烨总结宋代说话人的基本修养、技巧和书场效果，与慧皎《高僧传·唱导论》说的唱导师声、辩、才、博技艺，“谈无常则令心形战栗，语地狱则使怖泪交零”；道宣《续高僧传·声德论》说的“声学既丰，则温词雅赡；才辩横逸，则慧发邻几”，“能令女子奔逃，尊卑动色”相比较，不难看出僧、俗说唱艺人间的艺术交流和相互影响。

宋代还有一种影响《目连救母》杂剧、也影响后来戏曲发展的说唱艺术诸宫调。有关记述说诸宫调创始者是孔三传：

> 熙丰（宋神宗年号，1068—1077）、元祐（宋哲宗年号，1086—1094）间，……泽州孔三传者，首创诸宫调古传，士大夫皆能诵之。（南宋王灼《碧鸡漫志》卷第二）

> 崇、观以来，在京华瓦肆伎艺……孔三传，耍秀才，诸宫调。（南宋孟元老《东京梦华录·京瓦伎艺》）

> 诸宫调本京师孔三传编撰，传奇灵怪，入曲说唱。（南宋灌园耐得翁《都城纪胜·瓦舍众伎》）

> 说唱诸宫调，昨汴京有孔三传编成传奇灵怪，入曲说唱；今杭城有女流熊保保及后辈女童皆效此，说唱亦

精，于上鼓板无二也。（南宋吴自牧《梦粱录·妓乐》）

这四则笔记都认为诸宫调是孔三传创造的。孔三传是泽州（治所在今山西晋城）人，长年在汴京开封演唱。孔三传在开封活动的时间，四则笔记说的不太一致，但相距时间不远。即使把熙宁、元丰间（1068—1085）和元祐间（1086—1094）、崇宁和大观间（1102—1110）都算上，总共也只有42年，仍在一人的生命年限内。诸宫调出现前的大曲、赚唱等艺术，多用一支曲牌演唱。孔三传把当时流行的曲子，按宫律组成不同套曲；再用不同宫律的许多套曲，联组起来，杂以说白，演唱长篇故事，这便是诸宫调。孔三传是创始者的艺名。据宋金间的《刘知远诸宫调》文字本载，三传是指这位孔姓创始人有三门长处："多知古事，善书算、阴阳"，他是位博学多才的艺术家。诸宫调使说唱艺术的音乐性加强，曲牌多彩，有利于表现不同场景的不同人物，渲染气氛。诸宫调对元杂剧、南戏的成形有影响。

搬演《目连救母》杂剧

诸宫调为北杂剧的音乐作了准备，也为北杂剧的结构作了准备。同一宫调组成的套曲，构成北杂剧（元杂剧）的基本单元——折。孔三传及其弟子的男声演唱，是北杂剧中以正末为主角的"末本"的先声；"女流熊保保及其后辈女童"为代表的女声演唱，开创了北杂剧中以正旦为主角的"旦本"戏。不论末本、旦本，都恪守了诸宫调一人唱到底的传统。因而北杂剧旗帜鲜明地承认与诸宫调的承继关系。尊《西厢记诸宫调》的作者董解元为北杂剧的创始者。钟嗣成（约1279—1360）《录鬼簿·序》，说"缅怀故人，门第卑微，职位不振，高才博识，俱有可录"，而把董解元列在《录鬼簿》的卷首：

董解元，金章宗时（1190—1208）人，以其创始，故列诸首。

董解元的“解元”，不是乡试第一名的解元，而是个道道地地的民间艺人——“门第卑微”。正如《武林旧事·诸色伎艺人》演史说书人中有乔万卷、许贡士、张解元、陈进士、王贡士、徐宣教一样，听众尊重董的“高才博学”，赠以“解元”的艺名。

北杂剧成形时，南方的南戏也成形了。南戏的成形则更多地受北宋的《目连救母》杂剧和南方的里巷民歌影响，因而在结构上、声腔上、角色配备上与北杂剧不同。北杂剧一般以四折组成一本戏，演一个故事。个别的戏有五折或六折，如《赵氏孤儿》、《秋千记》；只有王实甫根据诸宫调改成的《西厢记》，是五本二十折的连台戏，每本仍是四折。南戏不同，一本戏有几十出（折），甚至上百出；不像北杂剧那样一个主角唱，别的角也可唱，且有独唱、对唱、一唱众和；不仅用唱来表现人物和剧情，还讲究道白、舞蹈、滑稽表演等。这种综合说唱（变文、诸宫调等）、百戏、杂技、歌舞、滑稽于一炉的创始者，是北宋末期在汴梁演《目连救母》杂剧的勾肆乐人。

勾肆即勾栏之肆。勾栏原是指竹、木或石制的栏杆。郦道元（446或472—527）《水经注·河水》：“吐谷浑于河上作桥……勾栏甚严饰”；唐代诗人王建《宫词》，有“风帘水阁压美容，四面勾栏在水中”句，都是说栏杆。歌舞等表演艺术繁荣后，艺人凭借勾栏划出一角地方卖艺。李商隐《倡家》诗有“帘轻幕重压勾栏”句，表明唐代有艺人用勾栏隔离出表演区，装置帘和幕。后来，人们便把勾栏称呼演出的地方。到了宋代，勾栏又有发展，《东京梦华录·东角楼街巷》说：

> 街南桑家瓦子，近北则中瓦、次里瓦，其中大小勾栏五十余座。内，中瓦子莲花棚、牡丹棚，里瓦子夜叉棚、象棚最大，可容数千人。自丁先观、王团子、张七圣辈，后来可有人在此作场。

有些勾栏，规模很大，有戏房供演员化妆、候场，有供奉戏神的神楼，有观众看戏的腰棚。莲花棚、牡丹棚的“棚”，是就腰棚而言的。有“棚”“可容数千人”，是能够演《目连救母》那样的大型杂剧，应付“观众增倍”的场面。

《目连救母》杂剧脱胎于目连变文，这是大多数人的共识。它的最初演出形式，也必然从变文的基础衍化出来。也就是说，它最初仍以说唱故事为主，但配合说唱的变相，如藏于伦敦的斯2614号敦煌卷子原标题为《大目乾连冥间救母变文并图一卷并序》的“图”，起了变化。这些变相，不再是一幅、两幅，而是不断增加；不再是水墨丹青的平面挂图，而是选用现成的或稍加改变的杂剧小节目取代。那时已有可被选用来取代变相的杂剧节目，如《东京梦华录》中“驾临宝津楼诸军呈百戏”记述的《抱锣》、《硬鬼》、《舞判》、《哑杂剧》、《抹跄》和“神保神生日”时“殿前两幡竿高数十丈……竿尖立横木列于其上，装神鬼、吐烟火”等。宝津楼诸军呈百戏，已积累了组织许多节目连续演的经验，可供演《目连救母》杂剧借鉴。第一次演出的《目连救母》杂剧，也不一定能连台八天；连台八天的戏必有一个积累过程，可惜没发现记述。这个过程中，东角楼街巷的五十余座大小勾栏，再加上东角楼街巷以外的勾栏或民间卖艺人，都会像比武打擂台般，推举相适应的节目、最出色的艺人，拿出看家本领，来参加这一年一度的杂剧大会串，逐步使这个会串的节目得到提高和稳定。

再说，把说唱艺术中的故事搬来演出，也不是从《目连救母》开始的，只是过去的规模都较小。比如汉代曾有《东海黄公》，六朝时有《弄参军》、《踏摇娘》。到了宋代，搬演故事的多了，五花爨弄和正杂剧，“大抵全以故事，务在滑稽唱念，应对通偏”（《梦粱录·妓乐》）。皮影、木偶戏搬演故事，可能在《目连救母》杂剧之前：

故老相承，言影戏之源出于汉武帝。李夫人之亡，齐人少翁言能致其魂。上念夫人无已，乃使致之。少翁夜为方帷，张灯烛，帝坐他帐，自帷中望见之，仿佛夫人像也。盖不得就视之。历代无所见。宋朝仁宗时，市人有能谈三国事者，或采其说，加缘作影人，始为魏、蜀、吴三分战争之像。（宋高承《事物纪原·博弈嬉戏部》）

影戏，凡影戏乃京师人初以素纸雕镞，后用彩色装皮为之。其话本与讲史书者颇同，大抵真假相半。公忠者雕以正貌，奸邪者与之丑貌，盖亦寓褒贬于市俗之眼戏也。（《都城纪胜·瓦舍众伎》）

凡傀儡敷衍烟粉、灵怪、铁骑、公案、史书、历代君臣将相故事话本，或讲史、或作杂剧，或如崖词……更有弄影戏者，原汴京初以素纸雕镞，自后人巧工精，以羊皮雕形，用以彩色妆饰，不致损坏……其话本与讲史书者颇同，大抵真假相半，公忠者雕以正貌，奸邪者刻以丑形，盖亦寓褒贬于其间耳。（《梦粱录·百戏伎艺》）

皮影、木偶戏"敷演"故事，有记载的是北宋仁宗时（1023—1063）开始；不仅"敷演"三国故事，还演爱情（烟粉）、灵怪（神仙鬼怪）、铁骑（战争）、公案、史书上的故事。大概说书艺人能说唱的故事，他们多能演；且剧本（话本）"与讲史书者颇同"。从语气上看，好像是首先把说唱艺人的三国故事搬去演，以后说唱艺人能说唱的故事都被搬来敷演。

宋代皮影、木偶艺人敷演故事时，杂剧艺人敷演故事了吗？目前还没有发现文字记述。但是，20世纪50年代在木偶戏班比戏曲班社多的湘南祁剧流行地区、湘西辰河戏流行地区，有些说法提供了一些信息。一是《湖南地方剧种志丛书·辰河戏志·综述》谈源流沿革中说:“艺人有‘先有矮台、后有高台’的说法”。“矮台”是指木偶戏班,“高台”指辰河戏班。意思是木偶戏班的出现比人戏班早。二是过去的祁剧班社若遇见木偶戏班社,都要礼让三分,尊称木偶艺人为师兄。三是祁剧和辰河戏舞台上还保留有木偶戏的痕迹。如净行角色下场时跨越马门的一跃,似皮影偶、杖头木偶被提下舞台的动作。《目连传·回煞》一场,解鬼吹起业风让刘氏乘风从屋顶或天窗入室探望目连的处理,也只有木偶、皮影艺人想得出、演得出,合情合理且具皮影木偶特色。《东京梦华录》记述的是作者孟元老在宋徽宗崇宁癸未(1103)以后的见闻。他看到的《目连救母》杂剧已是连台八天的大型演出,初演期当更早些,或许也始于宋真宗时期前后。那时,也许是民间说唱艺术渐趋成熟,表演艺术走向综合已成大势,成为许多艺人和观众的广泛追求。

艺术和许多事物一样,量的变化是质变的准备和条件。以说唱为纲的目连救母故事,将许多小型杂剧节目组合在说唱中演出。小杂剧的量增多后,大型的或者说整个的《目连救母》故事(或称杂剧)必然会起质的变化。说唱《目连救母》变为杂剧《目连救母》,已为历史所证实。因而,北宋汴梁勾肆乐人的《目连救母》演出,是一次伟大的、有历史意义的创举。它把“变文”搬演成“杂剧”,为戏曲艺术的出现开拓出一条道路,也为戏曲艺术奠定了基础。它综合我国古代歌舞、百戏、滑稽、说唱为一体,兼容并蓄,艺术形式上有唱、有做、有念、有舞(打),结构上比较自由。受它影响的南戏,与受诸宫调影响的北杂剧风格各异。后来南戏四大声腔相继形成,弋阳、昆山两腔流向全国。目连戏也随弋阳腔而流布全国许多地区,成为有高腔的剧种、受高腔影响的剧种都有的保留剧目。

第五章　目连戏的剧本

《目连救母》杂剧自北宋末年演出后，种种迹象说明它不断在民间演出。宋室南迁，目连戏也随之向江淮传播。在《陶庵梦忆》等文人笔记中，间或可找到关于它的记录。载于各类曲目、剧目集录的，有金院本《打青提》和杂剧《目连入冥》、元杂剧《目连救母》。

《打青提》见于元末陶宗仪《辍耕录》所载“院本名目”中的“拴搐艳段”中（据清姚燮《今乐考证》）。《今乐考证》引丰山王棠的解释：“焰段亦院本之意，但差简耳。取其如火焰，易明易灭也。其间副净有散说，有道念，有筋斗，有科泛。”《辍耕录·院本名目》有注云：“教坊色长魏、武、刘三人鼎新编辑。魏长于念诵，武长于筋斗，刘长于科泛。”从这些看，艳段是三五个演员演出的短小院本，每个演员在念、唱、做、舞上各有专长。《打青提》引在“拴搐艳段”中，似动作戏，被打的是刘青提。明郑之珍《目连救母劝善戏文》中《花园捉鬼》一出，现存的祁剧、辰河戏等《目连传》中《花园盟誓》的后段，都有五鬼捉拿刘青提的情节。其表演方法是：两个鬼差扯住刘氏外帔的两只袖，另一鬼差抽打；刘氏乘机弃帔逃下场，鬼差们仍在抽打这件帔。这是表示刘氏的魂被鬼差拘住，命还留着。刘氏病了，然后演《请医救母》（祁剧《请巫祈福》）。《打青提》可能是表现五鬼捉刘氏。

《目连入冥》剧名，见于明沈德符《野获编·顾曲杂言·杂剧院本》。沈氏是在评论《王粲登楼》、《单刀赴会》、《墙头马上》等一批元杂剧时，谈到《目连入冥》的：“《华光显圣》、《目连入冥》、《大圣收魔》之属，则太妖诞。”而在同编《昙花记》中，沈德符引虞德园《昙花记·序》云：“此乃大雅《目连传》，免涉闺阁葛藤”。可知《目连入冥》与《目连传》不是同一剧本，后者可称“大雅”，前者却“太妖诞”。从沈文看，《目连入冥》当为元杂剧或更早年代剧本。

元杂剧《目连救母》，著录于无名氏（一说贾仲明）《录鬼簿续编》后段的“诸公传奇，失载名氏，并附于此”中。剧名后附有题目两行：“发慈悲观音度生，行孝道目连救母。”这是元杂剧的体例，从这个题目看，观音菩萨在目连救母的过程中，发挥了重要作用。现在能见到的各地方剧种的《目连救母》剧本中观音这个角色，至少是从元杂剧流传下来的。

能见到的最古老剧本：郑之珍本

现在能见到的最古老的目连戏剧本，是明万历七年（1580）左右的郑之珍《新编目连救母劝善戏文》。

郑本的出现不是偶然的，有其历史背景。第一，分别活跃在我国北方的杂剧（元曲）和南方的戏文（南戏），在剧本文学、音乐、唱腔、表演艺术各方面，均有提高和积累，也各有其不足。元代统一中国，结束了三百多年几个政权对峙局面，南北得到交流，出现了新的戏剧形式：传奇剧本。传奇是宋元南戏继承和吸收北杂剧的某些长处发展成的。其结构大致与南戏相同，但更完善，更能表现人物。传奇剧本在明嘉靖（1522—1566）开始盛行，其代表作如梁辰鱼《浣纱记》、汤显祖《牡丹亭》等。郑之珍的《新编目连救母劝善戏文》是传奇体裁。第二，元、明的政治、社会条件，使扬孝劝善的民间目连戏得到广泛流传，为郑之珍撰编提供了社会和观众基础。

元朝是蒙古族建立的统治全中国的政权。蒙古族入主中原后，虽对曾反抗他们南来的南宋遗民歧视、压迫，但元朝的统治者，懂得要巩固政权，必须采用中国的传统统治术：尊孔、尊经、尊重宗教。元太祖铁木真（成吉思汗）攻金时，召全真派道士丘处机随行，尊为神仙。铁木真的儿子窝阔台、元太宗初入中原，“诏以孔子五十一世孙元措袭衍圣公”。窝阔台的儿子、元世祖忽必烈，封大喇嘛八思巴为国师，“其弟子之号司空，司徒，封国公者前后相望”（《新元史·释老传》）；封张道陵三十六代孙、龙虎山道士张宗演为真人，总领江南道教。元朝定都燕京，国号大元，是取《易》经“大哉乾元”的意义。忽必烈的孙、元成宗铁木耳，赐给衍圣公官田五千顷，供孔子祭祀，还下诏：“孔子之道，垂宪万世，有国家者所当崇奉。”元代设国子监，只读《孝经》、《小学》和《四书》；开科取士，多取蒙古人和色目人，排斥汉人和南人；开科试题，也在朱熹注《四书》内。元武宗海山命中书省将《孝经》译成蒙古文，赐王公大臣，诏称这是孔子大义，自王公至庶人都应遵行。元明提倡的儒学，实际上是宋明理学。在这种社会气氛中，南宋时谴责那些“朝为田舍郎，暮登天子堂”的新贵们弃糟糠之妻的《赵贞女》，到元末也改变主题，雷打蔡伯喈变成《琵琶记》中的旌表满门，以歌颂忠孝。宣传佛门子弟行孝道的目连戏，适应了这种社会氛围，在民间广泛流传，为郑之珍的新编本准备了条件。

写《琵琶记》的高则诚（约1306—1368），名明，自号菜根道人。他是元至正五年（1345）进士，和刘基（1311—1375）、宋濂（1310—1381）同受业于道学家、文学家黄溍门下。刘基、宋濂后来都成了明朝的开国元勋，他们向朱元璋推荐高则诚。朱元璋派人召聘高则诚，高以病辞，不久病逝。高则诚《琵琶记·副末开场》的〔水调歌头〕说：

秋灯明翠幕，夜案览芸编，今来古往，其间故事几多般。少甚佳人才子，也有神仙幽怪，琐碎不堪观。正是：不关风化体，纵好也徒然。论传奇，乐人易，动人难；知音君子，这般另做眼儿看。休论插科打诨，也不寻宫数调，只看子孝共妻贤。骅骝方独步，万马敢争先。

朱元璋后来读了《琵琶记》，非常欣赏。明人黄溥言《闲中古今录》这样记述：

元末永嘉高明，字则诚，登至正五年进士……见方谷珍来据庆元，避世鄞之栎社。洪武中、征辟，辞以心疾。使复命，上曰："朕闻其名，欲用之，原来无福。"既卒，有以其《记》进者。上览毕曰："《五经》《四书》如五谷，家家不可缺；高明此《记》如珍羞百味，富贵家其可缺耶!?"其见推许如此。

朱元璋亲自主持制定的《大明律》是明代的基础法律，其中有鼓励演"神仙道扮及义夫节妇、孝子顺孙"戏剧的条文。这和他欣赏、推许《琵琶记》是一致的。如是，一时间出现了许多宣扬封建道德的剧本：理学名家丘濬作《五伦全备记》，邵灿作《五伦香囊记》、沈龄《冯京三元记》、佚名《商洛三元记》和《跃鲤记》等。郑之珍是在这种背景下撰《新编目连救母劝善戏文》的。

郑之珍（约1518—1595），字高山，别署高石山人，新安（今安徽歙县）人。他生活在嘉靖、隆庆、万历间，只当过诸生（经考试取录进入府、州、县学读书），生平不太为人知，现在能找到关于他的史料也有限：

公……生而岐嶷，颖异超凡；孝友并备，坟典历览。幼游泮水，志在翱翔；数奇不偶，屡蹶科场；抱道自娱，著作林间。（叶宗春《郑公讳之珍夫妇墓碑文》）

先生……中年弃举子业，遨游山水之间。（胡天禄《新编目连救母劝善戏文·跋》）

> 弱冠补邑庠，性至孝，在诸生中英气勃勃，自负文武全才；喜谈诗，并习吴歈宋词奥旨，一于谈笑中发之。既困于场屋，不获伸其志，乃思以微言救世。（清同治《安徽通志》）

> 吾不敏，幼学夫子而志春秋，惜以文不趋时而志不获。（《新编目连救母劝善戏文·自序》）

万历本的《新编目连救母劝善戏文》末，有“馆甥叶宗泰校”字样。馆甥是女婿的别称。为《新编目连救母劝善戏文》写《序》、为郑之珍夫妇墓写碑文的叶宗春，可能是叶宗泰的兄弟或族兄弟，当过云南按察司副御史、金华知府，年龄和辈分小于郑，故谦称“侍生”。上面引文都说郑之珍年轻时曾想在科举场中打开仕途，但没有走通，只好著作林间；由于性至孝，又熟悉诗文和词曲奥妙，便编《目连救母》剧本。剧本题目标明“劝善”，“百善孝为先”，劝孝是第一位的，还要劝忠、节、义……

> 感傅相之登假，则劝于布施矣；感四贞之幽囚，则劝于慈悲矣；感益利之报主，则劝于忠勤矣；感曹娥之洁身，则劝于节烈矣；感罗卜之终慕，则劝于孝思矣。（叶宗春《序》）

> 《传》不云乎，善者因之，其次整齐之，其次教诲之，最下者与之争矣。吾闻之先王之教人也莫深于孝，故即目犍连救母事而编次之，而阴以寓夫劝惩之微旨焉。（陈昭祥《序》）

> 词华不及《西厢》美，但比《西厢》孝义全。（郑之珍剧本卷之三《剧末开场》〔鹧鸪天〕曲牌词）

“词华不及《西厢》美”，是郑之珍的自谦；“但比《西厢》孝义全”，是郑之珍写剧本的立意。

《新编目连救母劝善戏文》是现在能看到的最古老的目连戏

剧本。郑之珍是将民间演出的目连戏整理出文字本的第一人。郑本分上、中、下三卷，下卷最后一场的下场诗是："目连戏愿三宵毕，施主阴功万世昌"，说明这剧是作三夜连台演出的；演出的目的是祈福、禳灾、酬神、还愿，有古代傩祓之意。郑之珍剧本篇首《目录》，列题100出，实际有104出。除去三本各有《副末开场》等重复外，有四出没有引入目录。这四出是：《善人升天》写目连的父亲傅相去世；《擒沙和尚》写白猿护送目连往西天途中的一场战斗；《观音生日》和《僧背老翁》。后两出题前有"新增插科"四字。

科，戏曲术语，指动作。宋杂剧、金院本中作科泛，宋元南戏和明传奇本中叫"介"。如南戏《张协状元》中，净扮李大婆，末扮李大公、丑扮小二。有李大公、李大婆喝酒，叫小二来做桌子的舞台提示："末安盘在丑背上，净执杯且执瓶，丑偷吃酒介。"这段戏没有说和唱，只有动作。元杂剧中的"科"，提示简明，如笑科、哭科、打科、见科，《裴度还带》中有庙倒科。传奇剧本中则有坐介、笑介、见介、打介、鸡鸣介、犬吠介、上轿介等。科、介在剧本上虽只一二字，舞台上却让演员有充分表演的机会。明万历年间（1573—1620）王骥德《曲律·论插科三十五》说：

> 插科打诨（诨指诙谐逗趣的语言），须作得极巧，又下得恰好。如善说笑话者，不动声色而令人绝倒方妙。大略曲冷不闹场处，得净、丑间插一科，可博人哄堂。亦是戏剧眼目。

"科"或"诨"是画龙点睛之笔，可使长段的冷场戏热闹起来。两折"新增插科"是以动作为主的戏，或热闹，或诙谐。《观音生日》中观音是神圣；她给善才、龙女说法，场面似该肃穆；王母、龙王来拜寿，也该严肃。舞台上的说法场面都处理很形象、很活跃：观音在龙女、善才等请求下，"少施变化之方"，显出飞禽、走兽，武将、文人，长身、短体，鱼篮、千手等法相。舞台上穿插表演鹤舞、虎舞、龙舞等民间艺术。佛教说观音有不同法相，如《楞严经》、《法华经》中说，观音有三十二现身，其中现四个女身。《观音生日》是剧中观音的第一个出场，现出许多法相，给观众的印象是“真神奇”！《僧背老翁》只有两个角色：外扮老翁，丑扮和尚。金刚山强盗下山掳掠，二人逃难途中相遇。老翁走不动了，穿上老妈的衣服、盖上头帕，捏着鼻子装女腔哄僧背。僧人贪色背妇人，扔掉自己携带的法衣法器，途中闹出许多笑话，揭开头盖方知受骗。这段讽刺小品惹得观众发笑。

郑本的剧情，在目连变文的框架基础上敷衍、丰富、发展了许多，而以目连这个人物贯穿全剧。故事从元旦节日傅罗卜为父母祝寿贺节开始，表明全家敬佛、吃斋、行善。父亲傅相（变文中称辅相）早逝，母亲刘青提信佛动摇了，背誓、背子开荤，还发誓若开了荤将坠地狱受苦，果然被捉入地狱。罗卜决心救母，至诚感动观音。观音指点罗卜西天见佛。佛赐罗卜法名目连，赐宝让他去地狱救母。目连遵佛旨意办盂兰会，供养十方众僧，赈救一切孤魂，刘青提脱离地狱，目连全家升天庭。郑之珍的剧本，对天上、人间、地狱都有描写。这 104 出戏中，写天上的场次最少，只有 7 出；写地狱的戏次之，有 20 出；写人间的戏最多，有 77 出。这 77 出中，主要写人与人的交往和矛盾；其中有 10 多出，是表现人与神、鬼的交往。剧本比变文增添了许多人物，如傅家的管家益利、奴婢李狗儿和金奴，舅父刘贾、邻居李厚德，罗卜的未婚妻曹赛英及赛英的父、母、兄、乳母、家院、奴、婢，罗卜的十友；仙佛有如来、观音、玉帝、王母、龙王、天师、太白金星、白猿精、沙僧；冥府的十殿阎君、判官、守桥使、鬼使、鬼卒、城隍以及思凡的尼姑、下山的和尚，遭雷击的拐骗，等等。罗卜出家引出继母逼嫁赛英，段公子逼婚，赛英逃婚、入庵削发、参加盂兰会等情节。郑本的人物设置、情节安排，都围绕着忠、孝、节、义的主题思想，又脱离不了儒、释、道三教认同和因果报应等当时的社会思想。比如《过奈河桥》一折，奈河上有金、银、奈河三座桥，守桥鬼卒说得明白："上等乐善之人金桥上过，中等为善之人银桥上过，下等不善之人从奈河桥上过。过不得，跌下来陷在河中，铁犬铜蛇残其骨肉，又发业风吹成活鬼，解往前途，非我家老爷（指桥梁刺史莫子虚）乐意如此，只为人心分善恶，故将桥道别安危。"哪些是善人？哪些是恶人？戏里表现得明白：忠臣、孝子、节妇是乐善之人，从金桥上过，被引上天庭极乐世界；僧、尼、道士、善男、信女是为善之人，从银桥上过，被超生人道；目连的母亲刘青提、唆使刘青提开荤的刘贾，以及他们的奴婢李狗儿、金奴和奸夫、淫妇、逆子、叛臣、偷盗都是恶人，从奈河桥上过，预示着将被叉下地狱受罪，转世为畜生。这奈河桥，两头摇，滑如膏，犬涌千层浪 ，蛇翻万顷涛。刘青提跌下去便遭铁犬噬、铜蛇咬。这场戏中鬼使下场的〔金钱花〕词道："奈河桥，滑如油，人人到此心害忧。恶婆跌在浪中浮。蛇摇尾，犬摇头，奉劝世人及早修。"这带总结性的结束语，劝世人信佛修行、修德。这也是目连变文的原旨之一。这类的劝世文，在郑本中常有。郑本卷之下（第三本）《副末开场》中说："且说下本提纲与列位君子听着：刘青提阴司受苦，释迦佛法力无边，曹氏女未婚守节，目犍连救母升天。"所有这些都表明，编剧者全力以赴地在宣扬忠、孝、节、义（烈），又让忠、孝、节、义（烈）服从于信佛敬佛，归根结底是宣传释迦佛法力无边。

郑本的时代背景：三教混成

明代儒、释、道三教调合和融合的实际，是郑之珍剧本产生的时代背景。

佛教从传入我国时起，便和本土文化在矛盾冲突的同时，开始了调和融合。六朝有学问的高僧，无不是兼通儒、释、道的。“世善周官左氏学”（《北齐书》）的颜之推，也诚奉释、道两家学问。为后儒推崇的《颜氏家训》中有《归心篇》，其论儒释关系说：“孔而背释，何其愚也”。隋代名儒王通（584—617），兼通佛老之学但不奉佛，授徒无数，时称“河汾门下”，被私谥为文中子。其弟子房玄龄、杜如晦、魏征，皆有治世之才，辅佐李世民开拓大唐盛世；其孙王勃，在文学史上被称为“初唐四杰”之一。梁武帝崇佛也倡儒，曾命沈重于紫极殿讲三教之义，僧俗听众二千余人。六朝以来，帝王多是儒释道并尊，文人儒士也多探讨佛学。王勃、陈子昂、孟浩然、白居易、王安石等，对佛学有较深研究；贾岛做过和尚，王维、裴休、司徒空、欧阳修、苏东坡都自号居士；韦应物、柳宗元、刘禹锡、李习之等，与高僧有深厚友谊。被尊为儒家卫道者的韩愈，元和十四年（819）因《论佛骨表》贬为潮州刺史，得和禅宗六祖慧能的弟子、潮州灵山禅院大颠和尚结缘，相互造访，互通书信，有诗歌唱酬。近代学者梁启超（1873—1929）、陈寅恪（1890—1869）、许地山（1893—1941），都对佛学有精辟研究；早年留学日本、归国任教音乐、美术的我国早期话剧活动家李叔同（1880—1942），诗、词、歌、画、书法造诣甚高，中年却在杭州虎跑寺出家，法名演音，号弘一法师。儒佛两家相通者日多，相融者日众。与王安石同时的张商英，把儒、释、道三家比作药：“儒治皮肤之疾，道治血脉之疾、佛治骨髓之疾。”宋明以来还有说“儒为治世之学、佛为治心之学、道为治身之学”的。三教并融、互为补益的说法，逐渐被人们接受。佛教经过引儒、道释义，弃小乘传大乘，立宗判教，诸宗归禅等数百年的发展，已建立了中国佛教的完整体系。这个体系，是中华民族传统文化不可分割的重要组成部分。禅宗六祖慧能是中国创立完整佛教体系的重要代表人物。儒、释、道从共容到共融，是宋明社会思想的实际。儒家的宋明理学，是吸收释家、道家学术思想成果创立的。

郑之珍剧本反映了这个时代特点。第三出《斋僧斋道》是三教论衡的缩影。戏中第一个出场的益利，上场白“道院迎仙客，书堂隐相儒”，交待了宾主关系：儒者邀请和接待僧、道。傅相邀请僧、道入室，一边走一边介绍：“这是观音堂”，“这是三官堂”，“这是乐善堂”，表明他以儒而敬重释（观音）、道（三官）。三个人物的台词，可看到他们如何处理三家关系。

> 佛教昭如日月，释流沛若江河；谈经白昼天雨花，顽石头点知化……释家大要，在《华严》一经，大抵教人明此心。心明时则性灵。心和性，释同儒混成……（僧人）

> 道教如今为烈，老君自古争夸；茫茫宇宙我行窝，日月长明灯火……老君大要，在《道德》一经，大抵教人修此心。心修时炼性真。心和性，道同儒混成……（道人）

> 天生下，物与人；气成形，理亦存。继之者善成之性，感动之时善恶分……圣人遗下《四书》《五经》，大抵教人明此心。心存时在性明，儒释道须知通混成。（傅相）

这里的傅相，十足的宋明道学家口气。接着，他还再论述三教关系：

> 圣人以神道设教，岂非三教混成之意乎!? 盖儒也、释也、道也，名虽不同而皆所以成乎地；犹之日也、月也、星也，明虽不一皆所以丽乎天……天不赖三光，长夜冥冥何以育万物?! 地不赖三教，群生懵懵何以育万民?!

《十友见佛》一折，是释迦牟尼在剧中的第一个出场。郑本中，末扮头陀引释迦上场。头陀的上场台词是：

一炷清香一卷经，半窗灯火半窗星，声声玉犬云中吠，瘦瘦泥牛海底耕。自家，释迦门下小头陀便是。我师生于周朝刹利王家，年方十八而得道，遂成西方活佛、道头天人。古今号为天人师；世世尊信，又号为世尊。所居之地号为极乐国。怎生见得？论饮食有金钵、有银钵、有水晶琉璃钵、有琥珀珊瑚钵，百般洁馔，充满其中。欲食则自然近前，不食则自然化去。论衣服有偏衫、有袈裟、有衲衣、有无垢衣、有忍辱衣、有消瘦衣，欲穿则随意而见，不穿则逐情而化。至于宫室则重重珠玉楼台，面面琉璃阶道。或如云结于空中，或若山耸于平地。无作而适然形见，有感则自然化生。至于音乐则惠日临照，微风徐动，吹诸宝树成法音，吹诸宝叶成妙乐，累累如头珠，洋洋其盈耳。又以池流而言，七宝池中，法水转相灌注；无量波底，天声自然发生。或作说佛声、说法声、说寂寞波罗声，耸人听闻；或作无我声、无异声、无起灭生息声，动世招扬。又以花果而言，则有菩提树、梅松香树、吉祥果树，枝枝相向；恒开构牟头花、优钵罗花，花花相顺。夫饮食可乐，衣服尤可乐；宫室可乐，音乐尤可乐。至于池塘花果乐，尚不殊极乐之名，岂为乐哉！但因之可乐在物，所以能乐在人，此君子不务外而务内，求诸已而不求诸人也。道犹未了，我师请上。

释迦牟尼上场唱后，自报家门中有这样几句：

老僧，西方释迦牟尼文佛，与李老聃、孔仲尼并列三教。仲尼为儒家之师，老聃为道家之祖，吾乃释家之尊……

这两段“自报家门”，在摆明三教关系的同时，宣扬佛教教义，描绘西方极乐世界，吸引信徒。《阿弥陀佛经》说：“无有众苦，但受诸乐，故名极乐。”中国古人向往的世外桃源，只是“日出而作，日入而息，凿井而饮，耕田而食，帝力何有于我哉”（古《击壤歌》）的自食其力的世界；“天下为公”，传贤而不传子的贤人政治。佛教宣扬的极乐世界，无须劳作，但有尽情享受，必然要引诱一批梦幻以求的信仰者和好逸恶劳者。然而，头陀插述的是中国的幻想世界，是明代受理学思想影响的中国人幻想的极乐世界，因而语言带道学家味。《见佛团园》场释迦的上场引是“天意独怜孝子，佛光普照华夷”；释迦赐罗卜法名目连时说：“孝莫大于救母，行必先乎正名”；《目连坐禅》场释迦赐法钵、法衣给目连时说：“本欲就与令堂超生，奈天将降大任，必先苦其心志，劳其筋骨”……如来口吐的是孔孟的莲花。剧中的释迦佛，也可算得是儒、释、道混成，因为他是经过中国人塑造的。

《挑经挑母》一折，反映出目连往西天求佛救母的虔诚和艰辛。经观音指点，目连将母亲的骸骨焚化后作一头，佛经作一头，挑起这副担子西行求佛。他行一步念一声佛，念一声佛叫一声母，餐风饮露，跋山涉水，夜宿晓行。这一声声叫念中，忽然感到“母向前时背了经，经向前时背了母，仔细思量难摆布”。此情此景中，目连的思想矛盾，不是“一切皆空”的佛家观，而是我国世俗人的观点，却反映出外来佛教文化和中国传统伦理道德观念撞击、融合后的余波。作为一个中国僧人，正如目连的台词说的，“背了母，非孝；背了经，非圣。身赖母生，还当以母向前”；“母赖佛生，安敢以佛向后?!”两全之计是“横挑着担往前行”。这是剧中目连西天求佛救母途中的心理、生理双重负担。这一矛盾，唤起观众的同情、共鸣，也为演员创造了充分发挥表演技艺的条件。

声声念佛号，是佛教净土宗的修持方法。我国佛教六朝以后分立八大宗派，其中净土宗、禅宗两派修持方法简单，因而相从者众。净土宗亦名莲宗，追东晋慧远为初祖，实际创始者为唐代的善导（613—681）。净土宗认为，只要专念“阿弥陀佛”，便可“往生”西方净土极乐世界。因而在不识字或不愿念经的人中拥有信徒。禅宗取名于禅定，提倡顿悟，主张不立文字，教外别传，见性成佛，直指人心。这一宗很受读书人欢迎。净土宗大师善导和禅宗六祖慧能（613—681）后，这两宗大盛。后来“天下归禅”，禅宗成了我国佛教的主流派。他们在宋代公开与儒家认同，《咸淳清规·序》说：“吾氏之清规与儒家之礼，实有共同礼乐之意义”（咸淳，南宋度宗年号，1265—1274）。明代僧人憨山（1546—1623）《老子解》卷首，有《观老庄影响论》又名《三教源流同异论》说：

> 余尝以三事自勉，曰：不知《春秋》，不能涉世；不知《老》、《庄》，不能忘世；不参禅，不能出世。知此，可与言学矣。……
>
> 孔子，人乘之圣也，故奉天以治人。老子，天乘之圣也，故清静无欲，离人而入天。声闻、缘觉（均为佛名，缘觉即辟支佛），超人天之圣也，故高三界、远越四生，弃人天而不入。菩萨、超二乘之圣也，出人天而入人天，故往来三界，救度四生，出真而入俗。佛则超圣凡之圣也，故能圣能凡，在天而天，在人而人，乃至异类分形，无往而不入。

憨山主张三教融合，他认为孔子、老子分别是“人乘之圣”、“天乘之圣”，而佛是“超圣凡之圣”，还是在抬高佛。

明朝是我国资本主义萌芽时期，工商业兴起；也是封建统治最黑暗的没落时期，统治阶级腐朽昏庸，官吏贪赃，宦官弄权，富豪兼并，民不聊生。明武宗朱厚照（正德）、世宗朱厚熜（嘉靖），贪欲无度，好声色犬马，还信道术箕卜，词臣以青词邀宠，李春芳被讥为“青词宰相”；先有严嵩父子当朝，继有宦官魏忠贤的南北厂。他们为非作歹，操纵国事，吞没军饷，打击正直臣民，政治上一片黑暗。清陈鹤《明纪》卷35说：“帝惑箕仙言”；清谷应泰《明史纪事本末》卷52，有“世宗崇道教”条记其害。《明史·赵世卿传》中，有万历三十二年（1604）赵世卿上神宗朱翊钧的《请罢矿税疏》，说矿使以探矿或营矿为名，“凿四海之山，榷三家之市，操弓挟矢，戕及良民；毁室逾垣，祸延鸡犬；经数十年而不休……毁掘冢墓则枯骨旸秧，奸虐子女而良家饮恨”。《赵世卿传》还说，世宗为福王婚姻、七公主下嫁，分别向地方“宣索”银数十万两。统治者的压榨，老百姓受重剥，导致农民起义，此落彼起。李自成、张献忠等义旗高举，全国响应。

宋明时的儒学，主要是理学，或称道学。其代表人物多是通儒、释、道的。程颢（1032—1085）是北宋理学奠基人之一。《宋史·道学传》说他“少时从学于周濂溪，慨然有求道之念。后泛滥诸家，出入老、释几十年，返求诸六经而后得之云”。他主张天、理、人合一：“天者，理也”；“只心便是天”；“天有是理，圣人循而行之，所谓道也”。他的弟弟程颐（1033—1107）认为：“在天为命，在义为理，在人为性，主于身为心。其实一也”（均见《遗书》）。“心即是理”、“心便是天”与“心即是佛”何其相似！禅宗第十代、晚唐僧人黄檗希运《传心法要》说：“心性不异，即性即心”；“诸菩萨及一切蠢动含灵，同此大涅槃性；性即是心，心即是佛”。朱熹（1130—1200）的“心外有理”，王阳明（1472—1528）与朱相反，提出“心明便是天明”。宋明道学家的心性之争，像晋人谈玄而不着实际，却把“失节”提到吓人高度。因而不少道学家在社会大变动时失去适应能力，茫然不知所措。无怪乎清人对明代理学家有“无事袖手谈心性，临危一死报君王”的批评。

明代作家中，有不少人用笔来揭露、批判当时的社会弊病。吴承恩（1504—1582）有《二郎搜山图歌》，冯惟敏（1511—约1580）有《吕纯阳三界一览》、《骷髅诉冤》、《财神诉冤》等套曲，王世贞（1526—1590）有《袁江流钤山冈当庐江小妇行》长诗及《鸣凤记》传奇剧本（或说《鸣凤记》为王世贞门客作）等。郑之珍《目连救母》剧本，虽志在劝善，也宣传心性之说。郑或是理学家，或是受时代思潮影响。

郑之珍：目连剧本的第一个文人整理者

郑之珍《新编目连救母劝善戏文》不是创作本，而是整理本。为什么这么说？至少可以列出以下七点理由。

第一，郑本在题目上冠以“新编”二字，表明另有“旧篇”在。旧篇在哪里？在民间演出的舞台上，在民间艺人的头脑记忆中和演技中。也许剧中扮有角色的艺人保存有某个行当（演员自己行当）的唱词，即现代戏曲演员说的“边纲”。“边纲”是与“总纲”相对而言的。总纲是指包括各个角色唱词的剧本，边纲指某一角色或某一行当并演几个角色在这剧本中的唱词。旧时，边纲或总纲都是师徒授受转相传抄的。

郑之珍的《新编目连救母劝善戏文》之前有“旧篇”《目连救母》，可以从明吕天成《曲品》中窥到消息。吕自序于万历庚戌，即1610年。吕书卷下录“金怀玉所作传奇九种”中，有《妙相》一种：

> 妙相，全然造出，俗称《赛目连》，哄动乡社。

《妙相》是什么内容的戏？清无名氏《传奇汇考标目》“八八·金怀玉”条说：

> 妙相，俗称《赛目连》，即今时下所演之《王氏女三世修》是也，亦名《葵花记》。

吕天成与郑之珍基本同时，吕知有《赛目连》，自当有《目连》在此前，而后才有“赛”者。成书稍晚于《曲品》的祁连彪（1602—1645）《远山堂曲品》，其记述也可说明郑之珍之前已有目连剧本：

吕以严，予以宽；吕以隘，予以广；吕后词华而先音律，予则赏音律而兼收词华。（《远山堂曲品·序》）

品中皆南曲，而《西厢》、《西游》、《凌云》三北曲何以入品？盖以全记故也。全记皆入品，无论南北也。（《远山堂曲品·凡例》）

《吕品》传奇之不入格者，摈不录，故至具品而止。予则既收之而别为杂调。工者以供鉴赏，拙者亦以资捧腹也。（《远山堂曲品·凡例》）

姓字之下系以传奇，皆予所已见者。如顾道行之《风教编》、郑虚舟之《大节》，皆以未见，故不敢雷同《吕品》。（《远山堂曲品·凡例》）

《远山堂曲品》是在吕天成的《曲品》基础上补充的，但他有自己品曲的原则，正如他在《叙》和《凡例》中说的，在吕天成的妙、雅、逸、艳、能、具六个等级外，再加一个等外的“杂调”，这是一。第二是他没有见过、读过的，不列入品中。在祁连彪的“杂调”中，录有《劝善》：

《劝善》全不知音调，第效乞食瞽儿沿门叫唱耳。无奈愚民佞佛。凡百有九折，以三日夜演之，哄动村社。

祁连彪出世的时候，昆腔已流行并为士大夫崇尚。明徐树丕《识小录·梁姬传》说：“吴中曲调，起魏氏良辅。隆、万间精妙益出，四方歌曲必宗吴门。”似“沿门叫唱”的弋阳诸腔则被列为杂调。《劝善》是以弋阳诸腔演唱，又是“佞佛”的内容，还可“三日夜演之”，效果能“哄动村社”。从这些记述看是目连救母故事。且祁连彪是山阴人，山阴是目连戏流传较早的地方；他的父亲祁承㸁，是明代有名藏书家，自号澹生堂主人。祁连彪是有条件看到目连戏演出、读到目连戏剧本的。这个剧本是“全不知音调”，便不是经郑之珍整理的剧本，而是民间演出本，可能是郑之珍所说的“陈篇”之一。

第二，郑自序于明万历壬午（1582），此时南戏诸腔均以唱传奇剧本为主了。传奇剧本的结构比戏文时代完善，角色分行细，曲调丰富。郑本卷之下的《副末开场》的〔鹧鸪天〕词中有“新编孝子寻亲记”句，但没用这富有传奇剧本色彩的题目，而在目录、各卷开头都用“戏文”二字；且在上、中、下三卷的三个《副末开场》中，“问今宵搬演谁家故事？搬演《目连行孝救母劝善》戏文”。其旨在表明既有戏文“原编”为据，又是“新编”。

第三，郑之珍署名不用“作”、“著”、“撰”，而用一“编”字，固然是郑的谦虚，也是实事求是的。这也可从明刊本的序、跋中得以证实：

> 时寓秋浦之剡溪，乃取目连救母之事，编为《劝善记》三册，敷之歌声……(郑本《自序》)
>
> 高石郑先生……暇日取《目连传》括成《劝善记》三册。(胡天禄《跋》)
>
> 新编孝子寻亲记，观众谁能不悚然。搜实迹，据陈篇，括成曲调入梨园。(郑本卷之下《副末开场》中〔鹧鸪天〕词)

这都说明，郑之珍编剧本是有“实迹”可搜——民间演出目连戏的实迹，有“陈篇”可据——宋元留下的目连戏旧本和民间演出本。因而黄芝岗先生（1895—1971）《中国戏剧与傀儡影戏》中说：

明代的《目连救母行孝戏文》有一百出之多，其间一些单出，如《思凡下山》、《拐子相邀》、《三匠争席》，极富宋杂剧风味，其于世态人情之描绘，似即沿宋杂剧发展而来。

在明刊郑本的《跋》与《序》中，郑之珍和胡天祥都用了“括”字。括，含有约束、包容、捆扎、捆紧诸义，引申可理解为压缩、删削、精炼。郑本留有不少压缩痕迹，如十殿上点名的人物中，有不少全无交代。又如前面提到的《观音生日》、《僧背老翁》等折，无关全剧主题，也不影响主线发展，完本初时可能删去，很可能是后来感到弃之可惜又编进来，只好附在《城隍挂号》和《观音劝善》两折后而曰“新增插科”。

第四，郑本中把舞台上的导演处理和演员技艺处理都记下了，这便是“搜实迹”的痕迹。当然，编剧者在写剧本时，要想到舞台演出情景而作些舞台动作提示，戏曲行话叫科、介。科、介只是提示，不可能太具体，更不可能代替演员的艺术创造。戏曲演员是讲究用独特的技艺来表现人物的。《博施济众》一场的“哑背疯”，郑本中提示是“占扮男子驮妇人”。这句话可以产生疑问和歧义。明代虽有女演员，但多数情况下演员是男的。占是扮演妇女的行当，怎么会扮演男子？扮演男子后去驮妇人，这妇人由谁来扮？郑本又加一句提示成：“占扮男子驮妇人，一人扮二人”。如果没看过舞台上的“哑背风”、或称“哑夫背风妇”、“老汉驮妻”的表演，也无法理解和完成剧本上的提示。“哑背风”的表演是先出现在舞台上而后被记录成舞台提示的；它是郑以前好几代艺人艺术创造的积累，绝不是哪位编剧坐在桌边想得出来的。这段精彩表演直到今天仍被戏曲艺人继承，且被歌舞演员发展成小型独舞节目《猪八戒背媳妇》。同是在《博施济众》这场戏里，有“丑扮疯子向天四脚撑上”、“净扮脚害癖疮跳上”等舞台提示。这是有技艺工夫的演员创造的，不是每个演员都能表演的，也不是作家伏案想出来的。类似这样的舞台提示，还有《刘氏饮宴》，即民间演出本中《刘氏开荤》、《大办筵席》等场中的“净、末扮把戏、丐子”闻讯前去要几套把戏求赏赐，“插科做把戏、提傀儡介”等。从这些被记述下的民间演出舞台实况中，可窥见宋代百戏杂技的遗风。

第五，郑之珍整理的目连剧本，理清了主线，保存了许多精彩场子，并在文字上、曲牌上做了核正工作，使演出集中精炼又不失民间风味，才有“好事者不惮千里求其稿，赡写不给，乃镌之梓以应求”（胡天禄《跋》）。但郑本仍不能完全取代民间演出本。比郑之珍小79岁的张岱，其《陶庵梦忆》卷6记述的旌阳戏子演目连戏度索、舞絙、翻桌、翻梯等表演，在近代高腔系统目连戏中能找到一些。这些表演和北宋《目连救母》杂剧的百戏杂陈有渊源，郑之珍的剧本里却了无记述。今天祁剧、湘剧、辰河戏、徽剧的目连戏中，东方亮的妻子上吊的《耿氏上吊》或《海氏悬梁》，绍剧的《男吊》、《女吊》，都是当年舞絙、度索的基础上发展、丰富的表演艺术。据说绍剧的十三龄童（王振芳，1933年出生）演《男吊》，在絙（布匹）上可玩出七十二吊功夫。祁剧《观音生日》后有一场《罗汉演武》，既有高桌翻下的筋斗，还有叠罗汉式的许多表演，是翻桌、翻梯、筋斗、蜻蜓等的技巧组合表演。这些和《招五方恶鬼》、《刘氏逃棚》等，频频见于地方戏中，均不见于郑本。川剧、湘剧、辰河戏、赣剧的《公作行路》，是五方恶鬼奉命去捉拿刘氏，要大打钢叉；地方戏中的《刘氏下阴》或《逃棚》、《逃台》，当乱哄哄的出殡队伍从台下观众中经过时，刘氏趁人多拥挤逃跑，五鬼紧追不放。此时，演员观众一片呐喊，惊心动魄，确有“疑为海寇猝至”的气氛。

第六，郑本的故事主线较清晰，但也夹杂一些与目连救母主线关联不大的戏，如《尼姑下山》、《和尚下山》、《十友》、《僧背老汉》等。这些短折中的人物，如思凡的尼姑、调情的和尚、改邪归正后皈依佛教的张佑大等十友，虽在《城隍起解》、阎王十殿或盂兰会上一现，表示善恶有报外，对于目连救母这一贯穿全剧的主要矛盾相关不大。类似这样的人物还有很多，在郑本中只现一个名字，点明人物的善恶而没有具体的描写。如《过奈河桥》点名点到的忠臣匡国忠、孝子安于命、节妇耿氏；《一殿寻母》提到的打骂父母的赵甲（绍剧作张蛮）、忤逆翁姑的钱丁香；《二殿寻母》点名的谋害亲夫的李丁香；《三殿寻母》点名的偷鸡女人、何有名的妻子奚在贞；《四殿寻母》点名的杀人放火茅山鹿、偷盗搬唆秋狗奴；《五殿寻母》中举袂赶蜂被诬为调戏后母屈死的郑庚夫，逼死继子、气死丈夫的王辛桂，烈妇陈癸英，偷汉还逼死儿媳的沈丑奴；《七殿见佛》中点名的骗人饿鬼程辰秀、杀人饿鬼张如虎等。在许多地方戏中，这些人物的善或恶都在舞台上有表现，或成一本戏，或成一折或几折戏。如上面提到的节妇耿氏，在湘、祁、辰河、川、赣、绍等剧种的目连戏中，多有此故事，甚或可作一个晚上演出的节目。《男吊》、《女吊》便是其中的精彩短折。《三殿寻母》点到的偷鸡妇人奚在贞，在湘、川、赣、绍等剧种里也都有短本，或叫《偷鸡》，或叫《王婆骂鸡》，是一出很受观众欢迎的生活小喜剧，可演两个钟头。这些戏在很多剧种里被演成舞台上的精品，却不见于郑本中。是被郑之珍删去？还是原来没有，地方剧艺人自己吸收或创造的？还有待资料出现后证实。

第七，据同一题材为主线的《劝善金科》编者、清人张照在《劝善金科·凡例》中说：

> 顾旧本相沿，鱼鲁豕亥；其间宫调舛讹，曲白鄙猥。今为商酌宫商，去非归是，数易稿而始成。旧本所有者，不过十之二三耳，仍名《劝善金科》。

张照的《劝善金科》是以目连救母为主要内容的剧本。他明白无误地说有旧本。这旧本不仅文字上有讹传，曲调上有差错，且语言鄙猥，自然不是郑之珍的剧本，而是民间流传本。

根据上述七点理由，可见《新编目连救母劝善戏文》是郑之珍在民间演出本的基础上整理的。郑之珍是目连戏剧本的第一个文人整理者。

郑之珍的原剧本来源于民间，保留了民间演出中积累的许多艺术特色，也就保留了剧本深深扎在群众土壤中的根。郑之珍的功劳是不可磨灭的。这个剧本自明万历以后，被历代民间出版家刻版翻印，广为流传。郑本出版后，各地民间目连戏仍按各自的传统戏路演出。然而，天灾、人祸、老艺人去世等各种原因，会使民间目连戏剧本丢失散落，艺人只好从木刻本中找来补缺，从这点看，郑本对民间目连戏的保存、流播，起了良好的作用。比如川剧演目连戏，虽各地甚至各剧团有其独特处理，川剧目连戏江湖路子能通大流，全赖金陵富春堂刻印本。这个刻印本近似郑之珍本。又如 1984 年湖南挖掘祁剧《目连传》，因名鼓师刘道生（1890—1974）去世，师傅传给他的手抄本失落；祁剧科班教师周昆玉（1908—1984）只有旦行边纲，而参加挖掘演出的老艺人，但凭记忆中的边纲，有的边纲也记不全，幸好老乐师罗金梁保留有 1919 年的宝庆（今邵阳）木刻本可供参考和补充。宝庆木刻本很接近郑之珍本。

张照的《劝善金科》

《劝善金科》是张照（1691—1745）为清代宫廷编演的应承大戏之一。它的主要内容是目连救母故事。

目连戏进入宫廷演出的记述，只见于清代。它比《劝善金科》要早 50 年左右。张照出生前八年的康熙二十二年（1683），曾用宫廷金库的专项拨款演目连戏。董含《莼乡赘笔》有记述：

> 二十二年癸亥，上以宇内荡平，宜与臣民共为宴乐。特发帑金一千两，在后宰门架高台，命梨园演《目连》传奇，用活虎、活象、真马。

满族人爱热闹又深信巫傩，至今仍有萨满跳神，俗称跳大神。南宋徐梦莘《三朝北盟会编》说："萨满者，女真语巫妪也。"清廷拨专款演目连戏，台架在后宰门，名义上是"宇内荡平，与臣民共宴乐"，其实还有几层意思，首先是借目连戏鬼魅杂出，驱傩求吉祥；二是目连戏里杂技百技杂呈，神、佛、鬼的世界热闹，再把活虎、活象、真马搬上台，更热闹、惊险、吸引人。活虎、活象、真马的表演，对马戏演员来说不足为奇，但不知当时怎么让这些动物进入目连戏的戏剧情景的；只怕很难"入戏"。因而这样的演出，不仅是空前的，也绝后了。

张照，华亭（今上海松江）人，字得天、长卿，号泾南，亦号天瓶居士，康熙四十八年（1709）进士，授翰林院检讨，后入值南书房任侍讲、侍读，雍正九年（1732）授左都御史，升刑部尚书。雍正十三年（1736）被任命为抚定苗疆大臣，去贵州台拱（今台江）平定苗民起义。这年8月，乾隆登基，张因平乱无功被革职拿问，议罪论死。不久，苗民起义平息，乾隆特旨赦免他，让他在英武殿修书，去世后谥文敏。张照很有才华，熟谙音律，书法有功力，还写有不少诗、词、曲；和格亲王允禄主持订律吕，编成《律吕正义后编》120卷，于康熙十一年（1746）出版。他是奉旨写戏的，除《劝善金科》外，还编有敷衍唐僧取经故事的《升平宝筏》及《月令承应》、《法言雅奏》、《九九大庆》等宫廷大戏。清礼亲王昭梿《啸亭续录·大戏·节戏》说：

> 乾隆初，纯皇帝以海内升平，命张文敏制诸院本进呈，以备乐部演习。凡各节令皆奏演其时典故，如屈子

竞渡、子安题阁诸事，无不入谱，谓之《月令应承》。其于内廷诸喜庆事，奏演祥贞瑞应者，谓之《法宫雅奏》。其于万寿令节前后，奏演群化神道添筹赐喜，以及黄童白叟合哺鼓腹者，谓之《九九大庆》。又演目犍连尊者救母故事，析为十本，谓之《劝善金科》。于岁暮奏之，以其鬼魅杂出，以代古人傩被之意。演唐玄奘西域取经事，谓之《升平宝筏》，于上元节前后日奏之。其曲文皆文敏亲制，词藻奇丽，引用内典经传，大为超妙。其后又命庄亲王（允禄，康熙第十六子）谱蜀汉三国志典故，谓之《鼎峙春秋》。又谱宋政和间梁山群盗及宋金交战，徽钦北狩诸事，谓之《忠义璇图》。其词皆出日华游客（周祥钰等）之手，惟敷衍成章。又抄袭元明《水浒》、《义侠》、《西川图》诸院本，曲文不逮文敏多矣。

《劝善金科》是 10 本 240 出的连台大戏。张照《劝善金科·凡例》说

一、《劝善金科》其源出《目连记》……盖西域大目犍连事迹而假借为唐季事，牵连及于颜鲁公，段司农辈，义在谈忠说孝。西天此土，前古后今，本同一揆，不必泥也……

一、《劝善金科》旧有十本，则多之至矣。但每本中或二十一二出或三十余出，多寡不匀。今重加校订，订以二十四出为准，仍分十本，共二百四十出。

昭梿对张照《劝善金科》的曲、文，作了肯定的评价。张照的《凡例》，说出他编这戏的主旨：谈忠说孝。他把目连故事发生的时间、地点，移到我国的唐朝；又把颜真卿（封鲁国公）、段秀实（官至司农卿）两位忠臣的故事牵扯进去。

颜真卿（709—785），开元进士，著名书法家，他的字自成

一派，世称颜体；曾任殿中侍御史，遭杨国忠排斥，被赶出京城，到山东平原当太守。安禄山叛乱，他联络堂兄、代理常山太守颜杲卿等起兵抗逆。邻近十七郡响应，被推为盟主，合兵二十万，使安禄山不敢攻潼关。乱平后被授兵部尚书、太子太师，封鲁国公。德宗时，淮西节度使李希烈叛乱。贞元一年（785），德宗李适派他去劝谕李希烈，被李希烈缢死。段秀实（719—783），德宗时为司农卿，主管朝廷钱粮禄米。建中四年（783），京师军变，拥朱泚为帝，国号大秦，李适出走。段秀实表面上不反对朱泚，找到个机会用象笏劈朱的头，伤朱泚额，被杀害。这两位忠臣与目连故事根本没关系，张照创造“谈忠说孝，西天此土，前古后今，本同一揆，不必泥也”的理论，把他们拉到一起。这仍嫌不够，又把被继母诬害死的孝子郑庚夫、谋财害命的李文道、谋妻夺子的张捷、淫人之妻连害三命的莫可交等故事组合到《劝善金科》里。让李、张、莫等坏人，充当李希烈或朱泚叛军的爪牙，剧中所有善人、恶人的鬼魂，分别去了天堂或地狱；他们在天堂或地狱，与傅相或刘青提有一面之缘。

张照是在“革职拿问，议罪论死”后，经乾隆特赦后写这些戏的。他以待罪之身，借机向乾隆讨好并表达自己的忠心。这在《劝善金科》中可找到他的用心：

> 当今万岁，悯赤子之痴迷，借傀儡为刑赏。曲证源流，悬慧灯于腕底；兼罗古今，驾宝筏于毫端……善报恶报，神裁倍倾之权；去骄去淫，恶盈倾满之戒……使天下的愚夫愚妇看了这本传奇，人人晓得忠君王，孝父母，敬尊长，去贪淫。(《开场》)

> 绛霞标，护帝京，召天庥，启洞灵，物茂时和万瑞呈；三台正、泰阶平，乐熙皞，享遐龄。锦玉律调元金鼎，芬桂籍光摇斗柄，崇善行祥和敷映。俺呵，端拱在上清、太清，一任他资生、化生。呀，巩皇图无疆叶

庆。(全剧终结时，玉皇大帝唱〔沽美酒带太平令〕)

霓旌雾毂簪裾盛，吹彻钧天雅颂声，亿万载天上人间祝圣清！(众神仙随玉皇大帝后唱〔南庆余〕)

这些既是剧情的需要，也是全剧主题思想所在，更是编剧者张照心情的剖露。

张照在《劝善金科》的文字和宫调调整上是下了工夫的。然而故事线索多头，结构支离，有些人物和故事是为说教而设，演出效果不如郑本和民间演出本，因而没能得到推广流行。可是《劝善金科》对民间目连戏仍是有影响的，主要影响有以下几点：

1. 继康熙从宫廷金库拨专款（帑金一千两）演连台目连大戏后，乾隆又命张照编写 10 本 240 出的《劝善金科》演出。上行下效，各地也纷纷演出目连大戏。宫廷取目连戏“傩祓之意”，各地也演目连来避瘟禳灾，驱邪求吉、打醮酬愿或用于葬丧礼仪，突破了古人演目连戏只限于中元节的习俗，增加了演目连戏的时间、地点和场次，使目连戏进一步在民间普及。

2. 宫廷演出连台戏除目连外，还有三国戏、水浒戏、西游戏、杨家将（《昭代箫韶》）等，显示出朝廷在题材方面的提倡。这对于刚刚兴起的各地方戏影响很大。当时，士大夫称昆腔为雅部，把昆腔以外的地方戏称花部。李斗《扬州画舫录》：“花部为京腔、秦腔、弋阳腔、梆子腔、罗罗腔、二黄调，统谓之乱弹。”地方戏纷纷继承元人杂剧剧本题材，多取忠、孝、节、义故事上演。清人焦循（1763—1820）有感而著《花部农谭》说：

花部原本于元剧，其事多忠、孝、节、义，足以动人；其词直质，虽妇孺亦能解；其音慷慨，血气为之动荡。郭外各村于二、八月间递相演唱，农叟、渔父，聚以为欢，由来久矣。

3. 清廷演目连戏，由升平署承担。升平署有从小培养的年轻太监和艺人子弟，还经常下谕到各地征选名优艺人来京演出，人数经常超过一千。他们在宫廷里的演出活动多，每月有月令承应，朔望有朔望承应，喜庆有喜庆演出。《劝善金科》便是承应大戏之一。他们主要是唱昆腔。花部兴起后，宫廷演出也无法拒绝地方戏唱腔，演《劝善金科》等便唱弋阳腔，被称为京腔，即北京高腔。张照等编应承大戏以前的乾隆四十一年（1776），宁寿宫阅是楼院内建成了三层的大戏台：畅音阁。这是专为神鬼出没的连台大戏演出建造的。三层戏台的上层叫福台，中层叫禄台，下层叫寿台，主要表演区是寿台。寿台的后部搭起一层叫仙楼，地板下有五个地下室，以地井与寿台通；天花板上有三个天井与禄台相通。天井、地井均架辘轳以升降演员和砌末。演杨家将故事的《昭代箫韶·凡例》说：

> 剧中有上帝、神祇、仙佛及人民、鬼魅，其出入上下应分福台，禄台、寿台及仙楼、天井、地井。

鬼神杂出的《劝善金科》自不能例外。升平署经费充足，演出服饰、道具都很讲究，也有许多改进。特别是名师会集，技艺交流，不仅对《劝善金科》一类承应戏，也对民间目连戏演出，对整个戏曲艺术的提高和发展都产生影响。只有那三层的舞台没有、也不可能推广。北京成为戏曲艺术精英会集和交流的中心，而后有徽班入京，秦腔名演员魏长生入京，徽汉合流而京剧得以形成。

第六章　中印文化共铸观音、白猿

在郑之珍剧本和民间目连戏中，目连救母途中每当出现危难时，都由观音来解救、指引。观音还收服神通广大的白猿精，派遣他护送目连去西天见佛。观音和白猿都是中印文化共铸出的艺术形象。

目连戏中的观音

观音是佛教供奉的一尊菩萨。他的梵文名是 Avalokitlêsvara，音译阿缚卢枳低湿伐罗。佛教经书是这样说观音的：

> 观世音菩萨尝白佛言：世尊，忆念我昔无数恒河沙劫，于时有佛出现于世，名观音者。我于彼佛教我菩提心，彼佛教我从闻思修，入三摩地，获二殊胜。一者上合十方诸佛本妙觉心，与佛如来同一慈力；二者下合十方一切六道众生，与诸众生同一慈仰。世尊由我供养观音如来。彼如来授我如幻，闻重闻修，金刚三昧。与佛如来同慈力，故令我身成三十二应，入诸国土，与诸众生同悲仰；故令诸众生于我身心，获四十种无畏功德。彼佛如来，叹我善得圆通法门，授记我为观世音，由我观听十方圆明，故观音名遍十方界。(《楞严经》)

> 若有持是观世音菩萨名者，设入大火，火不能烧；……若为大水所漂，称其名号，即得浅处；……若

复有人临当被害，称观世音菩萨名者，彼所执刀杖寻段段坏而得解脱……

若有女人欲求男，礼拜供养观世音菩萨，便生福德智慧之男。设若求女，便生端正有相之女。

若有众多淫欲，常念恭敬观世音菩萨，便得离欲。（《法华经·观世音菩萨普门品》）

阿缚卢枳低湿伐罗，唐言自在，合字连声，梵语如上。分文散音，则阿缚卢枳多译曰观，低湿伐罗译曰自在。旧译为光光音或观世音，皆讹谬也。《大日经》则作观音自在。所谓观音自在，心离烦恼通达无疑也。（《西域纪元·注》）

我国僧俗人等，多认为观音名字的意义是：观听烦恼众生呼吁的声音则为之解脱。这便有了大慈大悲、救苦救难的尊号。

佛教徒追求的是庄严洁净、没有五浊的世界。所谓五浊，指劫浊、见浊、烦恼浊、众生浊、命浊。《摄大乘论》："所居之土无于五浊，如彼琉璃珂等，名曰清净土。"佛经中描写的净土世界有三处：东方琉璃净土世界，教主是药师琉璃光如来，或称如来佛、大药王佛，普贤、文殊为其左右胁侍；兜率天净土世界，教主弥勒佛；西方极乐净土世界，教主阿弥陀佛，或称无量寿佛，观音、大至势为其左右胁侍。观音、大至势协助阿弥陀佛推行教化，三人合称西方三佛。自东汉至晋代，《无量寿经》、《法华经》（即《妙法莲花经》）相继被译成汉文，观音菩萨即被我国四众信奉。经梁代智𫖮著《法华玄义》宣传，唐文宗李昂（827—840）推崇，观音更为信仰者顶礼膜拜。《法华经》说，观音不仅能解除人们生活中的灾难，也能解除人们精神上的苦恼；还管生育，求男得男，求女得女。求他的方法也简便易行，只要念他的名字便行。

因念观音法号而解灾脱难的故事，在两晋时开始流传，见诸文字的也不少。南北朝时刘义庆《宣验记》中有：刘宋时车母念观世音佛号，使儿子脱了青泥之难，平安回家。南北朝王琰《冥祥记》说，当时新兴（今山西忻县）张兴的妻子被关在狱中，因念观世音佛号，锁梏俱解，狱门自开，解脱了一场灾难；会稽人谢敷信佛，曾手抄《楞严经》，遇火灾不焚。还有故事说，东魏天平时定州人孙敬德曾造观音像，有次他被盗贼劫持，官府误认他为盗贼，将处斩。临刑时他念《观音经》，刽子手的刀砍下去折为二段，孙敬德皮肉都没受伤……这些灵异传说，多被唐朝的道世法师收辑在《法苑珠林》中。有些故事明显是《法华经》和其他经文的艺术图解，很可能是唱导僧人或俗讲僧人临场发挥出来的。正如慧皎《高僧传·唱导论》说的，“征昔因则如见往业，核当果则已示来报”而已。这些故事，被越传越神，越说越真，大慈大悲救苦救难的观音佛号，被深深嵌入一些人的思想中。

佛经中的观音是个伟男子。《华严经》说，善才到普陀山去拜观音，“见岩谷中金刚石山上，有勇猛丈夫观自在……”敦煌莫高窟壁画和泉州开元寺宋造石塔上浮雕的观音像，嘴上都有两撇胡须。普陀洛伽本是印度的山名，唐代大中二十二年（858），日本留学我国的僧人慧锷奉观音塑像回国，几次被风浪阻，只好在浙江近海的小岛上造寺供奉。这小岛被附雅风流的人们命名为普陀。这普陀合九华、峨眉、五台，成为我国佛教四大名山。后来，厦门有南普陀，香港有东普陀，武昌有珞珈山；广州越秀山曾叫观音山，南京曾有观音门……可见民间对观音的崇拜。

《冥祥记》中说的因念观音法号而脱牢狱之灾的张兴妻，是“夜梦一沙门”来救她的。可见南北朝时的观音是男子身。《楞严》、《法华》经都说观音有三十二现身，三十二个什么样的现身，说法有出入；一般说是现四女身：尼身、女信士身、命妇大家身、童女身。观音变为女性大约在唐代开始，可能与不空（705—774）译的《叶衣观自在菩萨经》有关。经中说："其像作天女形，首戴宝冠，冠有无量寿佛，璎珞环钏，庄严其身，身有圆光火焰围绕。"叶衣，喻观音穿着八万四千功德。宋代的观音像则多为女菩萨了。唐代僧人皎然和韦应物（737—789）有许多唱酬。皎然《观音赞》，有"慈为云兮惠为风，洒芳襟兮袭轻珮"句；稍早于皎然的画家吴道子画的观音像，"垂灿轻珮"，宋代僧人寿涯《咏鱼篮观音》诗，有"窈窕风姿都没赛，清冷湿露金栏坏"句。这些，都表明当时的观音造像已为女子身。南宋朱弁（？—1144）在出使金国被扣留的17年中写的《曲洧旧闻》及以后的一些笔记中，有关于观音的记述：

> 宋朱弁《曲洧旧闻》云，蒋颖导汝日，用香山僧怀昼之请，取唐律师弟子义常所书天神大悲之事，润色为传。载过去庄王，不知是何国。王有三女，最幼者名妙善，施手眼救父疾。其论甚伟，然与《楞严》及《大悲观音》等经颇相失……俞理初（理初是俞正燮的字，1775—1840）《癸巳类稿》考此事甚详，当更核之。（俞樾《茶香室丛钞》卷十三《庄王女》）

> 按此本唐僧义常所说，余已载于《丛钞》第十卷矣，今见管夫人所撰传，又记之。要是俗说，非其实也。《文选·啸赋》"注"引《灵宝经》曰：禅黎世界，坠王有女，生仍不言。年至四岁，王怪之，乃弃女于南浮桑之河。空山之中女无粮，常日咽气，引月服精，自然之饱。忽与神人会于丹陵之舍，柏林之下，右手题赤石之上，语姓音，汝虽不能言，可忆此文也。遣朱灵堂，下教姓音治第之术；授其彩书八字之音，于是能言。于山出，还其国中。国中大枯旱，地下生火，人民焦灼，死者过半。穿地取水，百丈无泉，王希惧。女

显其真，为王仰啸，天降洪水至十丈。于是，化形隐而去——按此即庄王女之说自来，或即观世音。（俞樾《茶香室续钞》卷十九《观音大士传》）

《灵宝经》是道教经典。观音中国化、女性化的过程中，肯定是吸收了中国的民情风俗，适应于中国民情。比如中国和国外的巫或宗教，均祀圣母或天后。特别是妇女信徒，对圣母或天后更是礼恭毕敬。基督教有圣母玛丽亚，我国巫、道和民间供奉后土娘娘，还供奉女娲娘娘、九天玄女、华山圣母……神话中的女娲，不仅补天，而且团泥造人，自后才有人类世界。

宋朝是崇信道教的。宋太祖赵匡胤、太宗赵匡义兄弟都十分敬重庐山道士陈抟（？—989），匡义的儿子、真宗赵桓信道，制造了天降祥符的把戏，1008 年改元大中祥符，第二年跑到泰山筑坛祭天（封），登梁父山辟场祭地（禅），玩了一套封禅的把戏，自欺欺人以安慰自己惧怕辽人入寇的怯战思想。宋徽宗赵佶，自称教主道君皇帝，宣和一年（1119），改寺为宫，改院为观，呼佛为大觉金仙，呼菩萨为仙人大士，强使佛教按道教习俗称呼和办事。据说此时有位普明禅师曾撰《香山宝卷》，述观音修道故事。宝卷是说唱故事的形式，郑振铎认为“实即变文的嫡派子孙”（《中国俗文学史·宝卷》）。宝卷的流行在元、明、清三朝。《香山宝卷》是否撰于宋代虽待考，被掺杂了许多道教的习俗和观点却是事实。元女书法家管道升（1262—1319，赵孟頫的夫人，世称管夫人）撰《观世音菩萨传》，可能是第一本说观音故事的通俗小说。《香山宝卷》和《观世音菩萨传》的故事情节很相似，前者说的故事背景、人名尚带有很多印度色彩；后者则完全中国化了。《香山宝卷》说，迦叶时，须弥山西有一世界，国名兴林，广土万八里；有妙庄王，姓婆，名伽……生无子嗣，仅有三女，长曰妙书，次曰妙音，三曰妙善。妙善后来修佛成了观音。迦叶是释迦牟尼十大弟子中年高德重的一位，佛经中称大迦叶，被我国佛教禅宗尊为西土二十八祖之始祖，也称饮光胜尊。须弥山又名妙高山，是佛教徒想象的世界中心。慧琳《一切经音义》说："《大论》云：四宝所成曰妙，出过众山曰高。或名妙光山，以四色宝光明各异照世，故名妙光也。"《观世音菩萨传》将故事发生的时间、地点都搬到中国来了：东周时妙庄王有三个公主，王为三个公主择婿，大公主择了一位文官，二公主招了一位武将，三公主妙善不愿招驸马，到白雀寺为尼。妙庄王恼怒，派兵焚寺，死尼僧五百，妙善不死，到香山修道。九年后，妙庄王得恶疾，张榜求医：能治好病者，让与王位。妙善化为老僧揭榜，处方中要亲人手、眼为引。妙书、妙音皆拒绝；妙善舍手、眼合药，治愈父王。妙庄王认了女儿，率眷属、百官往香山学佛。佛以"千手千眼大慈大悲救苦救难观世音菩萨"法号赐妙善，功德圆满。管夫人还画有女性观世音像，更显出慈悲心怀。这个中国化了的孝女观音，更快地在民间流传开来。明代，有无名氏传奇剧本《香山记》和《观音鱼篮记》；清代有张大复的传奇剧本《海潮音》，亦名《香山记》。这些观音全是女身，造型也超出佛经中四种女像的范围。清代以来，全国各地的大型剧种多有连台本《香山记》，或称《观音得道全传》。在民间，观音再不是嘴上有两撇小胡须的印度和尚，而是修行得道的窈窕公主了。

目连戏中出现观音最晚在元代。《录鬼簿续编》中"诸公传奇失载姓名并附于此"条，著录《发慈悲观音度生，行孝道目连救母》便是明证。观音这一角色，使目连救母的剧情在山重水复处又见柳暗花明，悬念迭起，跌宕多姿；戏剧矛盾错综复杂，有利于刻画目连救母的决心和坚毅。郑之珍剧本中有关观音的戏场次不少，如《观音生日》、《观音劝善》（劝张佑大等弃恶投善、弃刀学佛）、《观音救苦》（指引罗卜西天求佛以救母亲）、《才女试节》（派善才和龙女考验罗卜）、《松林试道》（观音亲自考验罗卜)、《遣将擒猿》等出。她的出现都在剧情转折的关键时刻，以她悲天悯人的慈心，感化众生，鼓励目连坚定地去救母。比起一些戏里“戏不够，仙佛凑”的手法，要高明、自然些。罗卜孝心感天地，当观音认为他“心已坚，操已定”时，派遣张天师及吕、殷、温、关四天将，擒服周穆王时军中君子化身的、神通广大的白猿精，命他护送目连往西天见佛。剧中的白猿和古老神话中的周穆王有了关系。观音可以调动道教的张天师等。她已生活在中国的环境中。

白猿护送目连西天见佛的戏，有《白猿开路》、《过寒冰池》、《过火焰山》、《过烂沙河》、《擒沙和尚》等。白猿擒了沙和尚，登上白梅岭，遵照观音指示将罗卜推下悬岩，使目连蜕化后登上去西天见佛的坦途。除《梅岭蜕化》外，这段戏和吴承恩小说《西游记》中孙悟空护送唐僧取经的情节极其相似。戏剧史专家、中央戏剧学院教授周贻白（1895—1971）认为：

> 根据《目连救母戏文》今存刻本看来，其间甚至穿插有《唐玄奘西天取经》的熟套。如中卷第二十五出《遣将擒猿》，第三十二出《过火焰山》，第三十三出《过流沙河》，其迹象都很明显。尤其是《遣将擒猿》一出，其情节是因为目连要往西天见佛，救度他的母亲，沿途精怪甚多，白猿最为厉害。乃由观音会同张天师先擒白猿，在它头上戴上一道金箍，使其能听目连指挥而为之开路。《擒猿》一场，完全是《西游记》花果山斗孙悟空的那个路子，但扮白猿精的为小生角色。关目有“小又搀入阵中打筋斗走”及“打筋斗走下”，其筋斗的应用，对于白猿这个剧中人物来说，是安排得颇为恰当的。(《中国戏剧与杂技》)

引文中的《唐玄奘西天取经》，似指元代吴昌龄杂剧。剧本已不存在，仅存《北饯》、《回回》二折词曲。湘剧有此二折，名净廖申翥（1890—1960）擅以高腔唱此二折。据说北昆亦存此二折。地方戏的目连戏，和郑之珍剧本一样，由小生扮演白猿。但吴昌龄的《唐玄奘西天取经》或杨讷的杂剧《西游记》（有六本二十四折），都明白无误地写猴子孙悟空而不是白猿。在《盂兰盆经》和目连救母变文中，既没有猴子也没有白猿的踪迹。这白猿形象是从哪里来的？

夒图腾和白猿传说

我国古代的夒图腾和有关白猿的神异传说，是目连戏中白猿形象的第一个源头。佛教的护法猴神，是目连戏中白猿形象的另一个源头。

我国古代的猿，曾被叫夒（音 náo）、猱、玃、禺、狌狌。夒曾被当作氏族部落的祖先、图腾和崇拜物。在甲骨文中，夒作“”或“”。前者是猿猴的象形，后者是攀缘在树枝上的猿猴。卜辞中有“高祖夒”，郭沫若《先秦天道观之进展》考证认为，夒是殷商人的祖先，是殷商人继玄鸟之后崇拜的又一图腾。随着时代的发展和历史递变，图腾神话渐渐湮没，“夒”只剩下中间的主体“夏”字，故古代汉族自称为夏、华夏、诸夏。许慎（约 58—约 147）《说文解字》给我们留下“夒”的一些信息：

> 夒：贪兽也。一曰母猴，似人；从页、止、巳、夂，其手足。（宋徐铉等注：巳、止皆象形也。奴刀切）
>
> 玃：母猴也，从犬，矍声。《尔雅》云：玃父善顾。玃，持人也。
>
> 猴：夒也，从犬，候声。
>
> 禺：母猴属，头似鬼，从鬼从内。
>
> 夏：中国之人也，从夂从页从臼。臼，两手，夂，

两足，古文夒。

许慎，召陵人。召陵故城在今河南郾城东，先秦时属楚国。《诗·小雅·疏》引晋陆玑《毛诗草木鸟兽虫鱼疏》：“猱，猕猴也，楚人谓之沐猴。”沐猴又被写为“母猴”。因而《说文》中“母猴”不是公母之母，而是沐猴，即猕猴。南唐徐锴《说文系传》说：“夒”今作“猱”。《尔雅》“猱猿善援”有《疏》：“猱，一名猿”。西晋张华（232—300）《博物志》和东晋干宝《搜神记》所载传说中，还留有猿猴图腾的遗迹：

> 蜀中西南高山之上，有物，与猴相类。长七尺，能作人行，善走逐人，名曰猳国！一名马化，或曰玃猨。伺道行妇女有美者，辄盗取将去……若取得人女，则为家室……若有子者，辄抱送还其家。产子皆如人形。有不养者，其母辄死。故惧怕之，无敢不养。及长，与人不异，皆以杨为姓。故今蜀中西南多诸杨，率皆是猳国马化之子孙也。（《搜神记·蜀猴盗女》）

夒和龙、凤一样，都曾是远古氏族部落的图腾、崇拜物、旗帜，是部落的胶合剂和凝聚力。经过人们传说，图腾成了部落的祖先和保护神。传说燧人氏的后代太皞是人头蛇身，于是产生了龙的图腾崇拜；有娀氏的简狄吞燕卵而生契（《诗·商颂·玄鸟》），于是有了对鸟和凤图腾的崇拜。汉刘邦取得天下后，为抬高自己的姓族，编造出这样的故事：

> 刘媪尝息大泽之陂，梦与神遇，时电雷晦冥。太公往视，则见蛟龙于其上，已而有身，遂产高祖。（《史记·高祖本纪》）

这也是图腾的遗响。刘媪这个梦，加上编出的斩蛇起义神话，经刘邦的拥戴者和阴阳家的鼓吹，更了不得：五行相替，龙种龙生，天人相应，刘邦是受命于天的真命天子。

《蜀猴盗女》的传说是从图腾传说发展出来的，反过来也可证明图腾部落曾存在。在“语怪之祖”的《山海经》里，有多处说到猿和白猿：

堂庭之山多棪木，多白猿。(《南山经》)

发爽之山无草木，多水，多白猿。(《南山经》)

南山经之首曰䧿山……有兽焉，其状如禺而白耳，伏行人走，其名曰牲牲。(《南山经》。晋郭璞注：“禺似猕猴而大，赤目长尾”；清毕沅注：“禺，母猴属，头似鬼”——或者是白耳猕猴)

西次山之首曰崇吾之山……有兽焉，其状如禺而文臂，豹虎而善投，名曰举父。(《西次山经》。郭璞注：“举父或作夸父、攫父。玃，母猴也；攫，持人也。”)

东山经之首曰樕螽之山……又南三百里曰豺山……有兽焉，其状如夸父而彘毛，其音如呼则天下大水。(《东山经》)

《山海经》中说的猿或猿一类，多有些神异，善投掷，会攫（抓捕）人，甚至叫起来天下要涨大水。他们还被称为禺、牲牲、举父、夸父。这个夸父，不是《大北荒经》中那个“不量力，欲追日景”的夸父；也不是《海外北经》中那个“与日逐走”，“道渴而死，弃其杖，化为邓林”的夸父；更不是《中山经》中“其木多棕楠、多竹箭”的夸父之山。为什么一本《山海经》中有这么多夸父？茅盾、冯天瑜认为，夸父和蚩尤一样，是古代巨人族的族名；或者是对神通广大、本领高强或形象魁伟的人的尊称。传说中的白猿，也被拟人化地称为夸父。

秦汉间的白猿传说有了发展。东汉赵晔《吴越春秋·勾践阴谋外传》说，欧冶子取若耶溪上矿石，为勾践冶铁铸成利剑，有袁公故事：

越王问相国范蠡手战之术。蠡答曰：臣闻越有处

> 女，国人称之，愿王请问手战之道也。于是乃请越女。女将北见王，道逢老人，自称袁公。问女曰：闻子善为剑，得一观之乎？处女曰：妾不敢有所隐也，唯公所试。公即挽林杪之竹，似枯槁，未折坠地，女接取其末。袁公抄其本而刺女。处女应节，入之三。女因举杖击之，袁公飞上树，化为白猿……

唐李贺（790—816）有《南园》诗，引用了袁公典故：“见买若耶溪上剑，明朝归去事袁公”。西晋郭璞（276—324）《山海经图赞》有赞曰：“白猿肆巧，由基抚弓，数如循环，其妙无穷。”赞的是为《山海经》绘制的白猿图，把白猿比作春秋楚国百步穿杨、穿彻七札的名射手养由基，可见其本领高强。可惜图失，幸而赞存。

唐传奇、宋诗话中的白猿

唐传奇小说中，有两篇颇具影响的白猿神奇故事。一篇是《补江总白猿传》，一篇是《古岳渎经》。

《补江总白猿传》是《蜀猴盗女》的发展。说南北朝梁时将领欧阳纥，略地至福建长乐，入溪洞，他美貌的妻子被白猿掳去。欧阳纥历尽艰险，翻山越岭射死白猿，救回妻子。可是她已怀孕，小孩出生后很像猿。欧阳纥后来被陈武帝陈霸先杀死，像猿的小孩取名欧阳询，由江总哺育成人。这个抢女的白猿，很像盗女的蜀猴，只是多了些道士或方士味，更神秘化：

> ……又补采唯止其身，更无党类。旦盥洗，着帽，加白袷，披素罗衣，不知寒暑。遍身白毛，长数寸。所居常读木简，字若符篆，了不可识。已，则置石磴下，晴昼或舞双剑，环身电飞，光圆若月。其饮食无常，喜啖果栗；尤嗜犬，咀而饮其血。日始逾午，即欻然而

逝。半昼往返数千里，及晚必归，此其常也。所须无不立得……然其状，即猳玃类也。今岁木落之初，忽怆然曰，吾为山神所诉，将得死罪……

这个白猿和盗女的蜀猴是同类：猳玃。他不同之处是有文化，识字，会读书，会舞剑，半天时间可以往返千里，需要的东西马上可以得到；还会算命，知道自己的死期将至。他的身上也有《吴越春秋》中袁公的影子，却比袁公本领高强。《补江总白猿传》是《新唐书·艺文志》“小说家类”著录的三篇题目之一，可见其代表性。

欧阳询是个历史人物，唐代潭州临湘（今长沙）人，隋时为太常博士，入唐后官至弘文馆学士，以书法闻名于世，称欧体。《新唐书》、《旧唐书》都有他的传，说他“虽貌甚寝陋而聪悟绝伦”。据《太平广记》卷254引侯白《启颜录》说，欧阳询爱嘲笑人，有讽宋国公萧瑀不会射箭的诗；他也被别人嘲笑。刘悚《隋唐嘉话》、孟棨《本事诗》都记有长孙无忌嘲讽欧阳询的诗：“耸膊成山字，埋肩不出头。谁家麟阁上，画此一猕猴”，可见欧阳询长得像只猴子。宋藏书家陈振孙《直斋书录题解·小说类》说：

欧阳纥者，询之父也。询貌类猕猴，盖尝与长孙无忌互相嘲谑矣。此传遂因其嘲广之，以实其事，托名江总，必无名子所为也。

在“征奇猎异”的唐代，借开玩笑的题材编出个传奇故事来，或许有之。然这故事已进行人身攻击了。有了这篇《白猿传》，后来发展出明代洪楩的《清平山话本》中收辑的《陈巡检梅岭失妻》、瞿佑《剪灯夜话》中的《申阳洞记》等来。

《古岳渎经》的作者是李公佐。他假亲身经历，编撰这个故事，为的是增加几分传奇色彩。说他贞元七年（791），在苍梧听到弘农（今河南灵宝）人杨衡说：

> 永泰（唐代宗李豫年号，765—766）中，李汤任楚州（治所在今江苏淮安）刺史时，有渔人夜钓于龟山之下。其钩因物所制，不复出。渔者健水，疾沉于下五十丈，见大铁锁盘绕山足，寻不知极。遂告汤。汤命渔人及能水者数十，获其锁，力莫能制。加以牛五十余头，锁乃振动，稍稍就岸。时无风，涛惊浪翻涌，观者大骇。锁之末见一兽，状有如猿，白首长鬐，雪牙金爪，闯然上岸，高五丈许。蹲踞之状若猿猴，但两目不能开，兀状昏昧，目鼻水流如泉，涎沫腥秽，人不可近。久，乃引颈伸欠，双目忽开，光彩若电。顾视人焉，欲发狂怒。观者奔走。兽亦徐徐引锁拽牛入水去，竟不复出。

这个庞然大物是只巨猿。好不容易把它拉上岸，它还是连锁带50多头牛都拖下水而不知去处。李公佐抛出一个悬念，紧扣读者心弦，再慢慢解开。然后说二十三年后的元和九年（814），李公佐到了东吴（苏州府），和太守元锡一起游太湖，登包山，住宿在道士周焦君家。他和周焦君一起入山洞，探仙书，得到了《古岳渎经》第八卷。书中说：

> 禹理水，三至桐柏山……乃获淮涡水神，名无支祈，善应对言语，辨江淮之浅深，原隰之远近。形若猿猴，缩鼻高额，青躯白首，金目雪牙，颈伸百尺，力逾九象……庚辰（传说中协助禹治水的神人）以战逐去，颈锁大索，鼻穿金铃，徙淮阴之龟山之足下，俾淮水永安流注海也。

原来这个巨白猿叫无支祈，是大禹治水时把它锁在这里的。

上面说的无支祈，与佛教本没什么关系，后来却出现僧伽降水母（或说无支祈）的传说。僧伽是唐代来长安的西域僧人：

> 释僧伽者，葱岭北何国人也……伽在本土，少而出

家。为僧之后，誓志游方……龙朔（唐高宗李治年号，661—663）初年也，伽即隶名山阳（今江苏淮安）龙兴寺，自此始露神异……（景龙）四年（710）庚戌示疾，敕自内中往荐福寺安置。三月二日，俨然坐亡，神彩犹生，只瞑目耳……帝（中宗李显）以仰慕不忘，因问万回师曰，彼僧伽者何人也？对曰：观音菩萨化身也。（宋赞宁《续高僧传·僧伽传》）

僧伽者，葱岭北人……唐龙朔二年（662）东游至长安，过洛阳，入淮泗，居楚州龙兴寺……景龙二年（708），中宗召见，赐号国师。留四年，坐化京师荐福寺，归葬泗州……师生平及灭度后，灵异不可悉数，人谓观音化身云。（南宋末·赵孟頫《重建大圣寺灵瑞塔碑》）

宋赞宁《续高僧传》说，僧伽有三个徒弟：木叉、慧伊、慧岸；还说了唐咸通、文德、大顺、乾宁及周世宗时，僧伽几次显灵，救泗州和淮河南北的生民，或免于水灾，或免于兵祸。把僧伽说得只要淮河两岸有苦难，他必显灵救拯，但没有说降水母或无支祈的事。《续高僧传》把《灵瑞塔碑》中的“人谓观音化身”，改成万回和尚答唐中宗李显时的话，是想借李显以慎重其事。是以南宋朱熹《楚辞辨证·天问》中说：“如今世俗僧伽降无支祈、许逊（晋道士，宋封为神功妙济真君，世称许真君或许旌阳）斩蛟蜃精之类，本无依据。”南宋罗泌《路史·余论》说：“而释氏乃以为泗州僧伽之所降水母者。”这都是佛、道二教自己编出来的故事，以自神其教。王象之《地舆纪胜》则以降无支祈、降水母两说并存，而记下附雅传说的地名，如“龟山条”说：“禹治水，以铁锁锁淮涡水神无支祈于龟山之足”；“百牛潭”条说：“李汤以百牛引出铁锁”；“圣母井”条说：“俗传泗州僧伽降水母于此”；“水母洞”条亦说：“俗传泗州僧伽降水母于此”。

我国古代人认为，山川树木都有神灵守护。这些神灵被巫和道教祀奉。《庄子》和《九歌》都说到黄河之神河伯。西汉宣帝时（公元前73—前49）王褒《九怀·思忠》有“玄武步兮水母，与吾期兮南荣”句，自注云：“天龟水神，待送余也。”他以为天龟为水神。《吴越春秋》中有淮津之神取马的故事，李公佐传奇中的淮涡之神是无支祈。这个无支祈，和《山海经·东山经》中那只“其状如夸父而彘毛，其音如呼则天下大水”的猿猴是有些亲属关系。泗州人又把收服无支祈的故事附会到僧伽身上了。清道光十七年（1837）麟庆《重修淮渎神庙附记·僧伽大圣记》说：

> 庙在洪泽湖龟山上，未知创始何代，惟前明嘉靖间凤阳巡抚有重修碑记。中祀渎神，旁座有赤面而僧服者，世所谓僧伽大圣是矣……大圣降水母一说，盖出唐时。《泗州志》载，巫支祈屡为水患，僧伽大圣拄锡泗州，说法禁制，建灵瑞塔，淮泗乃安。……国朝康熙初，泗州城陷，湖波泛涨，殿及铁像，皆没于水……

《续高僧传》说僧伽灵异，并不载降水母或无支祈事，《泗州志》载的是更后些的传说了。僧伽生前世后既有许多灵异，怎么连自身也保不住了，弄得“殿及铁像，皆没于水”?！然而，僧伽大圣降无支祈的传说，却为后来的孙悟空斗二郎神的神话的出现作了铺垫。二郎神是先秦昭王时（公元前306—前251）蜀郡太守李冰的二儿子（一说即李冰本人）。他们父子因修都江堰大型水利工程，使成都平原“沃野千里，号为陆海”（东晋常璩《华阳国志·蜀志》），造福万代。民间传说他为修水利，在灌口斩蛟，被封为二郎神。大圣、水斗、二郎神便凑在一起了。

说唐僧西行取经故事的宋元话本《大唐三藏取经诗话》中，也没有大圣水斗二郎神的故事。这个话本在国内没发现。1915

年，罗振玉（1866—1940）、王国维（1877—1927）从日本影印回国。胡适《中国章回小说考证·〈西游记〉考证》中记述了影印过程。话本有三卷十七章，缺了整个第一章，第八章也缺前段。诗话是宋元时说书人底本中的一种，其体制由韵文、散文并用；韵文多为七言诗赞。诗话有明显的变文痕迹，至少是受变文形式的影响。《大唐三藏取经诗话》卷末，有“中瓦子张家印”一行字。吴自牧《梦粱录·瓦舍》和周密《武林旧事·瓦子勾栏》，均记有“中瓦子”。前者说，杭城“市南坊北三元楼前，谓之中瓦子”；后者在“中瓦”的夹注有“三元楼”三字。印这话本的张家，是南宋开设在杭州三元楼的一家书铺。因此，王国维、罗振玉认为这诗话是宋人的作品；鲁迅则认为“逮于元朝，张家或亦无恙，则此书或为元人撰，未可知矣”（《中国小说史略·宋元之拟话本》）。这诗话的第二章“行程遇猴行者处第二”，是这样开头的：

> 僧行六人当起行……偶于一日午时，见一白衣秀才从正东面来，便揖和尚：“万福万福，和尚今往何处？莫不是再往西天取经否？”法师合掌曰：“贫僧奉勑，为东土众生未有佛教，是取经也。”秀才曰：“和尚生前两回去取经，中途遭难。此回若去，千死万死。”法师曰：“你如何得知？”秀才曰：“我不是别人，我是花果山紫云洞八万四千铜头铁额猕猴王。我今来助和尚取经。此去百万途程，经过三十六国，多有祸难之处。”法师应曰：“果得如此，三世有缘，东土众生获大利益。”当便改呼猴行者……

这位自愿护送三藏法师西行取经的猴行者，没有吴承恩笔下的在如来佛手心里翻筋斗、被压在五台山下的情节，也没有观音来救苦救难。他是自觉自愿来的，自然用不着戴“花花帽儿”紧箍咒。他是个“白衣秀才”。猴而白衣，是白猿猴之属，便和远古传说中的夔、唐宋传奇中的无支祈、白猿沾亲带故。“铜头铁额”四字，是从古代传说中的蚩尤那儿借来的：

轩辕之初立也，有蚩尤氏兄弟七十二人，铜头铁额，食铁石。轩辕诛之于涿鹿之野。（南北朝任昉《述异记》）

黄帝摄政，有蚩尤兄弟八十一人，并兽身人语，铜头铁额，食铁石，轩辕诛之于涿鹿之野。（《太平广记》引《太河图书》）

蚩尤作乱，不用帝命。于是，黄帝乃征师诸侯，与蚩尤战于涿鹿之野，遂擒杀蚩尤。（《史记·黄帝本纪》）

佛经中的护法神猴

目连戏中白猿形象的第二个来源是佛经。在佛教传说中，猴子对释迦牟尼修道，作过许多贡献。因而佛教关于猴子的传说和古迹很多。唐玄奘（602—664）《大唐西域记》中，记述有许多玄奘在印度的亲身见闻：

都城东南五六里，有蓝北岩，有石室。石室东南二十四五里有大涸池，旁有窣堵波（梵文“塔”的音译）。在昔如来行经此处时，有猕猴持蜜奉佛。（卷四《秣菟丝国·猕猴献蜜及释迦等遗址》）

石柱南有池，是群猴为佛穿也。在昔如来曾住于此。池西不远有窣堵波，诸猕猴持如来鉢上树取蜜之处。池南不远有窣堵波，是诸猕猴奉佛蜜处。池西北隈犹有猕猴形象。（卷七《吠舍梨园·舍利弗窣堵波及诸遗迹》）

《贤愚经》卷十二和《佛五百弟子自说本起经》中，均有猕猴献蜜于佛的故事。《四分律》卷二，有猕猴为佛凿水池故事。《师子月佛本生经》有佛说猕猴往因：

佛往竹园，须密比丘缘上下，与八万四千金色猕猴跳戏。大众讥嫌，频波沙罗王诣佛问之。佛言：比丘即是师子月佛补弥勒之处，并说猕猴之往因，授菩萨记之。

佛教的护法神中，有一位是猕猴。唐玄宗时来华的天竺僧人不空（705—774）曾译出大乘经典七十七部一百二十余卷。其中《千手观音造次第法仪轨》说："尊之正面天冠有三层……第三层二十八部众。"二十八部众就是二十八位护法神，其中第九位叫毕迦罗王，或译为毕婆迦罗王。《千手观音杂集》说："经云，毕婆迦罗王又是山神部也。毕者，广也，大也；婆迦罗者亦云摩迦罗，此云猕猴，出《金光明经·诸药叉护持品》。"

《大集经二十三·虚空目·净目品第五》、《大集经五十六·星宿摄授品第十八》、《十二因缘生祥瑞经》等，均说到十二兽，或称十二禽。这十二兽分居在东海琉璃山、南海颇梨山、西海白银山、北海黄金山上，按时辰巡逻以守护在石窟中修持的菩萨，因此也称十二神将。十二神将中第四位是安底罗大将，居西海白银山上，"申位，甲申将军，猴头、人身、持刀"。安底罗也是毕迦罗的异译，还有译作安陀罗的。尽管佛教各宗和不同佛经的译法、说法有差异，但都说护法神中有一位是猕猴。

隋代，西域来了位画家尉迟跋质那，于阗（今新疆和田）人，一说是吐火罗（今青海祁连与敦煌之间）人。不久，他的儿子尉迟乙僧也来长安。父子被分别称为大尉迟、小尉迟，驰名画坛。尉迟乙僧工佛像、人物、花鸟。他采用阴影法，使物象突出壁间具有立体感。唐张彦远《历代名画记》、宋《宣和画谱》都有关于他们父子的记述。晚唐朱景玄《唐朝名画录·神品》说：

尉迟乙僧者，吐火鲁国人。贞观（627—649）初，其国王以丹青妙荐之阙下……乙僧，今慈恩寺塔前功德，又凹凸花面中间千手眼大悲，精妙之状，不可名焉。

慈恩寺是贞观二十二年（648），李治当太子时为母亲长孙皇后建的。慈恩塔又称为大雁塔，取佛经中有菩萨化身为雁，舍身布施的故事。塔是李治为唐高宗后的永徽四年（653）盖的，用以唐玄奘从印度取回的梵文佛经。李治派尉迟乙僧到慈恩寺塔前画观音（千手眼大悲）降魔像，自然画了二十八部众，其中便有护法猴神毕迦罗。唐僧、取经、观音、护法猴神在慈恩寺前结了缘，观音处于中介地位。这便给民间艺术家、文学家一块发挥遐想的天地，为戏剧《目连救母》、小说《西游记》提供创作素材。

不论是《目连救母》中护送目连西天见佛的白猿，或是《西游记》中、甚至早于小说的诗话和宋元杂剧中的猴行者，两位护法猿猴不仅同源，而且互相渗透、影响、补益。吴昌龄杂剧《西游记》的一些台词，透露了信息：

二姊巫支祈圣母。（第九折《神佛降孙》中孙行者上场台词）

他是骊山老母兄弟，巫支祈是姊姊。（第十折《收孙演咒》〔哭皇天〕唱词）

似摩腾伽把阿难摄在淫山上，若鬼子母将如来围定在灵山上，巫支祈把张僧拿在龟山上。不是我魔王苦苦害真僧，如今佳人个个要寻和尚。（第十七折《女王逼婚》〔寄生草〕唱词）

清代戏曲音乐家叶堂，于乾隆十七年（1752）编订的《纳书楹曲谱·补遗》中，也引用了上述两支曲词，题作《西游记·定心》、《西游记·女国》。以前传说和传奇中的无支祈没有说明性别，吴昌龄杂剧中的无支祈明白是女性。

《目连救母》中的白猿和《西游记》中的孙行者，是我国远古传说中的夔、无支祈和佛教故事中的猴或猴神融合后产生的新的艺术形象。借用遗传工程学中的一句话，是杂交产生的新一代。他们比他们的先辈更优秀、更成熟、更完美。特别是经大手笔吴承恩的塑造，孙悟空的形象体现出敢于叛逆、敢于斗争、嫉恶如仇、除恶务尽的精神；神的变幻莫测和猴的急躁敏捷和谐融为一体。他那勤奋、乐观的性格使人钦佩，令人感动，逗人喜爱。他那爱善憎恶的感情、待人处世的态度，又完全是中国式的。因而孙悟空的艺术形象，为读《西游记》小说和看《唐僧取经》戏剧的国人们所认同。

戏曲《目连救母》中的白猿，较小说《西游记》的孙悟空有更多的中国本土色彩。他除与如来、观音有缘外，还和周穆王、张天师、四大天将有亲缘。也可以说他有道教味。小说中的孙悟空则脱去白衣，护唐僧取得真经，获得封赠：战斗胜佛，成了中国佛教的猴神。从远古的夔、春秋时的袁公、两晋的盗女白猿、传奇中的白猿精、到诗话和目连戏中的白猿，这一形象的发展，是有轨迹可辨的。它是中国本土文化和传入的印度佛教文化融合的又一有说服力的例子。

《罗摩衍那》中的哈奴曼

胡适在《西游记考证》中，在肯定吴承恩《西游记》前七回“大部分是著者创造出来的”的同时，两次谈到孙悟空和印度史诗《罗摩衍那》的关系：

> 以上是猜想猴行者是从中国传说或神话里演化出来。但我总疑心这个神通广大的猴子不是国货，乃是一件从印度进口的。也许连无支祈的神话也是受了印度影响而仿造的……在印度最古的纪事诗《拉麻传》里，

寻得了一个哈奴曼，大概可以算是齐天大圣的背影了……

《拉麻传》今天的译名是《罗摩衍那》。它是古印度的史诗，最初用口语形式在民间流传，流传过程中不断得到丰富。公元前5世纪到2世纪之间，有位叫瓦尔米基（意译为蚁垤）的诗人，或称蚁垤仙人将它整理成文字，有七卷二万四千颂，即四万八千行。这首史诗叙说十车王（或译为十奢王）的儿子罗摩，受老王妃子的嫉妒遭放逐；罗摩的妻子悉多又被十头魔王劫往楞伽城。罗摩在寻妻路上，遇到猴王须羯利婆。须羯利婆被舅父夺走王位赶了出来。两人同病相怜结成盟友。罗摩帮助须羯利婆夺回王位，猴王便派哈奴曼帮助罗摩，战胜十头王，找到悉多，回朝继承了王位。罗摩英勇善良，恪尽职守，孝顺、忠贞、友爱、宽厚，父子、夫妇、兄弟、朋友之间的关系融洽。他的形象，体现了印度古代的道德。哈奴曼是位英勇善战、聪慧机智的猴将。他和孙悟空确有一些相似之处：

1. 他们都与风有缘。孙悟空从受日精月华的石头中迸裂出来时，还是一个石卵，“见风化作一石猴”，后来“趁天风”去南部瞻州、西牛贺州寻师学道。哈奴曼是风神之子，在与十头魔王作战时，他的父亲风神来助战，其他49位风神也刮起了大风助战。

2. 孙悟空有七十二变，曾变作麻雀、鱼儿、土地庙，跟二郎神斗法；“变作二寸长的一个人儿”，躺在蟠桃树叶下睡觉。哈奴曼“可以随意变形”，变作游方僧、祭司、大山、猫鼬，还可以将尾巴变成500由旬（80公里）长，300万罗刹（妖魔）按捺不住。孙悟空曾变作鷦鹩虫儿躺在茶沫下，让铁扇公主喝进肚去，在铁扇公主的肚子里蹬肠踢肚，要借芭蕉扇。哈奴曼曾变得出奇的小，经过女罗刹西弥迦的嘴，进入她的肚里，撕碎她的心肝肠肚，然后钻个洞爬出来，让她从空中掉入海里，成为海兽们的美餐。

3. 孙悟空一个筋斗云，十万八千里；哈奴曼从锡兰岛上楞伽山一跳，便到了喜马拉雅山。

4. 孙悟空护送唐僧，经历八十一难，取到真经，师徒成正果。哈奴曼帮助罗摩和十头魔王作战，经历几度生死、无数困难，终于消灭魔王，使罗摩夫妻团圆，回朝继承王位。

……

然而，这些相似并不能说明孙悟空是仿照哈奴曼塑造的。许多研究文学的人都明白，孙悟空与二郎神斗法的描述，是受《降魔变文》中舍利弗和六师外道斗法的影响，而不是哈奴曼和十头魔王斗法。《降魔变文》的残卷是在敦煌石窟出土的，由胡适收藏。虽残存不及十分之一，已使人震撼。郑振铎认为：

> 描写舍利弗和六师斗法的一大段文字，乃是全篇最活跃的地方。写斗法的小说，像《西游记》之写孙悟空、二郎神的斗法，以及《封神榜》和《三宝太监西洋记》的许多次斗法，似乎都没有这一段文字写得有趣，写得活泼而高超。(《中国俗文学史·变文》)

《罗摩衍那》是古印度的伟大史诗。却被印度佛教看作“外道”的书。因为它是宣扬婆罗门教教义的。婆罗门教是多神教，供奉梵天（创造之神婆罗贺摩）、人天（守护之神毘瑟罗）、自在天（毁灭之神湿婆）三位主神。罗摩是毘瑟罗的化身。因而这部诗史及关于罗摩的整个故事，不可能随佛教东传入我国。但是，作为印度的古老民间传说，罗摩故事被有选择地吸收入佛经。符秦时鸠摩罗什翻译的《大庄严经论》卷三，叙述难陀王积聚珍宝故事后的偈语中，有“罗摩造草桥，得至楞伽城。吾今欲升天，无有诸梯登”四句，对罗摩故事却无叙述。北魏时吉伽夜、昙曜合译的《杂宝藏经》卷一，有《十奢王传》，记述有罗摩太子被十奢王的妃子嫉妒，被放逐十多年，后来回朝摄政。宣扬的是父慈子孝、兄友弟恭，没有提到神猴哈奴曼。孙吴时康会僧译的《六度集经》，卷五有《忍辱度无极章第三》，说某大国国王避敌让位，带着元妃住在山林，元妃被恶龙劫去海岛。国王与同病相怜的猴王结盟，渡海登岛，消灭恶龙，夺回元妃。众猴中有天帝释变化成的一只猕猴，出了个负石填海的主意，使大军登岛；在毒龙喷毒雾时，他给大家发天药，为抵御毒雾起了很大作用。恶龙终被国王射死。这故事较简单，远不如《罗摩衍那》跌宕多姿，也没有哈奴曼的名字。

作为印度两大史诗之一的《罗摩衍那》，对周边邻国是有影响的。李沅《从印度的〈罗摩衍那〉到泰国的〈拉玛坚〉和傣族的〈拉戛西贺〉》一文开头便说，泰国的故事和戏剧《拉玛坚》和我国云南傣族的叙事长诗《拉戛西贺》，“是从印度史诗《罗摩衍那》演变而来”。罗摩的故事，先是用口头演唱形式，在泰国（当时叫暹罗）流传。从泰国出土文物看，可能在13世纪（相当于我国南宋时）之前传入泰国。故事在流传中作了修改以适合暹罗国情，题目也改成《拉玛坚》。拉玛一世执政时期（1782—1809，相当我国清代乾隆末、嘉庆初），才有《罗摩衍那》的泰文译本；拉玛二世王朝时又在泰文本的基础上，吸收中国《封神榜》、《西游记》中的一些故事，创作出具有泰国民族风格的歌舞剧《拉玛坚》。从此，这故事流传甚广，在泰国文学史上产生重要影响；传入毗邻的我国云南傣族地区，便成叙事诗《拉戛西贺》，或译作《兰戛西贺》。它是通过民间艺人说唱流传的，因而版本多。其故事的大轮廓与《罗摩衍那》相近，人名的音也相近；也有些不同：①拉玛（印度史诗中的罗摩）被放逐后寻找妻子的途中，遇到失去王位的猴王不叫须羯利婆，而叫白猴王；②故事不是从罗摩被放逐开始，而是从十头魔王拉戛西贺要谋夺拉玛的妻子喃细多（印度故事中的悉多）开始，因而整篇题目便叫《拉戛西贺》。季羡林认为，《拉戛西贺》也在云南崩龙族、布朗族等中泰边境民族中流传；西藏有根据梵文和其他古印度语翻译加创造的罗摩故事；敦煌石室曾出土五个编号的有关罗摩故事的残卷；新疆也发现过这类文物。1980 年，四川民族出版社出版的雄巴·曲旺扎巴（1404—1469）撰的《罗摩衍那颂赞》，是在印度史诗基础上创造的我国藏族的演唱诗歌。季羡林先生的《〈罗摩衍那〉在中国》，对此有专门论述。

边疆民族中流传的罗摩故事，对我国腹地有多少影响？罗摩故事中的哈奴曼对《目连救母》中的白猿和《西游记》中的孙悟空的形象塑造有多大关系，还有待资料的新发现后的探讨。但不管怎么说，白猿或孙悟空都不“是一件从印度进口的”纯产品，而是中印文化融合的产物。

直到 1980 年，我国才有《罗摩衍那》的全译本，是季羡林翻译、人民出版社出版的。

第七章　各地的目连戏

几种目连戏剧本的出目对照

我国演目连戏的高潮，掀起于清代康熙、乾隆以后，延续到抗日战争前夕，从18世纪中叶至20世纪中叶，前后将近200年。掀起的原因，一是地方戏曲的蓬勃兴起，二是宫廷大编大演目连戏的带头影响。抗日战争后，由于城乡经济遭到的破坏太严重，元气大伤，人民难以负担演出费用；但为禳除战争和战后瘟疫灾难、赈济殇亡，仍有不少地方组织演出目连戏，如湖南南部祁阳戏流行地区和湘西辰河戏流行地区。1949年以后，由于目连戏神鬼杂出，宣扬宿命论和因果报应，艺人们自觉放弃演出；土地改革以后，农村经济结构改变，农民思想觉醒，目连戏失去了演出的经济基础，失去了观众，加上老艺人的逝世，更无条件演出了。50年代，江西、湖南、浙江、安徽、福建等省文化部门，仍收集、记录或内部出版了弋阳腔、湘剧、绍剧、徽剧、莆仙戏的目连戏剧本，作为资料保存。“文化大革命”以后，多数剧种的目连戏在舞台上绝迹，仅保留了《思凡》、《老汉驮妻》等少数与目连戏主题关联不大、技艺上有独到之处的折子戏。

1984年秋，湖南省戏曲研究所在中国艺术研究院戏曲研究所和《戏曲研究》编辑部的支持下，挖掘演出了祁剧高腔《目连传》，连台八场；从桂枝思凡、刘氏开荤、目连出家、地狱救母到盂兰大会、全家升天，录像24小时。1989年，湖南怀化又挖掘演出了辰河戏高腔《前目连》、《后目连》、《花目连》的主要场次，也由中国艺术研究院录像。1993年秋，四川省组织绵阳的戏剧创作人员，在“既有别于前五届（目连学术讨论会和挖掘）演出、又不照搬传统川剧”，“保留川剧目连戏的精华，又在不变原汤原汁的味道中加入可口佐料”，“整理出一个既是传统的、独具特色的，又是较集中的、精炼的演出剧本”（引文均摘自《川剧目连戏绵阳资料集前言》）。这个剧本包括《正目连》四本，《花目连》两折。四本《正目连》是《灵官镇台》、《刘氏出嫁》、《刘氏开荤》、《冥间救母》；两折《花目连》是《贼打鬼》、《王婆骂鸡》。

各地的目连戏剧本，各有千秋。现在将祁剧高腔、辰河戏高腔、湘剧高腔、绍兴调腔、江西弋阳腔的目连戏剧本的出目和郑之珍《新编目连救母劝善戏文》的出目列表参照。

几种目连戏出目参照表

郑之珍本	祁剧本	辰河戏本	湘剧本	绍剧本	弋阳腔本	备　注
开场	敷衍剧目		副末开场	起殇	开台	
				放星宿		
		夫妻玩赏	傅荣上寿		庆祝华筵	
		收租收债	叹贫逼租	逼租	益利取债	
			送女折租	交租	吊打金山	
		城隍登台				
		枭煞叹世				
		游园生子				
		报喜焚香				

续上表

郑之珍本	祁剧本	辰河戏本	湘剧本	绍剧本	弋阳腔本	备　　注
		庆贺取名				
		兄弟攻书				
		姊妹唱调				
		讨债责子				
		护子吵闹				
		兄弟游春				
				别利		傅相逼沈荣正还银,扣沈妻吕氏。刘青提与吕氏结金兰,赠银应考
				闹茶坊		
				诉父		
					傅相谏亲	
					邓通观相	
					武帝排朝	
			傅荣升天			
			摘议焚斗	焚斗秤	火秤焚斗	湘剧、弋阳腔是傅相改父恶,焚斗秤。绍剧是傅相已改过
				撇银		
			庚星奏帝	奏善	司命奏命	
				放飞金		
				降星		
		雷诛二子	雷击枭煞	闹龙舟	雷打枭煞	
					古佛莲台	
					二公度化	志公、志保去度梁武帝

续上表

郑之珍本	祁剧本	辰河戏本	湘剧本	绍剧本	弋阳腔本	备　注
					武帝出家	
					遣观三代	志公、志保取盆水让傅相观枭煞二星之报应
					郗氏谏君	
					傅相接旨	梁武帝派曹献忠传旨，命傅相押金往西天助建波罗堂
					梓橦赠驴	梓橦帝君赠傅相驴、僮
					傅相别家	
					武帝打坐	
					郗氏用计	
					火烧萧皇寺	
					天官奏命	
					阎王接旨	
					捉拿郗氏	
					御院托梦	
					火进台城	
					驴僮脱化	傅相免灾
					台城升天	梁武帝升天
					新主登基	
					归家团圆	傅相归家
		摆宴劝兄				傅荣劝傅崇
		玉皇登台				天官报玉皇：傅崇弃恶从善
		三星叹世				福禄寿三星降福傅崇

续上表

郑之珍本	祁剧本	辰河戏本	湘剧本	绍剧本	弋阳腔本	备　　注
		庆贺摆酒				傅崇妻陶氏生傅相、傅林
		接文上任				傅崇任仁皇县令
		大堂分别				傅崇、傅相兄弟分别
		衙役接官				傅崇赴任
		县衙升堂				
		长亭调情				孙炳调戏周其妻李氏
		周其回家				
		公堂申冤				
		受贿告庙				傅崇受贿，周其蒙冤告于庙
		见神诉冤				
		奏帝接表				
		游园得病				傅崇得病
		请医问病				
		傅崇命终				
		僧道荐父				傅相、傅林兄弟追荐傅崇
	傅相玩赏		傅相叹世			
			闭门不修			
			遣观三世			太白金星化作老僧点化傅相，让傅相看到家中三代人的来历
			金狮下凡			
	扫坟报凶		清明挂扫			
	化暴收魔	洪钧作乱	洪钧作乱			

续上表

郑之珍本	祁剧本	辰河戏本	湘剧本	绍剧本	弋阳腔本	备　注
	雇请脚夫	雇请夫工	雇请脚夫			
	兄弟分别	兄弟分别	拜别登程			傅林留任所，傅相回原籍
	夫妻登程					
	长亭施银	施银埋尸				
			见财起心			脚夫长脚，见财起偷盗心
	遣虎伤夫		虎伤不良			太白金星遣虎伤长脚
	叔侄相会	回家见叔	归家见叔			傅相见叔父傅荣
	邻友恭贺		作贺生非			益、金二员外分别将儿女过继傅相
	过继生非					引起傅相的舅父陶全不满
		超度荐父				
		夫妻商议				陶全夫妇商议告状
	按院起马					
	霹雳写状		请师写状			陶全请讼师写状纸
	公堂诬告		茶陵放告			
	迎接按院	按院过衔				茶陵知县接按院
	捉拿傅相					
	收买军妻		雇买军妻			
	对审发配	公堂发配	茶陵发配			傅相被发配补军伍
	夫妻分别		夫妻分别			
		押解上路	中途伤妻			
	回军诉苦					
	朝阳施金		朝阳施金			傅相朝阳观施金修祖师神像

续上表

郑之珍本	祁剧本	辰河戏本	湘剧本	绍剧本	弋阳腔本	备注
	到衙投文		到家点名			
			辞僧别寺			
			归家见嫂			
			朝阳得金			
	金毛操演	金毛发兵	洪钧打围			金毛、洪钧均为邻国主将入侵
	闻报大战	闻报对阵	闻报对阵			
		傅林上路				
		祖师托梦	回营托梦			
		扫堂念经				
			操演器械			
	显圣擒寇	飞身擒贼	焚香显圣			真武(辰河为李洪)祖师,助傅相擒敌酋
	托梦详梦		偷营详梦			祖师托梦与张定边元帅
	傅林见嫂					
	朝阳补金					
	兄弟相会	兄弟相会	兄弟相会			傅相与来寻兄的傅林相见
	受职交拜		奏朝受封			傅相受封后,将官职交傅林
			傅林成亲			傅林与张定边的女儿成亲
	兄弟分别	兄弟分别	兄弟分别			
	朝阳言戒	朝阳施金	礼金指引			
	归家言情	傅相归家	归家言情			
		白马驮金				
	王氏别妻					屠户赵连芳的妻子,别夫去杭州受戒

续上表

郑之珍本	祁剧本	辰河戏本	湘剧本	绍剧本	弋阳腔本	备　注
			斋子起程			傅相去杭州受戒
	大设戒堂	杭州受戒	杭州受戒			头陀、檀那、修利为傅相受戒
	夫妻各单					傅相受戒后与刘氏分居
	佛贬桂枝	桂枝思凡	折降桂枝	挂子		
				下凡		喜真星奉玉旨下凡为目连
				怨子		傅相夫妻怨子,怀孕
				下降		傅荣示梦说金哥银哥来历
				试道		喜真星化和尚试傅家
				投生		喜真星投胎为罗卜
		桂枝变螺	中途拾螺			
		饮水拾螺				
			归途见妻			
	刘氏碎螺	刺螺吵螺	刘氏毁螺			
	古佛剖萝		古佛化斋			
	刘氏产子	埋螺生子	刘氏产子			
		报信庆贺				
	汤饼大会	大送鸡米	汤饼取名			
				钦赐		沈荣正居翰林,报帝赐傅相义官
				封职		沈捧旨到傅家
				焚香		
				回府		
元旦上寿	元旦上寿	元旦上寿	庆贺新正	贺正	庆贺新年	

续上表

郑之珍本	祁剧本	辰河戏本	湘剧本	绍剧本	弋阳腔本	备　　注
					遣观三等	
斋僧斋道	斋僧斋道	斋僧斋道	斋僧求讲	男斋		
刘氏斋尼	刘氏斋尼	刘氏斋尼	刘氏斋尼	女斋	老尼劝善	
				出佛		
				四景		
				假霸		
博施济众				卖身		
	孝妇求棺	孝妇求棺	孝妇求棺	孝妇	孝妇卖身	
	兄弟求济	兄弟求济	兄弟求济	济贫		
					王一别妻	
					花子造反	
	花子求济	花子求济	花子求济	弄蛇	花子求济	
	老汉驼妻	老汉驼妻	哑夫驼妻	背疯		
三官奏事	三官奏事	三官奏事	三官奏事	天门		
阎罗接旨	阎罗接旨	阎罗接旨	阎君接旨	接旨		
城隍挂号	城隍挂号	城隍挂号	城隍挂号	挂号		
观音生日	观音生日	观音生日	观音示度		观音十变	弋阳腔“十变”和《金氏上吊》在《刘氏埋骨》后
					王母庆寿	
	罗汉演武					
			游观普陀			
			强人下山		强人下山	

续上表

郑之珍本	祁剧本	辰河戏本	湘剧本	绍剧本	弋阳腔本	备　注
					老尼报信	
			白马驮金		白马显圣	
化强从善			化强从善		还金请罪	
					游观四景	观音陪幽冥教主观四时景色,善人修善
					见佛回话	
				出鹤	天官奏帝	
				收鹤	阎王接旨	
花园烧香	花园烧香	花园烧香	花园烧香	焚香	花园上香	中国艺术研究院藏湘剧抄本至此止
傅相嘱子	嘱后升天	傅相嘱子		嘱子	嘱子升天	
傅相升天						
					城隍挂号	
					罗卜登台	
修斋荐父	修斋荐父	修斋荐父		成服	修斋荐父	
				施食		
				地府		
	罗卜谢孝				满门上香	
					和尚拜忏	
					普陀忏	
					司命忏	
					舅母上香	
					破狱度孤	
尼姑下山	女辞庵	思凡		思凡	小尼下山	

续上表

郑之珍本	祁剧本	辰河戏本	湘剧本	绍剧本	弋阳腔本	备　　注
和尚下山	男辞庵			落山		
	僧尼相调	双下山		相调		
	东方别家		方亮别家			
	二拐相邀	拐子相邀				
	训子化钗	游春遇拐	耿氏施钗	骗钗	和尚化钗	
	二拐当钗	当钗捏白	见钗生疑			
	归家辱妻	方卿责妻			归家打妻	
					善化下界	
		丁香求替	冤鬼讨替	男吊		
			枉判生方			
				女吊	吊神出现	
				自叹		女吊鬼自叹
				训父	不义打父	绍剧张蛮，弋阳腔赵不义打父
	海氏悬梁	耿氏上吊	贼打鬼		雷打不义	
			耿氏上吊	投水	金氏上吊	
					普化显圣	九天应元雷神普化天尊
					普化赶吊	
					金奴扫地	
劝姐开荤	劝姐开荤	劝姐开荤		劝荤	劝姐开荤	
遣子经商	遣子经商	遣子经商		遣子	遣子经商	
				偷鸡		
				回骂		

续上表

郑之珍本	祁剧本	辰河戏本	湘剧本	绍剧本	弋阳腔本	备　注
					柳林发誓	刘青提向儿子发誓
拐子相邀	拐骗相邀	拐子相邀			拐骗相邀	
行路施金	客路施金	行路施金			客路施金	
	罗卜投店				罗卜投店	
遣买牺牲	遣买牺牲			买牲	买办猪羊	
雷公电母	雷公接旨			出雷		
社令插旗	社令插旗				社令插旗	
	雷打十恶	雷打十恶			雷打十恶	
	王老逐狗	王老逐狗				狗指李狗儿
	李狗上路					
		李狗盗韩				
	盗袍收仆	剥金收仆				李狗在剥菩萨贴金和袍后，被刘贾收为仆人，推荐给刘青提
刘氏饮宴	大开五荤	大开五荤		开荤	开荤吊戏	
	打僧骂道	吊打古佛			监斋点化	
	优尼复谏					
肉馒斋僧	犬馒斋僧			斋僧	犬馒斋僧	
议逐僧道	议逐烧桥	议逐烧桥		烧庵	折毁桥梁	
李公劝善	李公劝善				李公劝善	
招财买货	和合买货	和合买货		和合点化	和合买货	
观音劝善				观音下凡	观音化袍	观音点化十友
	金刚下山	金刚下山			十友下山	

续上表

郑之珍本	祁剧本	辰河戏本	湘剧本	绍剧本	弋阳腔本	备　注
僧背老翁	僧背老翁					
罗卜回家	罗卜辞归					
观音救苦	观音指引	观音指引			观音挡道	
					十友结拜	
	太白赠鞍					
	罗卜拜香	罗卜拜香				
		长亭打罐				
刘氏忆子	刘氏忆子	刘氏忆子		忆子	刘氏忆子	
					益利回家	
				归拜	跪拜长亭	
母子团圆	归家团圆	归家团圆		小团圆	见母团圆	
寿母劝善	祝母劝善	寿母劝善				
					罗卜赏春	
				嫖院		王阿仙嫖院
十友登途	十友登途			登途		
观音度厄	慈悲度厄	慈悲度厄			观音度厄	观音要云桥道人、铁扇公主、八戒度十友过寒冰池、火焰山
					八戒开路	八戒在烂沙河被沙和尚擒
					罗王显圣	观音化作锦罗王收沙和尚
					过寒冰池	云桥道人搭云桥，十友过
					过火焰山	铁扇公主扇开火，十友过
匠人争席	三匠争席	三匠争席			三匠争坐	

续上表

郑之珍本	祁剧本	辰河戏本	湘剧本	绍剧本	弋阳腔本	备　注
刘氏自叹	追悔埋骨	追悔埋骨		埋骨	刘氏埋骨	绍剧《埋骨》在《追妓》后
斋僧斋贫	罗卜济贫	罗卜济贫				
					哑夫驮妻	弋阳腔《驮妻》不在傅相济贫时，而在罗卜济贫中
	孝子卖身				孝子卖身	
					瞎子讲评	
	追赶芙蓉			追妓		
					和尚下山	
					僧尼相调	
十友见佛	十友见佛				见佛团圆	
	益利逐狗					
					曹府元宵	曹献忠做寿
					丑奴兴兵	
					皇门奏帝	
					献忠接旨	梁武帝命曹献忠挂帅，其子天爵为先锋御丑奴
					两下对阵	天爵阵亡，献忠斩丑奴班师
司命议事	三司议本	议事奏本		议奏	三司议奏	
	司命奏帝			启奏	司命奏帝	
阎罗接旨	阎君接旨	阎王接旨		接旨		
					三曹对案	
				调五方		

续上表

郑之珍本	祁剧本	辰河戏本	湘剧本	绍剧本	弋阳腔本	备　注
公作行路	公作行路					相当于绍剧《白神》
				发牌	东岳发牌	
					城隍挂号	
				后挂号	社令挂号	
					门神挂号	
					祖先挂号	傅荣接待四勾魂鬼并告祖先
	益利扫殿	益利扫殿		扫地	益利扫殿	祁剧此场亦称《打三官堂》
花园捉魂	花园盟誓	打碗发誓		罚誓	花园发咒	
				白神	孤幽上路	白神即无常
				邋遢	地方自叹	地方即无常,生前叫郭郎
				悔愿		
					哑子夜寝	无常到哑子处饮酒,吃未翻洗的鸡肠
请医救母	请巫祈福	请巫祈福	哑子收魂		请医救母	
	刘氏下阴	刘氏下阴			大捉小捉	
	开路下坑	请僧开路		逃台		逃棚
	二奴下阴					
城隍起解	城隍起解	城隍起解		起解	挂号团圆	
刘氏回煞	刘氏回煞	刘氏回煞		回眚	刘氏回煞	
过金钱山	过金钱山	过金钱山			过破钱山	祁剧、辰河戏此折在《才女试节》后
罗卜描容	罗卜描容	罗卜描容		描容	罗卜描容	
才女试节	才女试节	才女试节		涂容初试	善才点化	
					龙女试节	

续上表

郑之珍本	祁剧本	辰河戏本	湘剧本	绍剧本	弋阳腔本	备　注
过滑油山	过滑油山	过滑油山		滑油山	过滑油山	辰河戏此折在《过升天门》后
	里正催粮					在郑本《描容》末段有此情节
县官起马	起马辞官	起马辞官				罗卜辞官守服
罗卜辞官						
过望乡台	过望乡台	过望乡台			过望乡台	
议婚辞婚	议婚辞婚	议婚辞婚				罗卜辞婚守服
主仆分别	主仆分别	主仆分别		主仆分	主仆分别	罗卜西行救母与益利别
	白猿出洞					
遣将擒猿	遣将擒猿	遣将擒猿			遣将擒猿	观音遣张天师和四天将擒猿
白猿开路	白猿开路	白猿开路		差猴	猿猴开路	观音派白猿护罗卜西行
挑经挑母	挑经挑母	挑经挑母			挑经挑母	
过奈河桥	过奈河桥	过奈河桥			过奈河桥	
	请瘟祈福					请瘟神、祭钢叉
	打叉大吉					
					观音化莲	
过黑森林	松林试卜	松林试卜		试节	松林试卜	观音亲自考验罗卜
过升天门	过升天门	过升天门				
	善人升天					
过寒冰池	过寒冰池	过寒冰池				白猿护送罗卜
过火焰山	过火焰山	过火焰山				
过烂沙河	过烂沙河	过烂沙河				

续上表

郑之珍本	祁剧本	辰河戏本	湘剧本	绍剧本	弋阳腔本	备　　注
擒沙和尚	擒沙和尚	擒沙和尚				白猿斗不过沙和尚，观音化锦罗王擒沙和尚
	梅岭脱化	梅岭脱化		脱化	梅岭脱化	
见佛团圆	见佛团圆	见佛团圆		见佛	见佛团圆	
师友讲道	师友讲道					
曹府元宵	曹府元宵	曹府元宵	元宵	元宵		湘剧出目从此起按傅惜华藏本
过奈河桥			三桥	二桥		三桥指奈河上金、银、奈河三桥
	过孤凄埂	过孤凄埂	孤埂		过孤凄埂	
			打埂			
主婢相逢			相逢			
目连坐禅	目连坐禅	目连坐禅	坐禅		目连坐禅	
					大佛赐杖	
					捉拿三犯	三犯指金奴、刘贾、赵不义
一殿寻母	一殿寻母	一殿寻母	开殿	一殿	一殿寻母	
二殿寻母	二殿寻母	二殿寻母	二殿	二殿	二殿寻母	
			骂鸡			
			巡风鬼			
曹氏清明	曹氏清明	曹氏清明	挂白		曹氏上坟	弋阳腔《曹氏上坟》、《曹公见女》等在《主仆分别》后
公子回家	公子回家		游春		段公游春	湘剧《挂白》等在《一殿》前
见女托媒	见女托媒	见女托媒			托媒说合	
三殿寻母	三殿寻母	三殿寻母	三殿	三殿	血盆诉苦	
求婚逼嫁	求婚逼嫁	求婚逼嫁	逼嫁		逼女改嫁	后母逼曹氏改嫁段公子

续上表

郑之珍本	祁剧本	辰河戏本	湘剧本	绍剧本	弋阳腔本	备　注
曹氏剪发	曹氏剪发	曹氏剪发	剪发	剪发	曹氏剪发	
四殿寻母	四殿寻母	四殿寻母	四殿	四殿	僧尼超升	
			迎亲		段家抬亲	
曹氏逃难	曹氏逃难	曹氏逃难	逃难	逃难		
五殿寻母	五殿寻母	扯谎过关	五殿	五殿	孳镜拷打	
二度见佛	二度见佛	二度见佛	赐饭		求佛救母	
				投姨		
曹氏到庵	曹氏到庵	曹氏到庵	入庵	到庵	曹氏投庵	
曹公见女	曹公见女	曹公见女	见父		曹公别女	
		功曹上路				
六殿见母	六殿见母	六殿见母	六殿	六殿	乌风洞见母	
					抛杖背母	目连背母，弃了禅杖，刘氏又被叉入铁围城
					上铁围城	
傅相救妻	傅相救妻	傅相救妻				
七殿见佛	七殿见佛	七殿见佛		七殿	大佛赐灯	
				后见佛		
目连挂灯	目连挂灯	目连挂灯	挂灯	挂灯		
八殿寻母	八殿寻母	八殿寻母		八殿		
				钟馗	钟馗收鬼	
	九殿不语			九殿	阎王不语	
十殿寻母	十殿转轮	十殿转轮	变犬	十殿	轮回超生	
益利见驴	益利见驴	益利见驴		见驴		刘贾转生为驴

续上表

郑之珍本	祁剧本	辰河戏本	湘剧本	绍剧本	弋阳腔本	备　　注
目连寻犬	目连寻犬	目连寻犬				寻刘青提变的犬
					松林问卜	观音指点罗卜七月十五办盂兰会,超度母脱狗身
打猎见犬	打猎见犬	打猎见犬	打猎	遇母	郑公出猎	
			见犬		罗卜见犬	
犬入庵门	犬入庵门	犬入庵门	追犬	入庵	犬入庵门	犬入庵门依曹赛英,使罗卜夫妻相见
目连到家	目连到家	目连到家				
					益利祭墓	
曹氏赴会	曹氏赴会	曹氏赴会		赴会		
十友赴会	十友赴会	十友赴会				
盂兰大会	盂兰大会	盂兰大会	盂兰会	封赠	盂兰大会	
			收台	大团圆	封赠团圆	
				黄巢		

“几种目连戏出目参照表”依据的剧本，郑之珍本是《古本戏曲丛刊》影印本；祁剧本是湖南省戏曲研究所《湖南戏曲传统剧本》总34、35集载1982年祁剧校勘本《目连传》，总56集1984年祁剧校勘本《目连外传》，并参考总57集祁剧《目连传录相本》。辰河戏剧本是以1989年湖南怀化地区为国际目连学术会准备的演出本中的《前目连》、《后目连》本，并参考湖南省戏曲研究所《湖南戏曲传统剧本》总56集中的《前目连》本。湘剧本是中国艺术研究院戏曲研究所资料室所藏残本，此本至《花园焚香》止；从《元宵》起则为傅惜华所藏湘剧残本。绍剧本是中国戏剧家协会浙江分会和绍兴县绍剧搜集小组1962年编印的《浙江省传统剧目汇编·绍剧》第八册所载《救母

记》，并参照徐斯年《漫谈绍剧目连戏》文中所列出目表。弋阳腔的出目，是按江西省戏曲工作室在“文化大革命”前校勘的铅印剧本。

各地《前目连》各有千秋

从“几种目连戏出目参照表”看，各剧种的出目不尽相同，而差异最大的是《元旦上寿》以前的出目。《元旦上寿》以前的戏，川剧、辰河戏称它为《前目连》或《目连前传》；祁剧称之为《目连外传》，以和《目连正传》，即《目连传》区别。

辰河戏《目连前传》从傅相的父亲傅崇演起，叙述了傅崇、傅相、傅罗卜（目连）三代人的故事。傅崇为富不仁，玉皇命枭、煞二星下凡为其子，以示报应。傅崇纵子行凶，二子遭雷诛。傅崇的弟弟傅荣趁此设宴劝兄改过。傅崇焚大斗小秤后，得到玉帝赞许，当上仁皇县令；却又贪赃枉法，逼得周仁含冤告庙，傅崇被勾去阳寿。傅相是仁厚长者，敬佛信道，父逝后回原籍，被舅父陶全诬告定罪，发配戍边，却因祸得福，真武祖师助他立了战功。他把官职托与弟弟傅林，回乡受戒吃斋，才得了儿子罗卜。

湘剧和弋阳腔目连戏中，傅相的父亲叫傅荣。湘剧中傅荣为富不仁，大斗小秤，还在天旱颗粒无收时，吊打佃户金可仲逼租。金可仲只好将女儿金奴抵租为奴。弋阳腔中被傅荣吊打的，是借了傅家高利贷的金山，金山的女儿金奴是抵债为奴的。祁剧中金奴和益利，是傅相家乡邻里金、益二员外的女儿和儿子；二员外见傅相无子女，将自己的儿女过继给傅相。傅相是长沙人，他的父亲叫傅兰。祁剧《目连外传·傅相玩赏》自报家门：

卑人姓傅名相，字天然，道号斋子，湖广长沙府茶陵县人氏。先君傅兰，职授陕西凤翔府麟槐县教谕，不

幸在任上双亡，埋葬零陵乡。兄弟傅林，幼承儒业。吾妻刘氏，排行第四……（见《湖南戏曲传统剧本》总56集）

祁剧《目连传》的故事发生在唐代。《目连传·议婚辞婚》曹京兆自报家门中有“唐代宗驾下为臣”句。

川剧目连传很有特色。出目表没有采用1993年9月绵阳国际学术会演出五场戏的出目，因为那不是全本，也不是原本。《川剧传统剧本汇编》第十册校勘的《目连传》高腔剧本《出版说明》说，川剧目连传“江湖路子难找统一剧本”，只好“根据四川省川剧院收藏的、清光绪十年（1884）敬古堂何育斋寿记刊印本《音注目连金本全传》和资中川剧团收藏的清光绪二十九年（1903）益州王龙宣抄本校勘”。川剧这一铅印本大体接近郑本，分上、中、下三卷。上卷从《元旦上寿》起止于《母子团圆》，共33出；中卷从《寿母劝善》起到《见佛团圆》止，共38出，比郑本多的出目是《过破钱山》、《善人升天》、《梅岭脱化》，内容并无多大差异；下卷从《师友讲道》起至《盂兰大会》止，全剧终了。川剧铅印本的文字，曲牌名称也基本和郑之珍本相同，因而没有将其列入出目对照表。

川剧铅印本《出版说明》还称，旧时川剧唱目连戏，各班社根据当地要求不同而有演多演少的不同，只是在《金本全传》的基础上删节添补。少则十本，多则可演四十八本；道白唱词，亦可根据所要求时间损益，虽各有千秋但大骨架不变。铅印的《金本全传》和郑之珍剧本一样，没有《九殿》，也没有耿氏（海氏）上吊的戏，但川剧的江湖路子的目连戏里，是常演耿氏受骗化钗、挨夫责骂上吊的戏的。

弋阳腔目连戏的通称是《目连救母》。它虽没有被分为《前目连》、《目连传》、《花目连》，仍包括有这些内容的出目。它的故事发生在梁代。傅相的父亲傅荣克众成家，傅相承父业后改父之恶，敬佛行善。傅相原有的儿子金哥、银哥死后，心灰意懒，幸得志公、志保两位禅师点化，信佛弥笃。梁武帝闻其名，在化金九万助西天建波罗堂时，命傅相凑一万，共解十万去西方。因而川剧、辰河戏《花目连》中的武帝出家、郗氏化蟒、台城升天等故事，全被包括在《目连救母》中。

福建莆田县过去有个福顺班，曾留下一个莆仙戏的剧本《傅天斗》，写傅罗卜的祖父傅天斗的故事。按照川剧、辰河戏的说法，也可算目连的"前传"。其故事是：梁武帝时侯景作乱，武帝亲征，被困台城，粮草断绝，派李膺突围求救。长沙知府傅天斗解粮救主，被侯景杀死。新君登基，念傅天斗救驾有功，封天斗之子傅崇承袭父爵，知长沙。表兄李伦随傅崇赴任。李伦作恶，罪累傅崇，玉帝命破财星投胎傅崇家为金哥、银哥，败坏傅家。后来傅崇赶走李伦，改恶行善，玉帝收回破财星，命土地送子给傅崇，生儿傅相。傅相娶妻刘素贞，素贞兄刘贾诬傅相私藏国宝，傅被解京问罪。得岳父刘万云助银洗冤，加封归家，途中遇准提菩萨化身的老人，赐仙萝卜。傅相供仙萝卜于神案，被刘素贞吃了，生下傅罗卜。《傅天斗》共四部三十六出，一般四天演完，便接着演《目连传》。《傅天斗》四部三十六出也不好列入前面的对照表中，现列于次：

第一部十三出：《武帝首出》、《菩萨出台》、《侯景作乱》、《武帝出兵》、《别妻解粮》、《达摩度帝》、《军民饥饿》、《发兵归天》、《闻讣奔丧》、《毒蛇变化》、《得贿含冤》、《错审抵偿》、《雷阻典刑》。

第二部九出：《李氏归天》、《闻讣丁忧》、《回家发丧》、《银末施借》、《算命结帖》、《教训儿子》、《土地送子》、《贵子失火》、《贺喜结姻》。

第三部七出：《卖身葬父》、《临嫁训女》、《成婚考试》、《点化傅相》、《诬告藏宝》、《受禁助饷》、《报信丧母》。

第四部七出：《解粮助饷》、《助饷放赦》、《见帝取德》、《宿安平县》、《傅相回家》、《接诏平蛮》、《助剑退兵》。(根据柯子铭《关于莆仙戏〈目连〉》)

绍剧《救母记》只写傅家两代人故事。傅相为富不仁，玉帝命散财星投胎为其子金哥、银哥。傅相焚斗毁秤、改恶行善，玉帝收回散财星，金哥、银哥闹龙舟双双落水身亡。这和辰河戏枭煞二星为傅荣的儿子傅松、傅柏相似，只是傅松、傅柏是被雷击毙的。这可能是绍剧活跃于河网地区，辰河戏演于武陵、雪峰山区，生活环境不同的缘故。绍剧中的刘青提出场便是善良女性，她反对丈夫傅相盘剥农民、逼租逼债。傅相逼秀才沈荣正所欠二百两银子，吊打沈秀才，扣下沈妻吕氏当佣人；刘青提放沈荣正回家，赠银二百两为盘缠助沈赴京赶考，还与吕氏结为姊妹(《别利》)。后来沈荣正高中，职居翰林院，将傅相行善事表奏朝廷，恩赐义官(《钦赐》、《封职》)。这些场次都在《元旦上寿》也可说在罗卜出生之前。绍剧《救母记》在《贺正》即《元旦上寿》以后的戏，和郑之珍本及其他剧种本都比较接近。

《浙江戏曲传统剧目汇编·绍剧》第八册《救母记·后记》说：

目连戏的剧目，有说有 170 余目，有说不到此数。据现存的老剧目看，仅有 108 场。但据传统演出且已定型的则有 125 场。就现存老剧目与定型剧目比较，定型剧目有 15 场不见于老剧目中，然而老剧目所有的剧目，却又非定型剧目所有……将被定型版舍弃的有关傅相作恶、刘氏行善的 23 场剧目，加上定型版的 125 场，共 148 场，虽与所说的 170 余场还相差甚远，而全剧的主旨，也多少有些了然。只是定型版中有 49 场，多已失传，或是一些拆篇。专演目连戏的艺人又多凋谢，无法补全，实是无上惋惜，未免是一件憾事。

上面引用《后记》中说的定型剧目，是据现藏于绍兴鲁迅纪念馆中的木刻的“目连戏场头表”。这场头表上署有“民国六年旦”、柯桥“五社公具”、“茅伯安敬立”等字样。这是1917年柯桥五社的绅董们商议后刻制的，自然带有当时的思想局限性。它从《贺正》开始，没有列以前的出目场头；在《大团圆》（《盂兰大会》）之后，还有《黄巢》；在《八殿》之后有《钟馗收妖》（弋阳腔本亦有《钟馗收鬼》）。这点像受《目连三世宝卷》影响，目连为救母亲，打开铁围城，逃跑了八百万饿鬼，钟馗没收到；目连转世为黄巢，杀人八百万，尽收逃出地狱的饿鬼，才了却此段公案。

绍剧木刻场头表所列比汇编中的《救母记》场次少，这是柯桥五社公议删掉的；也增添了一些场次：一、汇编本中一出《天门》，木刻场头表中成了《玄天帝》、《马帅》、《赵帅》、《温帅》、《关帅》、《开天门》六目，戏并未增加，场次加了。二、汇编本有《差猴》、《挑经》、《试节》、《脱化》四出，木刻场头中这段戏多了《火焰山》、《烂沙河》、《擒沙和尚》三出（据徐斯年表）；汇编本《后记》则认为增多的是《乌龙精》、《蛇精》、《沙和尚》、《曲蟮精》四目。三、汇编本关于罗卜未婚妻曹氏这条线的戏较少，直到《入庵》曹水英才出场；木刻场头中有《元宵》、《剪发》、《逃难》、《投姨》、《后逃难》、《到庵》等六场戏，也不知是否被汇编本整理者删去的。浙江新昌另有绍剧目连戏剧本，比木刻场头表多了二十多出，如《魁星》、《赐福》、《开宗》、《起马》、《辞官》、《议婚》、《白猿开路》、《逼嫁》、《背父》、《借银》、《卖子》、《赠侄》、《造桥》、《卖妻》、《劝赠》、《打关》、《收鬼》等。

自序于民国五年（1916）的徐珂《清稗类钞》的“戏剧类·新戏”条，记述有川剧目连传的另一种演法：

> 蜀中春时好演《捉刘氏》一剧，即《目连救母》，《六殿》、《滑油》之全本也。其剧自刘青提初生演起，家人琐事，色色毕具，未几刘氏扶床矣，未几刘氏及笄矣，未几议媒议嫁矣。自初演至此，已逾十日……其后相夫生子，烹饪针黹，全如闺人所为。再后茹素啐经，亦为川妇迷信恒态。迨后，夫死开斋，死而受刑地下，例以一鬼牵挽，遍历嫁时路径。诸鬼执钢叉逐之，前掷后抛。其人以苫束身，任其穿入，以中苫而不伤肤为度。唱必匝月，乃为终剧……此剧虽亦有唱有做，而大半以肖真为主，若与台下人往还酬酢，嫁时有宴，生子有宴，既死有吊，看戏人与做戏人合而为一，不知孰作孰看。衣装亦与时无别，此与新戏略同，惟迷信之旨不类耳。可见俗本尚此，事皆从俗，装又随时，故入人益深，感人益切；视平词鼓唱，但记言而不记动者，又进一层，具老妪能解之功，有现身说法之妙也。

1992年绵阳整理演出的川剧《刘氏出嫁》，很像徐珂记述中的一段。《刘氏出嫁》的《报场》说：

> 话说南北朝时，侯景作乱，梁武帝萧衍举兵讨伐，押粮官傅天斗中饱私囊，拐粮饷十万回原郡。梁武帝因断粮困死台城，傅天斗则因此而为一方首富。其子傅崇继父家产，为父赎罪，举家吃素，广结善缘。傅崇所生一子名傅相……

川剧这个路子的戏，表现了傅天斗、傅崇、傅相、傅罗卜（目连）四代人的故事。其大框架接近莆仙戏，但具体到人物的善恶、形象的塑造又各有不同。

从这些比较中，可以知道各地的目连戏的“本传”，即《元旦上寿》以后的戏，大体上基本相同；而《元旦上寿》以前的戏，即“前传”、“外传”，不仅各剧种间各有千秋，即使一个剧种，也有多种戏路、多种演法。民情不同，师承有异，再加上演出组织者的经济条件不一、演出目的要求不同，使其然耳。

《花目连》和四十八本目连大戏

《花目连》是指一些穿插或夹在目连戏中演出的剧目。这些剧目，故事单独成篇，人物也和目连戏不相牵涉，唯主题思想和目连戏相呼应，扣在忠、孝、节、义中的某一个方面。侯宝林有一段相声说旧时闹新房，要准备花生，寓意新娘子日后男孩女孩"花起来生"。《花目连》和《目连》是"花"起来演的。这是旧时戏曲艺人为大演目连戏时要达到多少场次时间，采用的"添补填充"的办法；也是张照《劝善金科·凡例》中"谈忠说孝，西天本土，前古后今，不必泥也"的实际运用。

前面列的出目参照表中，列有一些剧种的《施钗》、《骗钗》、《当钗》、《海氏悬梁》或《女吊》等出目，叙一妇人被假僧道骗，施了金钗，受屈上吊，这段戏称《海氏悬梁》或《耿氏悬梁》。郑之珍剧本中没有海（耿）氏这个人物，故事也与《目连救母》没有关系。祁剧把它夹在《目连传》中演，辰河戏、川剧把它列在《花目连》中。辰河戏《花目连》主要有四出大戏：《火烧葫芦谷》、《蜜蜂头》、《耿氏上吊》、《攀丹桂》，主题分别扣忠、孝、节、烈。《火烧葫芦谷》说匡国忠帅师胜敌后，遭奸臣诬陷，唐王赐鸩，国忠顺主尽忠。《蜜蜂头》似仿《左传》中骊姬杀申生故事，说郑庚夫的继母王氏与人私通，恐奸情败露，以蜜梳头招蜂，唤郑庚夫驱蜂，被反诬为调戏后母。郑父赐庚夫死，庚夫顺父尽孝。《攀丹桂》说王公瑾续弦马氏之子侯七，调戏公瑾的女儿桂香遭拒后迁怒公瑾，欲杀公瑾而误杀生母。公瑾被诬受刑，桂香代父被处绞，后得况钟（明代苏州知府）昭雪。辰河戏《花目连》常演节目还有宁死为婆母隐的

《陈癸英》，宣扬“命里无来莫强求”的《庞员外埋金》等。《庞员外埋金》说庞员外怜惜家佣罗合儿，赠金五十两让他回家与家人团聚。罗合儿骤得五十金，坐卧不宁，做了许多噩梦，只好将金退还庞员外，仍靠佣工度日。庞员外感到自己家财万贯，有一天也会像罗合儿一样“消受不起”，“不免将其抛入东洋大海”。这故事出自清代彭绍升《居士传·庞员外传》：

> 庞居士者名蕴，字道元，襄阳人也，父任衡阳太守，寓居城南，建庵于宅西为修行之所。唐贞观初，参石头禅师……后参马祖……尝以舟载家珍数万，沉之湘流……（按石头希迁·禅宗八祖，慧能之徒孙，受业于青原行思。马祖道一，受业于南岳怀让，亦为禅宗八世祖，宋赞宁《宋高僧传》卷九、卷十，分别列传）

宋代普济《五灯会元》第三卷“马祖道一禅师法嗣”中，亦列有《庞居士传》：“襄州居士庞蕴，衡州衡阳人也”，“唐贞元初谒石头”，“后与丹霞为友”，“有诗三百余篇传世”，没有说他沉财宝于湘江的事。作《居士传》的彭绍升（1740—1796），乾隆进士，家居不仕，研究禅学，不知他据何而知庞蕴沉宝湘江事。

《花目连》的本戏题材多取民间传说故事，夹在目连戏中串演，扩展了目连戏的容量，使目连戏成为庞大的家族，扩大了目连戏的影响，使目连戏无所不包；它也使目连救母故事进一步中国化、地方化，使人感到目连曾经生活在自己的这块土地上。

《川剧传统剧本汇编》第十集《目连传·内容提要》说：“一般正本只唱七天，但也可翻到四十八本之多。”湖南祁剧、辰河戏和别的一些剧种，也有“四十八本目连大戏”的说法。川剧是哪四十八本？《内容提要》没有说，但附录了如下戏文，其标目是：

《三家店》：《化目化财》；

《红鸾配》：《拆书逼嫁》、《阳告阴告》；

《迁王舍》:《白马驮金》、《众友从良》;

《都驿卫》:《三坐受戒》、《刺螺埋螺》;

《王婆骂鸡》。

《化目化财》写傅从之妻陶氏，在儿子金哥、银哥被雷击后，由丫环陪伴去坟前哭子。傅从是傅相的父亲，有的剧种叫傅崇。这个剧目和《白马驮金》、《众友从良》、《三坐受戒》、《刺螺埋螺》、《王婆骂鸡》都曾见于别的剧种目连戏中，除《王婆骂鸡》外，都是写傅家故事的。《红鸾配》写王魁负桂英故事，源于早期南戏《王魁》，元尚贤编为《海神庙王魁负桂英》，明王玉峰编为《焚香记》。《红鸾配》故事与目连毫不相干，川剧也把其组合在目连戏大家族中，可能算在四十八本内吧！

对于哪些属四十八本大目连戏，有的剧种能说出，有的剧种已说不清楚了。常德武陵戏说是《岳飞传》、《目连传》、《香山记》、《三国演义》各十二本，扣忠、孝、节、义四字主旨。辰河戏以《梁武帝》、《香山记》、《封神榜》、《金牌诏》(《岳飞传》)和《目连传》五大本为骨架，称为五大本正戏，再穿插《花目连》剧目；演出时必以《梁武帝》开台。

湘戏、弋阳腔、江苏淳安高腔、秦腔、汉调二黄等剧种的目连戏，也有演《梁武帝》的。梆子系统的西府乱弹曾有《打柴护佛》，说萧衍前世为樵夫，雨中曾以斗笠护佛，因此才转世为梁武帝。这和明代朱星祚小说《二十四尊罗汉传》中说的施笠罗汉故事相近。施笠罗汉号步虚尊者，即萧衍，经达摩点化成道；传中有郗氏化蟒的故事。有的剧种曾有目连转生的二世、三世故事。这是受明代的《目连三世宝卷》影响才出现的剧目。在《目连三世宝卷》中，一世为目连，地狱救母亲，锡杖顿开地狱门，铁围城逃跑饿鬼八百万；二世为黄巢，杀人八百万，收回饿鬼入铁围城，在祥眉寺错杀了空和尚；三世是屠户贺因，平生杀猪无数，功德圆满时，放下屠刀立地成佛，与父母同登西方极乐净土。目连三世的戏，说的全是轮回报应，说教多，形象平淡，因而流传面窄，且多已失传。它把钟馗、黄巢故事都包括进去，《祥眉寺》、《跳钟馗》都归入目连戏大家族中，确也有些勉强。

四十八本大目连戏，只能说是艺人中流传的概说，一个松散的目连戏系列的总称。各剧种的说法不一，有些艺人不同意把黄巢故事也归入其中；有人认为是把动大鼓的大戏都归入目连戏中，只能算是一种说法。

关于《梁武帝》

《梁武帝》或称《梁皇传》、《梁传》，剧目不见于清支丰宜《曲目新编》、姚燮《今乐考证》。它借历史人物，虚构故事，神化佛教：如来座前菖蒲、水仙二花思凡，被贬入人间为萧衍和郗氏。萧衍登上梁武帝宝座后宠苗宫人。郗氏嫉妒，趁武帝征寿阳，“弹打花心”致苗死。阎君罚郗氏为巨蟒。郗氏托梦求武帝为其超度脱蟒身。武帝出家台城，托位次子惟莫；长子正德勾结叛臣侯景，兵困台城。武帝悲恸而逝，魂与郗氏同返西天，归位佛前。

这出戏宣扬佛法无边和轮回报应。萧衍与菖蒲花的关系，在史籍中可找到蛛丝马迹。《梁书·太祖张皇后传》说：

> 生高祖（萧衍）初，后尝于室内见庭前菖蒲生花，光彩照灼，非世中所有。后惊视，谓侍者曰：“汝见不？”对曰：“不见。”后曰：“尝闻见者当富贵。”因遽取吞之。是月产高祖。

《南史》中也有类似记载。这是中国古代统治者为显示根基非凡和天授皇权的惯用手法。这个“庭前菖蒲花”，在戏剧《梁武帝》中变成了如来座前的菖蒲花，的确“非世中所有”了。萧衍的发妻是郗氏，《梁书·高祖德皇后传》说：

郗氏，讳徽……后幼而明慧，善柰书，读史传，女工之事无不娴习……建元（479—482）末，高祖始聘焉。生永兴公主玉姚、永世公主玉婉、永康公主玉环。建武五年（498），高祖为雍州刺史，先之镇，后乃迎后。至州未几，永元元年（499）殂于襄阳官舍，时年三十二……中兴二年（502），齐朝进高祖位相国，封十郡、梁公，诏赠后为梁公妃。高祖践祚，追赠德皇后……谨按谥法，忠和纯厚曰德，贵而好礼曰德，宜谥曰德皇后。

传里说得明白，郗氏在萧衍当皇帝（502）的前三年便死去，生前只当过刺史夫人，住的是刺史“官舍”。她的皇后称号是死后“追赠”的。史官议谥时认为她“忠和纯厚”、“贵而好礼”，才谥为“德皇后”。谥中免不了有阿谀过誉，似乎也不会、更没有嫉妒苗宫人受宠事，且刺史身旁也没有宫人。《梁书》和《南史》中都没有关于苗宫人的记述，但有丁贵嫔。《梁武帝》戏中有丁娘娘一角，却次于苗宫人。丁贵嫔小郗氏 19 岁，是 498 年萧衍当雍州刺史时娶的。她和郗氏相处只有一年左右。《梁书·丁贵嫔传》说：

贵嫔年十四，高祖纳焉……事德皇后心敬祇……贵嫔性仁恕，及居宫内，接驭上下，皆得其欢心，不好华饰，器无珍丽，未曾为亲戚私谒，及高祖弘佛教，贵嫔奉而行之。屏绝滋腴，长进蔬膳。受戒日甘露降于殿前，方一丈五。高祖所立经义，皆得其归指，尤精《净名经》。所受供赐，悉以充法事。普通七年（526）十一月庚辰薨……

丁贵嫔是萧衍推崇佛教的忠诚追随者，且受过戒。她主持内宫二十多年，没有被扶上后位，死后二十多年，才由当上皇帝的儿子崇为穆皇后。

郗氏化蟒的传说的源头在《南史》。《南史》是唐代李延寿编的。李在唐初当过崇贤馆学士、符玺郎、兼修国史，参加过房玄龄、魏征编纂的梁、陈、北齐、北周、隋《五代史》；后来他以一人之力，经历十六年，在他父亲李大师《南史稿》、《北史稿》的基础上，删节八朝史事，编成《南史》、《北史》两部巨著，成绩斐然。这两部史的缺点，正如南宋藏书家陈振孙说的，“好述妖异、兆祥、谣谶”。化蟒的传说是有点“妖异、兆祥、谣谶”味道。《南史·武德郗皇后传》说：

> 武德郗皇后……酷妒忌，及终，化为龙入于后宫井，通梦于帝。或见形，光彩照灼……

《南史》上的这笔记载，从佛教徒看来，既可宣传佛法无边，又能美化支持佛教、推广佛教有功的梁武帝萧衍，如是便有了《梁皇忏》。《梁皇忏》的开头《篇首》后，有《慈悲道场忏法传》，然后才是《梁皇忏》的忏文。《篇首》全文是：

> 《梁皇忏法》又名《梁皇忏》、《慈悲道场忏法》。梁武帝初为雍州刺史时，夫人郗氏性酷妒。既亡，至是化为巨蟒入后宫，通梦于帝求拯救。帝阅佛经为制《慈悲道场忏法》十卷。其忏法行于世，曰《梁皇忏》。

《梁皇忏·篇首》这段文字，和元代僧人觉岸撰编的《释氏稽古略》卷二中的一段很相近，但后者更神奇：

> 梁武帝为初雍州刺史时，夫人郗氏性酷妒。既亡，至是化为巨蟒入后宫，通梦于帝求拯拔。帝阅佛经为制《慈悲道场忏法》十卷，请僧忏礼。夫人化为天人，空中谢帝而去。其忏法行于世，曰《梁皇忏》。

觉岸字宝洲，吴兴人，住乌程宝相寺。上述两段文字，与《南史》记述相近，俱称郗氏为夫人。《慈悲道场忏法传》叙述的故事，不仅称郗氏为后，情节也有了发展：

> 此忏者，梁武帝为皇后郗氏所集也。郗氏崩后数月，帝常追悼之，昼则忽忽不乐，宵乃耿耿不寐。居寝殿闻外有骚窣之声。视之乃见一蟒盘辟上殿，睒睛牙口以向于帝。帝大骇，无所逃遁。不得已，蹶然而起，谓蛇曰："朕宫殿严谨，非汝蛇类所生之处，必有妖孽欲祟朕耶?"蛇为人语启帝曰："蟒则昔日之郗氏也。妾以生前嫉妒六宫。其性惨毒；怒则火炽矢射，损物害人；死以罪谪为蛇耳。无饮食可实口，无窟穴可庇身，饥窘困迫，力不自胜。又以鳞甲则多虫唼啮，肌肉痛苦，其剧若加锥刀焉。蟒非常蛇，亦复变化而至，不以皇居深重所阻耳。感帝平昔眷妾之厚，故托丑形骸，陈露于帝，祈一功德以见拯救也。"帝闻之，呜呼感慨，而求蟒则不复见。帝明日大集沙门于殿庭，宣由其善之者取以赎其苦。志公对曰："须礼佛忏涤悃欵方可。"帝乃然其言……共成十卷。皆采摭佛语，削去闲词，为其礼忏。又一日，闻宫室内异香馥郁，良久转美。初，不知所来。帝因仰视，乃见一天人容仪端丽，谓帝曰："此则蟒后身也。蒙帝功德，已得生忉利天。今呈本身以明验也。"殷勤致谢，言讫不见。自梁至今数百年，得此经本，虔敬礼忏。所为所祈者，皆有阴骘感应。犹恐厥事闇然未彰，以粗记用，达诸耳目矣。

《忏法传》描形绘色，活灵活现，使人感到撰写者不仅有声、辩、才、博的技艺，且亲临其境似的。尽管郗氏化蟒故事被发展了，但稍微细心观察，便可看出破绽不少。《梁书》和《南史》都说郗氏"永元元年殂于襄阳官舍"。此时是公元 499 年，萧衍只是雍州刺史，三年后的 502 年才登上梁皇宝座。《礼记·曲礼下》："天子死曰崩"，刺史夫人何得言"崩"?！郗氏殂后，刺史萧衍昼"不乐"，夜"不寐"，也不能居"寝宫"而自称

“朕”。把《忏法传》当作民间传说故事看待是可以的，不可当作纪实的“史”。作者“犹恐厥事阒然未彰”的声明，和唐人作传奇小说者都强调是纪实，列出具体时间、地点，说得有名有姓、有根据有见证，为的是显奇异。

《梁皇忏》所述故事，是《古岳渎经》、《江总白猿传》一类的传奇，其作者是谁?《忏法传》给我们提供了两点可以探索踪迹之处：一是“帝明日集沙门于殿庭”，“志公对曰”的志公；一是“自梁至今数百年得此经本”者。梁武帝时有位和尚宝志，人呼志公。《南史》和慧皎《高僧传》中，均有《宝志传》：

> 释宝志……有于宋泰始（宋明帝刘彧年号，465—471）中见之，出入钟山，往来都邑，年已五六十矣。齐宋之交，稍显灵迹，被发徒跣，语默不伦，……或征索酒食，或累日不食。预言未兆，识他心智，一日中分身易所，远近惊赴……梁武帝尤深敬事，尝问年祚远近……虽剃发而常冠帽，下裙衲袍，故称呼为志公。好为谶记，所谓志公符是也。(《南史·宝志传》)

> 释宝志，本姓朱，金城（今兰州）人。……齐建元中稍见异迹，数日不食，亦无饥容。与人言语，始若难懂，后皆效验。时或赋诗，言如谶记……及今上龙兴，甚见崇礼。(慧皎《高僧传·宝志传》)

两篇传记中说的“预言示兆”、“好为谶记”、“与人言语……后皆效验”、“言如谶记”，以及“问年祚远近”都是指要应验的预言和征兆。谶记和忏文是两回事。后者是向神佛忏悔祈福的文禀或文诉。宝志是以谶记显神异的，关于他的两篇传记都没有说撰忏文的事。如果他参加撰写了《梁皇忏》，“好述妖异、兆祥、谣谶”的《南史》，是不会漏记的。宋人李季可《松窗百事》中有“宝志”一则也说宝志作谶语以惑人。

> 梁武帝时僧宝志，妖异人也。好作谶语以惑后人，

至乱者甚众。若长沙李纳，以“十八子”之言尊李决雅，遂反，及王僧辩破平。

《梁皇忏》既有忏悔生前罪愆、超度业鬼、拯救亡灵的功效，理应大力推广，代代相传，以普度众生而使地狱城空，岂不阿弥陀佛哉！怎能让它失传而要“自梁至今数百年得此经本”呢？现在流行的《梁皇忏》署名是“元代僧人妙觉智重加校订审核”。而自梁至元恰有“数百年”。这么一来，与《梁皇忏》有关联的，不是梁代那个叫宝志的志公，很可能是元代这位叫妙觉智的志公了。我国佛教在南北朝时有忏文，清末俞樾《茶香室丛钞》卷十三说：

宋人钱易《南部新书》云，忏之始本自南齐竟陵王……后，梁武帝得位，思忏六根罪业，即将忏悔一篇，召真观法师慧式广演其文，非是为郗后所作。

妙觉智或其他人，移花接木地把史和笔记中说的竟陵王造忏、梁武帝忏六根罪业的忏悔文，郗氏化蟒、志公怪僧……串在一起，创造出一篇《梁皇忏》来，托名志公，作为传说是富有传奇的神秘色彩。这是他高明处、显道诣处。这种借古名人来推广自己创作的做法，古已有之，《梁皇忏》只是承袭古风而已。

《慈悲道场忏法传》中的萧衍、郗氏故事，经僧俗艺人说唱宣讲，不断得到丰富，成了《梁皇宝卷》和戏曲《梁武帝》。《梁皇宝卷》大约出现于明代中叶。古典文学出版社 1957 年出版的胡士莹《弹词宝卷目录》认为，它“大约脱胎于《梁皇忏》”；中华书局 1961 年出版的李世瑜《宝卷综录》认为，万历、崇祯间（1573—1644）是宝卷刊行的“极盛时期”，《梁皇宝卷》有明刊本。这和“元代僧人妙觉智重加校订审核”《梁皇忏》的时间吻合。明代还有朱星祚的通俗小说《二十四尊罗汉得道全传》，此书一直流传至今天。这二十四尊罗汉中，有见诸佛典的马鸣，被称为伏魔罗汉；伽兰，被称为抱膝罗汉；不见于佛典的梁武帝萧衍，被称为施笠罗汉。《施笠罗汉传》说萧衍前世曾施笠于如来，今生得幽州冲玄寺胡僧和来华的达摩禅师点化，历侯景之乱，在台城证罗汉果。传中有郗氏化蟒故事1 300多字，情节、人物、语言近似《忏法传》，只稍口语化些、详细些。《二十四尊罗汉得道全传》每篇都以整齐顺口的七字或五字韵文结束，有明显的变文、宝卷痕迹。

戏曲剧本是善于从传奇文学、变文、宝卷及其他民间说唱选取题材的。然而，从明代祁连彪、吕天成的《曲品》、《剧品》，到清康熙末列有670多种剧作名目的《传奇汇考标目》，均没有著录以郗氏化蟒为题材的剧目。可能是元、明间出现的郗氏故事，没有来得及改编为剧本，便和白莲教等一批秘密宗教团体，连同被认为是他们经典的宝卷一起被查禁了。清初文字狱不断，谁敢冒杀头灭族的风险将《梁皇宝卷》改成戏！到乾隆以后，文禁稍弛；道光（1821—1850）、同治（1862—1874）间刊印宝卷之风再起，郗氏化蟒故事才有被搬上舞台的机会。

目连和萧衍，一个是公元前5世纪的印度僧人，一个是公元5世纪的中国帝王，时隔千年，地距数千里。《梁传》怎么会被列入“四十八本目连大戏”中来？第一，受张照编撰清廷大戏《劝善金科》影响，谈忠说孝，“西天此土，前古后今；本同一揆，不必泥也”，有了理论依据。再加上宫廷大戏后上行下效，好演连台大戏之风起，集纳、串演便成习俗。第二，《目连救母·遣子》一折，罗卜劝母行善时说到“郗氏在生不信神明，死后化成蟒蛇”事；刘氏不听劝诫，反说：“武帝既能度其妻，我儿必能度其母，予复何忧！”这使两出戏之间，有了一点联系。可能观众中有欲了解郗氏故事究竟的，想要从舞台上看到。第三，也可能是最重要的一点，戏曲艺人既继承了唱导、变文“声、辩、才、博”的艺术传统，又继承了宋代曲艺艺人“博览该通”的艺术修养，发挥了“其理只在唇舌间，而其事亦有记载……于经传所言者数十言耳，彼则演成万千言”（郑樵《通志·乐略》）的创作才能，创造出这部剧作来。

四十八本大目连戏中，有人说许多大本戏是因出了个观音，被串进来的。如《目连救母》有观音救难和指引，《大香山》叙观音得道，《岳飞传》有玉泉山，《西游记》也有观音救难和指引。但《梁传》和《封神榜》中是没有观音的。其实，形成四十八本大目连戏这个大系列的指导思想，既不是观音，也不是佛教的教义，而是儒家的忠、孝、节、义。

第八章　目连戏的人情味

目连戏之所以能普及是有原因的。第一，它宣扬孝道，弘扬佛教，内容符合我国古代封建社会的思想实际；宗教信仰上三教并列，主张三教同源，儒、释、道、俗观众皆可接受。第二，它开始出现便在中元节演出，和祭祀祖先、吊唁国殇、赈济孤魂、安抚野鬼、禳灾祈福、庆贺丰收结合在一起，成为节日活动之一，嵌入民间风情习俗和宗教仪典，数百年来形成定势。第三，劳苦一年的农民，丰收之后需要娱乐，也有经济条件和时间娱乐。因而，目连戏受到封建统治阶级和寺庙僧侣的支持和提倡，也为平民百姓所接受。统治阶级把演唱目连戏作为劝善、教化的一环，以安定社会；僧侣借它宣扬佛教，平民百姓则从目连戏中泄些怨愤、找些慰藉。第四，《左传·襄公二十五年》："言之无文，行而不远"，目连戏能在观众中扎下深根，广为流传，几乎流布全国，历八百年而不衰，就其本身说来是有一定的艺术性。其艺术性最主要的是如实地反映了封建时代人物的心理状态和生活环境，正如祁剧艺人流传的说法："世上有的，目连戏中全有；目连戏中有的，世上不全有。"目连戏让人物在典型环境中具有真实的情感，并用戏曲的手法和手段（技艺）表现这种情感。

演戏、看戏、听戏，和佛教沙弥、沙弥尼所受"十戒"中的第七戒相违背，这戒是"不歌舞视听"。也与《大智度论》二十一卷说的要戒"七情六欲"有矛盾。七情是喜、怒、忧、惧、爱、憎、欲；六欲指色欲、形貌欲、威仪姿态欲、言语音声欲、细滑欲、人想欲。七情六欲对儒家和世俗人来说，不仅容许而且合乎情理。可能由于目连戏题材源于佛教经典，主题在弘扬佛教，并没有看见佛教徒提出“十戒”以反对目连戏的。

不精不诚　不能动人

《目连戏》中主要人物是目连和他的母亲刘青提。从明代的郑之珍剧本到今天各地民间演出的目连戏，都着力塑造这两个人物。

从《元旦上寿》、《博施济众》到《傅相升天》，主要是表现目连的父亲傅相的。在大多数民间目连戏中，被歌颂的傅相广有田土财帛，“平生学贯天人”，遵从天命，乐善好施；既在地方有势力，又获朝廷赐义官；既敬佛家三宝，又崇道教三官；神、佛、鬼、仙，一个也不得罪，是个“见庙磕头，见菩萨烧香”的善人。他在家中具有绝对权威，老婆、孩子、奴仆都必须唯命是从。这样的人物，在我国封建社会末期是有代表性、典型性的。傅相被塑造成“完人”的样板，难免不被拔高而带几分理想色彩。要不然，他就不能“修”到金童玉女幢幡伞盖来迎接，跨鹤升仙。升仙，是他一辈子斋戒修持所追求的。去西天乐土或蓬莱仙境，从此脱离苦海，跳出轮回，他理应高兴。这位学贯儒、释、道，心通天、地、人的长者，此时却非常世俗，表现出的是生离死别、难舍难分的悲痛。

祁剧《目连传·傅相升天》一折，比郑之珍剧本中的唱词要多好几倍。傅相清醒地知道“我欲跨鹤上玉河”，“来去情由吾自知”，于是，“撒手话别离”。先拜别僧、道、尼，嘱托身后之事，“妻老眷少赖扶持”；又拜别天地神明，“未报深恩，空生尘世”；再拜别夫人刘氏，从自己“五十有七没病而逝，半世夫妻未曾谗伤半句”，说到杭州受戒回来，刘氏毁了白螺，夫妻争吵几句，请刘氏“不要记怀”。他赠刘氏数珠一串，“挂在你的颈上，锁住你的心猿意马”；叮咛刘氏“要斋僧斋道，广布施，敬奉三官如我在日”。他与儿子罗卜话别：年登四十才生下儿，犹比掌上明珠，今后要不改父道、顺从母命；并“赠与经书一部、木鱼一只，每日里在父灵前诵读千遍”。他嘱咐益利、金奴：“虽是螟蛉，如当亲生，今后要殷勤侍奉老安人、少东家”；并赐云帚一只，“每日里扫地焚香、打点佛堂、敬奉三官如我在日”。然后请邻翁李厚德过来，当面写下遗嘱，命在场人画押、发誓；将遗嘱和家法托与李翁：有谁破了斋戒、违背遗嘱，“只管与我打、打、打，如我打他们一样”。祁剧老艺人田连禄唱这段戏，如泣如诉，悲悲切切，紧紧揪住满场观众的心，剧场一片宁静。舞台上的傅相绝没有表现出升仙的喜悦，却倾泻出对人世、对世俗生活的眷恋。这是演员和观众对这一人物的理解和解释，更是我国几千年封建社会夫道、父道、家长制的沉淀。这种沉淀，在父慈子孝、夫妻恩爱的亲情下，散发出五伦三党的腐朽气味，却符合当时世俗，适应封建末期人们的心理状态和感情愿望。

剧中写傅相是为了塑造刘青提。刘青提是目连戏中着墨最浓、占篇幅最多的人物。傅相的戏，交待了刘青提生活的环境和社会背景，为戏剧矛盾、思想冲突的开展做好铺垫，也为后段戏中刘氏的言行作了衬托、对比。从《劝姐开荤》开始便着意写刘氏。她同胞姐弟二人，弟弟刘贾“身往他乡郡，欠缺（向姐姐）殷勤问，昨日转家庭，闻知姐丈身倾，可怜姐姐娘儿一旦成孤零”。刘贾悼唁姐夫，探望新寡的姐姐，不见外甥罗卜。刘氏告诉他：“前日做斋，蒙乡邻相助，今日去谢孝了。”这“斋”字引出姐弟间一场争论。刘贾从游方的和尚尼姑骨瘦如柴，吃肉的人红光满面等生活中现象；从营养观点，引经据典，引出

"文王之政五母鸡二母彘"，孟子"鱼我所欲也"，孔子"不得其酱不食"，曾参、曾元"酒肉甘肥养二亲"等圣贤故事，还举出"姐丈终日念佛吃斋，未满六旬而亡"的眼前事实，使对念佛吃斋心猿意马的刘氏，在辩论中节节败退，终于"听伊言，醉乍醒"，决心开斋吃荤。刘氏在吃斋念佛思想和理论上的脆弱，映证出作为妇女的刘氏，在家庭、社会和信仰上一直是服从于傅相的。

刘氏决心开荤便坚定不移。僧、道来劝阻，她拒而不听；老尼借墙上悬挂的画幅中四景——醉酒杨妃、莲池观音、瑶池王母、送衣孟姜来喻说，语词中黄莺欲乔迁、葵花空向日、燕雁各有志、渔父死不悔等比喻激怒了她，老尼被赶出门。遂有犬馒斋僧、逐僧赶道、烧会缘桥、焚毁斋舍之举。邻翁李厚德来劝，刘氏亦不为所动。她遣走儿子、责打益利，都是为开荤。这些都显示出刘氏的倔犟。即使五鬼来拘、钢叉连射，她死了也不服输。1993 年四川（绵阳）目连戏国际学术研讨会上，有文章说这是刘氏身上的人性觉醒。古代的剧作家、演员、观众，恐怕不可能有这样的理解。刘氏只是对家庭、对社会的叛逆。几千年来的舆论都把叛逆列为大逆不道，刘氏必然被扣上恶人、坏人、罪人的罪名而十恶不赦。于是，刘氏成了恶妇的典型。刘氏死后下地狱，是封建制度对她的诅咒，是以神道设教的"劝善"需要，也是佛教宣扬因果报应、弘扬佛法的需要。刘氏的罪名，无非是不敬佛、违誓、开荤、背夫、背子、杀牲。她背夫、背子和违誓，也主要在开荤、杀牲方面。把开荤、杀牲上纲到叛夫、背子的高度，这纲乃是三纲五常。不遵"三纲五常"，违背"三从四德"，自然成了封建时代的大恶不赦，无怪乎明、清两代都有人抓住这点大做文章。至于她对丈夫、特别是对儿子亲情之深厚，却罕有论及。《过望乡台》时，她"思量天下人，几个不吃荤？何独刘四贞，今朝遭酷刑"！《一殿寻母》中她敢于质问秦广王：

"祭天祭地皆神享，从古至今用不疑。杀牲何能加吾罪!"《二殿寻母》她和楚江王辩论："天生万物，惟人独贵。人当享用甘肥，为什么反加刑罪?"无名氏《劝善金科·序》中也说："杀生如即坠地狱，普天下亘万古皆杀牲者也。"《序》虽是作为反面观点引进去的，自己却无法驳倒，只是教人"读肇法师之论"，"如若不悟，姑请观剧"——想靠《劝善金科》来说教。

《目连传》在浓墨写刘氏叛逆性格的同时，也酣笔刻画刘氏性格的另一面：感情，特别是对罗卜的母爱。为开荤，她把罗卜打发出门做生意。临别时对这"未曾离娘半步"的儿子叮咛再三："未晚先投宿，鸡鸣早看天。逢桥须仔细，过渡莫争先。今年今日遣儿去，明年此日望儿归。倘得获双利，他乡少留连，免得为娘倚门望，屈指算归期"(《遣子经商》)。罗卜三年不归，她如坐针毡，"倚偏门闾空伫目，密缝针线枉留心。去后惨惨音信绝，令人追悔自踌躇"(《忆子》)。她"情愿吃长斋，落得个母子团圆"；要金奴"把三官重挂起"，要安童找先生问卜，都是思子亲情的表露。她被五鬼拘去，冒着钢叉伤体逃棚，是逃死而恋生，留恋生活，想念儿子，亲情难割。《回煞》一场，她诚恳地请解鬼让她回家，为的是看望儿子。解鬼为她诚心感动，代她向门神求情放她入门，门神不让。解鬼为她揭开几片瓦，吹起业风，送她从空中入室。她见着睡得正香的儿子，"揾不住两行珠泪"，勾引起怀胎、生育、送儿读书的十多年幸福和辛酸的回忆。"终朝盼儿人长大，谁知今日两离分……我本待伸手摸儿身，又恐儿惊醒"。想儿、盼儿、见儿、回味儿、欲抚摸儿又怕惊醒儿。心里只有这个儿，牵肠挂肚的是这个儿。既痛又爱，酸、咸、苦、辣、甜，什么味儿都有，复杂的感情显出母爱的深厚。刘氏在望乡台上看到罗卜，"叹儿女空守棺材，怎知老娘牵肠挂怀，可怜娘儿两个，两下里一般哀"。她从城隍起解，过多少关津，历多少阎罗殿，关关受苦，殿殿遭刑，饥无法食，渴不能饮，两鬓蓬松，满身刑伤，眼瞎了，脚跛了，疲惫不堪，狼狈不堪。当目连赶到六殿和她相见时，呼儿唤母，抱头痛哭，使狰狞鬼世界，顿时充满人情味。至若三殿过血湖时刘氏诉说“妇人家三大苦楚”的二百来句长段唱词，很可能是把现成的民间歌谣搬进戏里，虽然唱词有很大的时代和人物局限性，倾诉出的是封建社会被压在最底层的妇女心声，字字带血，声声含泪。剧中对母子亲情的描写，对母爱的表现，是戏曲艺人借剧本框架经历若干代创造、积累的。这是生活的写实，人性的流露。如此淋漓尽致地塑造伟大母爱，可能出乎把目连故事搬上舞台着意宣扬佛教者的意料，却是人民的愿望。

目连生长在这个居七架屋、食千钟粟、学有家传的九世经堂家庭中（见《元旦上寺》），父亡母寡，被遣出外经商。临别他三番两次回身，母子情难分。一别三年，他想起“北堂皓首倚门”，归心如箭（祁剧《罗卜辞归》、《观音指引》）；闻听母亲开荤，“身背马鞍（为母）忏悔”，“三步一拜归家”（祁剧《太白赠鞍》、《归家团圆》），为母亲赎罪。《罗卜描容》是对罗卜亲情的集中描述。他白昼礼佛念经，为母亲忏悔罪过；夜晚寝苫枕块，少申人子之孝；还假文房四宝，默绘心仪的母亲容貌。他希望画出母亲育儿劬劳、天性慈厚善良和许多贤淑行藏；然而画出来的只是发鬓飕飕的临终模样。他想起刻木丁兰、哭竹孟宗、分桑蔡顺、推车闵损、泣杖伯瑜、怀橘陆绩、扇枕黄香、负米子路、卧冰王祥……真容画出，高挂中堂；含哀揾泪，置奠陈觞；声声呼娘，寸断肝肠。西风吹动影飘摇，疑是阿娘倚门望。他历险阻去西天求佛，历程十万八千里，游遍十殿寻母亲，为救娘亲离地狱。目连有坚毅的救母决心，也有救母的具体行动。这决心和行动，表现出目连从母亲身上继承来的倔强性格。正是这点，打动观众的心。所谓感动天地、感动鬼神，是对戏曲作家和艺术家“感动观众”的艺术夸张。

高则诚《琵琶记·开场·水调歌头》中有这样几句："论传奇，乐人易，动人难。"这是历代戏曲作家的经验总结。毛声山《第七才子书琵琶记》第一出题词云："文章之妙，不难于令人笑，而难于令人泣。盖令人笑者，不过能乐人；而令人泣者，实有以动人也。"怎样才能动人？《庄子·渔夫》这样说：

> 真者，精诚之至也。不精不诚，不能动人。故强哭者虽悲不哀，强怒者虽严不威，强亲者虽笑不和。真悲无声而哀，真怒未发而威，真亲未笑而和。真在内者，神动于外，是所以贵真也。

《目连传》虽取材于佛教故事，目连戏的造词者、演唱者都是民间戏曲艺人。他们以常人之情度剧中人物的心，设身处地代剧中人立言立行：唱、白、做、舞。真情满怀自然戏美舞台。以心贴心，以情换情，故而打动人心，感动观众。

鬼而人，情而理，可怖可爱

民间演出的目连戏，除着意刻画目连母子形象外，对于戏里的一些小人物，也是从生活中撷取素材，刻画得入木三分，令人叫绝。目连戏众多的人物中有不少是鬼，包括勾人灵魂的恶鬼，形象森严恐怖，演来勾魂夺魄，但从根本上说，民间艺人们是按常人之情、常人的精神状态去刻画鬼的。鲁迅就很欣赏绍剧目连中的女吊鬼和无常。他说：

> 他们（指绍剧艺人）在戏剧上创造了一个带复仇性的、比别的一切鬼魂更美、更强的鬼魂，这就是女吊。(《女吊》)

女吊生前叫玉芙蓉，被卖到勾栏院里，受不了鸨母的打骂，二十年前缢死在高粱地里。今夜她出来是为了找替身，却和男吊发生了争执，亏得韦驮一鞭打走男吊。她的唱词里，有对命运的反抗，有对封建世道的控诉，有对世人的劝说，具有十足的人性美。她带血的控诉喷出的火焰，可以点燃旧世界。

郑之珍剧本中有芙蓉这个人物，出现在第四十出《济僧济贫》的尾段。罗卜在外经商三载归家，途中遇上鸨母和王八追赶一个逃亡的妓女，她叫芙蓉。祁剧的这小段戏，是一个可演四十来分钟的单折叫《追赶芙蓉》，鸨母追芙蓉过场三次，边追边唱，还有对白，载歌载舞，显出旦角演员和丑角（扮鸨母）唱、白、做、舞和台步的功底。每追一个过场，唱、舞和伴奏音乐的节奏加速，鸨母要脱下一件衣交与王八，表现出追的紧逼和跑的喘急。追者和逃者喘不过气来时，遇上罗卜主仆路过。罗卜拿出一百两银子为芙蓉赎身，芙蓉拜路过此的老尼为师皈依佛门。鸨母被感化，也拜老尼为师入庵去。郑本和祁剧中只写罗卜行善，未说芙蓉上吊，更没男吊。祁剧的女吊鬼不叫芙蓉而叫软氏，带有别样的幽默。她身穿白丧服，腰系草绳，披头散发，粉面浓眉，两鬓角挂纸钱，红纸剪成的长舌吊在唇下，手摇破芭蕉扇，形象可怖，开口说话却引起观众哄堂大笑：

> 奴乃软氏，配夫硬梆梆。只为他赌钱打牌，不理家事。是我好言相劝，他不肯依，反将我打。我受气不过，拿根灯芯系在茄子树上，是这样一吊，就一命呜呼。死到阴司，阎君不肯收留，要我讨一替身方得超生。闻听海氏夫妻不和，我不免前去讨一替身。待我走大路去，大路人多。待我走小路去，走小路我还有些怕。(内白：怕什么怕呀?) 我怕鬼呀!

“拿根灯芯系在茄子树上”和绍剧的“缢死在高粱地里”有异曲同工之妙。她去讨替身，走大路怕人多，走小路还怕鬼，因自己是个人性未泯的“新鬼”，这两“怕”耐人寻味。因为丈夫打牌赌钱而投塘上吊的妻子，在半个世纪以前的中国到处都有。这个女吊是有普遍意义的，出台虽带喜剧色彩，却令人含泪同情。因而她具有警世劝善的意义，符合《目连传》劝善主题。

《目连传》和别的一些传统剧目中，有个角色叫无常。“无常”梵文为 Anitya。《涅槃经 · 寿命品》：“是身无常，念念不住，犹如电光暴水幻炎”。它是译经者借用《荀子 · 修身》中“趣（趋）舍无定，谓之无常”，来阐述佛家的观点：世间一切事物生起、变异、坏灭之过程中，迁流不停，没有常住性。在目连戏和民间传说中，无常是阴司的勾魂使者，谚语有“无常一到万事休”或“一遇无常万事休”。《目连传》中有白无常、黑无常、高无常、矮无常、无常夫人和小无常。舞台上出现次数多的是白无常，绍兴一带群众尊之为白神。他粉脸浓眉，眼和眉都像“八”字般向外斜，头戴二尺高的白帽。无常不仅出现在戏里，有时和其他鬼卒、鬼王出现在庙会上。鲁迅《朝花夕拾 · 无常》是这样描写的：

这些鬼物们，大概都是由粗人和乡下人扮演的。鬼卒和鬼王是红红绿绿的衣裳，赤着脚，蓝脸，上面又画些鱼鳞……所以看客们不很敬畏，也不大留心……

至于我们——我相信，我和许多人——所最愿意看的，却是活无常。他不但活泼而诙谐，单是那浑身雪白这一点，在红红绿绿中就有鹤立鸡群之气概。只要望见一顶白帽子和他手里的破芭蕉扇的影子，大家就有些紧张，而且高兴起来了。

……《玉历钞传》上就画着他们的像……身上穿的是斩衰凶服，腰间束的是草绳，脚穿草鞋，项挂纸绽，手上是破芭蕉扇、铁索、算盘，肩膀是耸的，头发却披下来；眉眼的外梢部都向下，像一个“八”字；头上一顶长方帽，下大顶小，按比例一算，该有二尺来高罢。在正面，就是遗老遗少们缀一粒珠子或一块宝石的地方，直写着四个字：“一见有喜”。有一种帽子上却写的是“你也来了”……

在庙里泥塑的、在书上墨印的模样上，是看不出他们的可爱来的，最好去看戏。但看普通的戏也不行，必须看大戏或者目连戏……

鲁迅在这篇文章中，还配有无常的插图。《朝花夕拾·后记》说：“……添画一个我所记得的目连戏或迎神赛会中的活无常来塞责”，并为这张插图写了说明，可见无常给他印象之深刻。祁剧《目连传·公作上路》中的无常，要踩八尺至一丈二尺的高跷。一般情况下，化好妆的演员坐在台口绑上高跷，然后在观众中行走。这种高跷无常，又添了一派伟岸气魄。黑无常与白无常不同之处是衣帽全是黑色的，帽上的字则用白粉写。在绍剧和辰河戏《目连传》中，无常有老婆孩子。鲁迅是这样描述的：

一个漂亮的女人，只是很有些村妇模样，大家称她无常嫂……一个是小孩子，小高帽小白衣，虽然小两肩已耸起来了，眉目的外梢也向下，这分明是无常少爷，大家都叫他阿领……仿佛是无常嫂前夫之子似的，但不知何以相貌又和无常有这么像……（《无常》）

《目连救母》里的无常鬼……何等有人情，又何等知过，又何等果决。我们文学家做得出来么？这是真正的农民、手工业工人的作品。由他们闲中扮演，借目连的巡行来贯串许多故事，除《小尼姑下山》外，和刻本《目连救母记》是完全不同的。其中还有一段《武松打虎》……我想比起希腊的伊索、俄国的梭罗古勃的寓言来，这是毫无逊色的。（《门外谈文》）

鲁迅十分肯定民间艺人、包括闲中从艺的农民和手工业工人创作的无常，认为文学家们创作不出来，古人木刻本《目连救母记》也创作不出来。伊索，公元前约6世纪希腊的寓言家、口头文学家，奴隶出身，后因讽刺权贵而被杀害。伊索寓言

《农夫与蛇》、《狼和小羊》等，因寓意深刻今天仍常被引用。梭罗古勃（1863—1927），近代俄国作家，有长篇小说《小鬼》、《死人的魔力》和诗歌、剧本等。

辰河戏《目连传》中的无常，造型和鲁迅描述的近似。他也有老婆孩子，却是另外的一种表现方法。《打碗发咒》（相当于郑本《花园捉魂》、祁剧《花园盟誓》、绍剧《白神》）一场，奉命去花园捉拿刘氏魂魄的众鬼役中，便有白无常和黑无常。这位白无常还携眷同行，无常夫人可能同丈夫一起当差。她怀着孕，大腹便便，走路摇摇晃晃，形态令人发笑。刘氏见众鬼来捉拿，撒腿便跑。众鬼役追赶刘氏的几个过场中，这对无常夫妇出了许多噱头。无常夫人在台上分娩了，产下一个小无常。他们顾不及照料小无常，仍去追赶刘氏，很有点公而忘私的风格。跟上来的另一无常发现并拾起小无常，拍了几拍，听了一听，似乎小无常无声息了，扔弃而去。第三位无常拾起小无常，发现已没气，将他挂在伞把上，握住伞顶，扛伞在肩悠悠下场。被挂在伞后的小无常，一晃一晃被扛下去。这段演出，逗得满场笑声，也留下许多问题让观众思考：无常虽是鬼，却和人一样可以有夫人，还会生孩子，且会死去。《聊斋志异·章阿瑞》中说："人死为鬼，鬼死为聻。鬼之畏聻，犹人之畏鬼也。"目连戏中的鬼世界一如人世，鬼有家庭生活说明鬼也有情有爱，何畏之有?!聻似乎也不可畏，要不然能把死了的小无常吊在伞把上晃来晃去吗？无怪乎鲁迅说："鬼而人，情而理，可怖而可爱"（《无常》）。

目连戏中"可怖而可爱"的鬼不止白无常，还有不少，守孤凄埂的鬼使兄弟是另一例。在辰河高腔戏《目连传·孤凄埂》中，刘青提的鬼魂被押解经破钱山、望乡台、奈河桥、鬼门关，来到孤凄埂。埂长五百里，左涌苦海汹波，右流灰河毒水，埂上乱石利如刀，烂泥滑似油，路旁怪松上有恶鸟啄人眼珠，乱茅中藏毒蛇取人性命。刘氏到了这里，感到风利如剑，身寒似铁，眼目昏花，肌肤绽裂；料想必受一番苦楚和刑罚，千悔恨万自怨。没想到守埂的两位鬼使，生前当过叫化，得到过刘氏的赈济。他们认出刘氏后，为报恩，用抢来的一顶魂轿要抬刘氏过埂，可还缺少个轿夫（是三人抬的轿），他们拘来马医生。马医生这个庸医，曾在为刘氏治病时开错单方，只好认账抬轿。刘氏有惊无险坐轿过了孤凄埂。鬼使抬空轿回程后，金奴要求坐轿。金奴曾将刘氏施与叫化的燕窝汤换成潲水，两个叫化喝了拉肚三天便一命呜呼。金奴不仅没坐上轿，反遭鬼使奚落戏弄。这场悲剧成了一场闹剧。

湘剧《目连传》中有个巡风鬼，也是个“何等有人情、又何等知过”的鬼，叫人看后忍俊不禁。这个形象不见于郑之珍的剧本中，却保留在湘剧艺人的传闻和傅惜华先生收藏的湘剧《目连传》抄本中。这个剧本是20世纪50年代初在长沙抄录的艺人口授本，现保存在中国艺术研究院戏曲研究所资料室。巡风鬼在《王婆骂鸡》那段戏中出现，着重刻画他的那场戏就叫《巡风鬼》。奚有贞偷了王婆的鸡，还和王婆对骂起来。叶保正闻到鸡汤香，还想向奚学偷鸡之法，袒护奚有贞，装着当和事佬，拿自己家的鸡赔给王婆。这鸡转眼又被奚有贞偷去。王婆第二次失鸡挨家问找后念叨道：“东家不曾见，西家不曾见，难道鬼偷了去?!”恰巧这话被三殿的巡风鬼听到，认为王婆赖他偷鸡，把她拘来三殿。这天，三殿宋帝王因公外出，狱官莫可知代替坐堂，很快弄清这场误会。巡风鬼知错即改，便去捉拿偷鸡婆奚有贞。接下来的台词是：

……

巡风鬼：老爷，还有偷鸡妇人。

狱官：将她拿来。

巡风鬼：晓得。（拿介）拿来了。

狱官：果然快当，将她抓起来。

……

奚有贞：我是看戏的。

狱官：她是看戏的？

巡风鬼：偷鸡不偷鸡，还有王妈妈对证。

狱官：不错，传王妈妈。

巡风鬼：王家奶奶出来。

王婆：做什么？

巡风鬼：偷鸡妇人我拿来了。

王婆：拿来也罢。

巡风鬼：她讲她是看戏的，我家老爷要将我下油锅，望王妈妈作个对证。

王婆：这贼人也来了。就是她偷鸡！

接下来是奚有贞不承认偷鸡，更不承认吃鸡。狱官一时拿不出证据。巡风鬼提出他可以找到证据，但是要有赏。他用闻嘴的方法可以闻出奚有贞吃没吃鸡汤，要求把这张嘴赏给他。巡风鬼不仅闻出奚有贞嘴里的鸡汤气味，还从奚有贞身上搜出另一只鸡。鸡还给王婆，奚有贞被扣留。狱官命巡风鬼赶快送王婆回家，千万不能耽搁，免得被儿子钉了棺材盖。

川剧《花目连》中有折《扯谎过殿》，说外号叫陈仓老鬼的甘脱身，在阳世全凭哄骗招摇，乐享艳福；死后被打入铁围城中受刑罚。目连救母打破铁围城，甘脱身趁机逃出，闯进阎王殿，演出一场鬼魅世界的闹剧。这天，阎王外出，聂正伦代理阎王坐殿。他上台的〔七句半〕唱词：“……今日里，遂心愿，我跛爷坐中间，代理阎王掌大权。过去当吏啃骨头，如今官高找大钱。适才我问一案，二鬼把财贪；两人各罚他三吊五，拿与太太缝衣衫……”正当他自鸣得意时，甘脱身闯了进来。这甘脱身，骗来一套判官衣帽穿在身，吹嘘“我的外公是玉皇，外婆就是王母娘；真武祖师是我舅父，何仙姑是我舅母娘”。聂正伦竟吓得六神无主，手足无措，尊之为上司，奉若神明，连说自己“有眼无珠，还望大仙恕罪”。甘脱身连哄带骗，骗得牛头职位，还问殿上的人们“会做啥子”，马面说“会打条编筐子”，判官说“会扯把子”，聂正伦自己说“会装面子”。《扯谎过殿》艺术地折射出人世官场上昏庸腐朽和贪婪无耻的群像。

福斯特夫式的李狗儿

傅相家中的安童，是不怎么重要的配角。在郑之珍剧本和一些地方戏中，安童是个无名无姓的角色，戏不多。在祁剧、辰河戏和徽剧中，安童有了姓名。祁剧、辰河戏中安童有个很有地方色彩的姓名：李狗儿（或李狗二）；并有《赶狗上路》、《盗袍收仆》、《李狗盗韩》、《益利逐狗》、《二奴下阴》、《九殿不语》等五至六折刻画他的戏。这些戏是郑之珍本没有的。《大开五荤》、《遣买牺牲》、《打僧骂道》、《犬馒斋僧》、《追悔埋骨》等折戏虽见于郑本，祁剧、辰河戏或与之场名稍不同，均有对李狗儿这一人物的独特处理。郑本中的安童，第一次出场便标明“小扮”。“小”指小末泥，这个行当也叫“徕”。明王骥德《曲律·论部色第三十七》说：“元杂剧中，名色不同，小厮曰徕。”今天湘南的衡阳、郴州、永州等地方的方言中，仍呼男孩为“徕仔”。《元曲选·度柳翠》中，小末泥扮善才；《哭存孝》开头，小末泥扮李大户的儿子；《西厢记》传奇剧本中，小末泥扮欢郎。郑之珍剧本中小末泥扮安童，决定了他不能有很多的戏。祁剧、辰河戏《目连传》中的安童由丑扮，就有了发挥的天地。

以祁阳官话为舞台语言的祁剧，狗儿说衡阳方言；以泸溪浦市官话为舞台语言的辰河戏，狗儿说邵阳方言。狗儿在舞台上说话别具一格，便显露出人物与众不同。《赶狗上路》和《盗袍收仆》（辰河戏叫《剥金收仆》）两场戏，都是丑行白口（介口）

做工戏，既交代李狗儿的来历，也开始刻画李狗儿这一形象。《盗袍收仆》的狗儿是在一片赶逐声中出场的。他的第一句台词是向出场门内说：“打，打什么！我还不晓得走，还在你屋里过年?！我就走啰——！”表明他在王老家赖不下去了，被赶逐出来，又开始了流浪生活。接下来有狗儿自叹的唱段：

平生生来运不通，四处求食把身容。
漂泊走山东。
恨爹娘生下我，全无点用。
我本当去教蒙童，怎奈我一字不识，翰墨不通。
我本当去做生意，无奈我囊中空空。
我本当去帮长工，怎奈我种不得田、务不得农。
我本当去做贼，怕的是被人拿住，麻绳吊打，脚踢拳冲，哎呀，有点怕痛。

他闯进周老伯家，见周老伯在喝糯米酒。他恣地打滚装肚子痛，说要点糯米酒做引子吃药；连哄带骗将周老伯一壶糯米酒喝光，又被赶出屋。喝了酒，他精神抖擞起来：“你莫望见我咯（这）个样子，我以前也摆过格咧！”摆格是湖南方言，即摆架子、摆资格、抖威风。于是他数说起自己的身世来：他的父亲当过保正，他曾是父亲的“掌上明珠，吃也吃得好，穿也穿得好”，别人恭维他“李家大爹”；父亲死后，家道落了，别人改口叫他“李家二爹”；家里“钱花光了，房子卖了，睏到城门旮旯，拿点稻草盖着”，熟人从此过，挑开稻草看了说：“原来是李狗儿”，从此李狗儿便出名了。他行乞的方法与别人不同，惯用啜、骗、哄、赖。他认为自己有“三从四德”：吃得，走得，睡得，饿得；站起来像只高脚虫，蹲着像只垒屎虫（蜣螂，俗称屎克郎），睡倒像只蜈蚣虫。衡阳方言正如清人刘献廷（1648—1695）《广阳杂记》记在衡阳听昆曲《玉连环》：“楚人强作吴歈……唱红为横，公为庚”；“c”、“ch”难分，“ong”、“eng”

不辨，“从”和“虫”同音。

李狗儿窜到道观，看见神像脸上贴有金、身上穿着袍，便去刮金剥袍，要拿去“换点酒喝，做件衣穿”。他扳倒菩萨压住自己的身体，高喊救命，惊动了观里的道士。道士抓住他，他倒打一耙，说菩萨看他“长得漂亮”，打他的“主意”；向道士索赔被压烂的两件“宝物”：不要煮就有饭可吃的“宝罐”（讨饭罐），遮得雨、打得狗的“宝伞”。路过的刘贾收留了他，荐到姐姐刘青提家。刘青提派他和金奴一起当差。他初见金奴便调情，把铺盖卷扔进金奴住房，说：“三天我骗不到你，我就不叫李狗儿。”他和金奴沆瀣一气，为刘青提开荤推波助澜。

在郑本里，打僧骂道行凶、提出狗肉馒头斋僧主意的是金奴，提议并举火去烧斋房、焚桥栈的是刘贾；祁剧里则全是李狗儿。祁剧增加或丰富了李狗儿的戏，使李狗儿成为刘贾的阴影，正如益利是傅相的影子一样，笼罩着傅家。傅家两股势力壁垒森严，戏剧矛盾更加尖锐。益利处处按傅相的遗训行事，成了要开荤的刘氏的眼中钉、肉中刺；李狗儿处处表现和贯彻刘贾的意图，为刘氏开荤助阵效力。上市场买牲口、在家宰猪屠羊、厨中作庖、厅里开筵的都有李狗儿。《益利逐狗》是这两股势力的一场决战。有着螟蛉之子和大管家两重身份的益利，随罗卜从杭州经商归家，明察暗访，发现刘氏毁斋破戒事，都与李狗儿有关，李狗儿又是刘舅爷推荐来的。他用结拜金兰的办法，从李狗儿口中套出开荤的过程，了解到李狗儿“吊狗悬羊”的杀牲行为，便以其人之道治诸其人，“悬吊”了李狗儿，将李狗儿逐出傅家。狗儿被逐时恋恋不舍金奴，那副贪婪下流、垂涎欲滴的馋相，曾被前辈祁剧名丑何三保演得入木三分。

《二奴下阴》叙狗儿和金奴被鬼卒拘往阴曹。在祁剧里，狗儿被逐后，屙血不止，他自料快死了，计谋着死后的事：“见了阎君，去讲理性；罚我来世，变个好人。嘴能善辩，好当保正。”他憧憬的保正生活是：“若遇讲理，公断公评。东家吃酒，西家吃荤；赚几百银子，去买田地；一餐燕窝，一餐海参，讨个妹子……只为不枉此生。”他向往的“好人”，是有吃、有喝、有玩；他向往的来世，仍是对少年时保正家庭生活的留恋。待得鬼卒飞叉来锁他，他又谎说自己不是狗儿，乱指前面说：“那才是狗儿!”趁机溜走，引出一场追赶，一场射叉。这场射叉远不及拘锁刘氏那样惊心动魄，却也诙谐可笑。

《九殿不语》是李狗儿在阴曹的重头戏，下章将论及。它以李狗儿开声打破“不语”这种哑剧的手法突出李狗儿的形象。

李狗儿这一人物，使人想起莎士比亚《亨利四世》剧本中的福斯特夫。《亨利四世》、《亨利五世》及《理查二世》、《理查三世》，都是莎翁前期的剧作。莎翁的这几个剧本，艺术地再现了14世纪后半叶到15世纪末的英国历史，突出地表现了中央集权制的统一国家必然战胜封建割据的思想，适应了新兴资产阶级发展资本主义的要求。剧中的福斯特夫，是亨利四世的儿子威尔士亲王的玩友。他依仗与威尔士亲王的这层关系，纵酒好色、拦路打劫，又贪生怕死、冒功领赏，还敲诈钱财，无所不为。他招摇撞骗，吹牛撒谎，浑水摸鱼，引诱威尔士亲王当荒唐浪子。什么封建道德、荣誉、身名，他弃若敝屣。后来威尔士人性复苏，在挫败贵族割据中建立功劳，成为亨利五世——一个以国家利益为重的新王。福斯特夫仍幻想昔日的玩友、今天的国王对他的恩赐。结果，他被大法官投入监狱。被押送往监狱去的时候，他仍幻想着这是“一种烟幕”，“今晚我一定会被召进宫”。恩格斯1859年5月18日《致斐迪南·拉萨尔》的信，批评拉萨尔的剧本《济金根》的描写局限于官方小圈子时，提出了“福斯特夫式的背景”。他认为，《济金根》若采用福斯特夫式的背景，“介绍那时的五光十色的平民社会，会提供完全不同的材料使剧本生动起来，会给在前台表演的贵族们的国民运动提供一幅十分宝贵的背景。只有在这种情况下，才会使这个运动本身显出本来的面目”。

福斯特夫是剧作中的一个丑角。他撒谎、欺骗、向上爬、浑水摸鱼……身上带有他出身那个阶级的深深烙印。但由于长期沉沦在社会底层，他也不时发出一些对现实不满的呼声，曲折地传达了人民的痛苦和反抗的意志。这是一个嘲笑别人又被别人嘲笑，虽能揭露现实矛盾却无力解决矛盾的人物。在《亨利四世》里，莎士比亚通过他广泛地联系下层社会的人物，包括脚夫、店伙、酒保、盗贼、流氓、娼妓、衙役以及纯朴可爱的农民等，为剧本提供了一幅生动、广阔的社会的背景。

《亨利四世》是世界剧豪莎士比亚的历史名剧，《目连救母》虽然在我国影响深远，似乎仍不好与之比；李狗儿也不是福斯特夫。但李狗儿在目连戏里，也扩大了观众的视野，使观众从更大的社会范围和更深的层次，看到了封建社会的痈疽；看到刘青提开荤的背景，看到傅家这场矛盾深藏的病灶。李狗儿不论是当流浪汉或是当奴才，甚至在冥间受惩处时，身上总是带有他出身家庭和生活阅历的烙印，临死和死后都抱有许多幻想：想下辈子仍出生在保正家；被解鬼拘拿点名时还撒谎；罚变为牛后还摸着头上两只角当是官帽上的纱翅……

李狗儿不失为一个艺术典型，一个经若干代戏曲艺人塑造、观众检验认可的艺术典型。在川剧、淳安高腔等剧种的目连戏中，也有类似李狗儿这样一个人物，只是姓名不同、细节稍异。这个撷取当时当地生活素材塑造出的、带有贬义的形象，也如鲁迅说无常一样，“是真正的农民、手工业工人的作品”，表达出那个时代农民、手工业工人的爱憎。

第九章　戏曲舞台上的活化石

目连戏有“戏曲舞台上的活化石”之誉，是由于它保存有许多古老的曲牌、表导演艺术手法和手段。在这些表导演艺术手法、手段和某些戏剧片断中，可以看到宋杂剧、宋元戏剧的痕迹。这是一般剧目难以相比的。

保存许多原始曲牌

目连救母题材的剧目，几乎遍布全国各大剧种。其原因有二。第一，目连戏是目连变文衍化出来的。变文的传播路线大体和佛教传播相同，先在黄河中、下游地区，而后传向江南。南北朝时，从北朝的都城平城（大同）、洛阳、长安和南朝的都城金陵（南京）辐射开去。第二，从现有资料看，《目连救母》杂剧最初演出是北宋的汴梁民间艺人（勾肆乐人），而后是冲州撞府的路岐人（江湖艺人）、徽州的旌阳子弟。宋室南迁，把《目连救母》杂剧或其影响带到南方。旌阳，现在属安徽省旌德县，是早期南戏流行地区之一。

从现存的最早南戏剧本、《永乐大典》收辑的《张协状元》、《宦门子弟错立身》和《小孙屠》看，唱词除有曲牌名外，还有“合”、“合前”等字样；《张协状元》中注“合”字的有一百余处。这说明早期南戏是人声帮和的，随口可歌而不注重腔和韵：

其曲，则宋人词而益以里巷歌谣，不叶宫调，故士

大夫罕有留意者。(《南词叙录》)

……即村坊小曲而为之，本无宫调，亦罕节奏，徒取其畸农市女顺口可歌而已，谚所谓随心令者，岂其技欤？(《南词叙录》)

南方歌词，不入管弦，亦无腔调，如今弋阳腔也。盖自唐，宋已如此。(杨慎《升庵诗话》卷九。杨慎，明代人，1488—1559)

这种不入管弦、不叶宫调的腔，士大夫不太注意，当是来自民间，畸农市女顺口可歌。徽州旌阳的唱腔也是弋阳腔一类的，因而彼此不但可交流，可能还可通流，且取代了原始的弋阳腔：

至嘉靖（1522—1566）而弋阳之调绝，变为乐平、为徽、青阳。(明汤显祖《宜黄县戏神清源师庙记》)

数十年来，又有弋阳、义乌、青阳、徽州、乐平诸腔之出。今则石台、太平、黎园几遍天下。苏州（指昆腔）不能与角什之二三。(明王骥德《曲律·论腔调第十》)

今唱家称弋阳腔，则出于江西，两京、湖南、闽、广用之。(徐渭《南词叙录》)

从上面引文，可知吸收南方诸腔长处而形成的新一代弋阳腔，逐渐向外扩展，慢慢走向全国。整理目连剧本的郑之珍是安徽新安人。他依据的“陈篇”和整理的“新篇”，都是弋阳腔系统的剧本。随着弋阳腔走向全国，“陈篇”和“新篇”的《目连救母》剧本，便有了走向全国的可能。赣剧、湘剧、祁剧、辰河戏、川剧等都有用高腔演唱的剧目，也都有目连戏，都承认自己的高腔与弋阳腔有渊源。还有些剧种有高腔，或曾有高腔，或受过弋阳腔影响而不太为人所知：

1. 京腔。又称北京高腔，是弋阳腔传入北京后，与当地声腔融合产生的，明代中叶即在北京流传，见于前面引的徐渭（1521—1593）《南词叙录》。曾一度昆弋合班，影响于冀中，以白洋淀一带冀中官话为舞台语言，曲牌很多，清人王正祥有《新订十二律京腔谱》。京腔的流行还见于多处笔记小说中：

至今上始设诸剧于玉熙官，以习外戏，如弋阳、海盐、昆山诸家俱有之。（明沈德符《野获编补遗》卷一）

我朝开国伊始，都人尽尚高腔。延及乾隆年（1736—1795），六大名班，九门轮转，极称盛焉。（清杨静亭《都门汇纂·词场序》）

茹荤破戒入重科，赖感慈悲孝行多。

业杀羯饥夷最大，可能行法问阎罗。（金德瑛《观剧绝句三十首》之二十七《咏目连救母》。作于1758—1759年任顺天使署时）

2. 湖北高腔。原先叫清戏，汉调未形成前即在湖北流传：

弋腔始弋阳，即今高腔，所唱皆南曲；又谓秧歌，秧即弋之转声。京谓京腔，粤俗谓之高腔，楚、蜀之间谓之清戏。向无曲谱，只沿土俗，以一人唱而众和之，亦有紧板、慢板。王正祥谓板皆有腔，作《十二律京腔谱》十六卷。（清李调元《剧话》）

3. 山西清戏。畅明生《山西南部清戏的发现》一文说，1954年在运城地区万荣县百帝村孙凤科家，发现一批道光、同治间（1821—1874）的手抄清戏剧本。据了解是从湖北传出去的。当地老人说，清戏在明万历时（1573—1620）曾流行于晋南，因而晋南民间和蒲剧艺人中流行一些褒清戏、贬乱弹的谚语，如“一清（戏）二黄三罗罗（腔），梆子乱弹摸不着”，“一清二黄三越调，梆子乱弹瞎胡闹”，“真清戏，假乱弹；罗罗戏，胡叫唤”等。

4. 调腔。或称绍兴高腔和新昌高腔，也是一种不托管弦、人声帮和、锣鼓击节的声腔。绍剧《目连冥间救母记》便是用调腔演唱。明崇祯间（1628—1644）的调腔演员彭天赐、朱楚生等，在戏曲史上是很有名声：

甲戌（崇祯七年，1634）十月……是夜，彭天赐与罗三、（杨）与民串本腔戏，妙绝；与（朱）楚生、（陈）素芝串调腔戏，又复妙绝。（《陶庵梦忆·不系园》）

朱楚生，女戏耳、调腔戏耳。其科白之妙，有本腔不能得十分之一者。盖四明姚益城先生精音律，尝与楚生辈讲究关节，妙入情理。如《江天暮雪》、《霄光剑》、《画中人》等戏，虽昆山老教师细细摩拟，断不能加其毫末也。（《陶庵梦忆·朱楚生》）

5. 闽剧和莆仙戏。闽剧流行于福州；莆仙戏流行于福建之莆田、仙游一带，古朴优雅。其唱腔以唐宋词曲和俗曲俚歌为基础。从现在的闽剧看，唱腔中不托管弦，但用打击乐和人声帮和，且有滚唱放流的〔江湖调〕等，是从弋阳腔吸收过来，或是受弋阳腔影响形成的。

6. 粤剧。徐渭《南词叙录》已记述弋阳腔在明代已入两广。20世纪20年代粤剧剧作家麦啸霞和现代戏剧家欧阳予倩，都认为弋阳腔对粤剧、潮剧、汉剧、正字戏、白字戏有不同影响：

明嘉靖间，广东戏曲用弋阳腔，音韵宗洪武而兼中州，节以鼓板。（麦啸霞《广东戏剧史略》）

看来弋阳腔曾在广东盛行，粤剧最初的底子是高腔。（欧阳予倩《试谈粤剧》）……

了解到以上情况，便可了解到为什么这些剧种都有、或曾有目连戏。这些古老的剧种，在保存古老的目连戏的同时，也保存了大批古老的唱腔和曲牌。这是一笔宝贵的民族文化遗产。比如祁剧和辰河戏的《目连传》中，分别保存了各自剧种的200多支高腔曲牌。尽管其中有部分是变体，但相当数量的是原始的本体曲牌。这多半是打鼓佬和担任角色的演员，为自己演出需要而认真学、认真抄或请人抄写唱词时，靠圈腔点板的方法保留下来的。原始曲牌当然宝贵，变体曲牌也反映出声腔变化规律。掌握曲牌的准确和丰富，体现出打鼓佬和演员的艺术造诣。从这点看，《目连传》被尊为戏祖、活化石，是当之无愧的。擅演《目连传》的演员和打鼓佬，必然是好佬。

从另一个角度看，《目连传》的曲牌反映出以南曲为主的传统，演唱中有独唱、合唱（合或合前）、众唱、众帮（或锣鼓乐器帮）等多种形式。《目连传》中也有北曲，如既有《点绛唇》，也有《北点绛唇》。这是元朝统一中国后，隔绝百余年的南北艺术交流的结果，也是明代传奇继承了南戏、北杂剧传统的实际。这些曲牌中，既有源于唐宋大曲的〔小梁州〕、〔八声甘州〕、〔催拍〕；也有出于诸宫调的〔一枝花〕、〔耍孩儿〕；〔梁州〕、〔甘州〕的源头是民歌；还有源于宗教音乐的〔道赚〕、〔佛赚〕等。“赚”也是宋杂剧中的一种，《都城纪胜·瓦舍众伎》说：

> 凡赚最难，以其兼慢曲、曲破、大曲、嘌唱、耍令、番曲、叫声诸家腔谱也。

舞台上百戏杂呈

百戏是唐宋以前乐舞杂技的总称。这称呼可能从汉代起，而北宋是百戏纷呈的时期。目连戏中保留有许多百戏的遗迹，打叉、叠罗汉、翻滚便是。

在江南许多地方，观众爱看目连戏的诸多原因中，看惊险的射叉表演也是原因之一。因而有“演大戏（指目连戏），看打叉”之说。叉是铁质的，叉头三尖，每支叉重3~4公斤，锋利无比。表演时，掷叉演员要对准人物射，又不能伤人；还得叉叉插在台柱上或台板上。射叉的表演，在鬼差捉拿逃棚的刘青提鬼魂时。郑之珍剧本中没有提示射叉，但在《过滑油山》的尾段有：众押鬼有的“向前拖”，有的“在后叉”，“把这贼婆娘（指刘青提）扯在滑油山头过”。祁剧、辰河戏则敷衍成《请瘟祈福》、《大打飞叉》两场戏。前者是艺人祭叉祈福的宗教仪式，由掌坛师主持；后者是打叉表演。辰河戏祭叉时，舞台正中三张方桌并列，舞台下放着一口棺材。鼓乐声中，演员扮演的五个瘟神出场，上桌。掌坛师（掌教师）上场，顺手将磨得锃亮的钢叉插于台口，以显其犀利；再在叉柄上缠红布；将五个海碗置台口；烧纸钱；手捏燃着的纸钱绕过每把叉；拿起一把叉连同燃着的纸钱掷出，插于台口柱上；杀雄鸡（有的用手扭断鸡脖），洒血于台口、海碗中和钢插上，口中念念有词作法。《请瘟祈福》的结尾，掌坛师将海碗斟酒，敬献给五位瘟神，与瘟神对白：“得人钱财”，“与人消灾”；“吃人酒饭”，“与人担待”；“天煞归天”，“地煞归地”，“凶神恶煞”，“一概归位”。这场除凶祈吉的宗教仪式，完全是巫傩祭祀的格局；楚人信鬼而好祀，目连戏到了湖南也随乡入俗了。它营造出阴森恐怖的氛围，为下一场追拿刘青提的打叉作渲染铺垫。

刘氏砸铐逃走，鬼卒飞叉追赶。鬼卒赶刘氏好几个过场，每一过场均打一次叉。1984 年祁剧挖掘演出时，60 多岁的陈忠勇扮演打叉解鬼。他年轻时打叉是有名声的；刚过花甲的女演员黄金娥扮演刘氏受叉。从前，受叉的刘氏一概由男演员扮演，她只看过打叉。两人苦练了半个多月，舞台上，他们追赶九个过场，打了十多种花样的叉，如“射四门”、“双飞燕”、“三炷香”、“美女梳头”、“黄龙出洞”、“隔山打子”、“火叉”、“两边上柱”、“埋头”、“捆柴”等。其中“三炷香”、“隔山打子”、“埋头”三种较惊险。如“三炷香”，刘氏被追逼得靠近台口左边柱，刚一回头，第一把钢叉迎面飞来，她低头躲过，钢叉插在她头顶的柱上；第二把叉飞向她的腹部，她用手接住或偏身躲过，叉插在柱上；第三把叉又飞来，她两腿岔开，射入腿间的柱上。三叉鱼贯，观众瞠目；有惊无险，全靠演员相互配合。据老艺人说，打叉有“大打百零八，中打七十二，小打三十六”的花样，叉叉有名称。除目连戏外，《观音传》、《岳传》、《封神》也有打叉的。打叉是古代杂技艺术被综合到戏曲中的遗迹。

祁剧《目连传》中，有《罗汉演武》一折，附在《观音生日》之后，为郑之珍本不录。《罗汉演武》没有唱词和台词，整场戏是演员在乐队伴奏的节奏中翻筋斗、叠罗汉和滑稽表演、舞蹈。由20多位有毯子功基础的青年演员扮演小罗汉，有转眼珠、抖脸朵、鼓肚皮等特技的演员扮演大肚罗汉。40多分钟演出，让观众兴犹未尽，目不暇给。1984年祁剧挖掘演出《目连传》时，《叠罗汉演武》一场的场记大体如下：

大肚罗汉上，扫殿、擂鼓、敲钟。

大肚罗汉摇抖装仙袋，第一、二次抖，各有两小和尚翻滚上，第三次抖，十多个小和尚一个跟一个翻滚上。

众小和尚围绕大肚罗汉嬉戏；都将袈裟脱下堆在大罗汉肚皮上，掩没罗汉后翻筋斗下。大肚罗汉从衣堆中出来，下。

众小和尚筋斗上，从出场门斜向对角台口，列队成“一”字。大肚罗汉随上至台中，示意小和尚入装仙袋。小和尚拒谢。

大肚罗汉扯一小和尚左耳。众小和尚效大罗汉各扯右邻小和尚左耳，挨序扯耳下。

众小和尚筋斗上如前次出场，扯“钭一字”，“蛇蜕皮”、“翻千脚虫”下。

众小和尚“抱三”、桌上“抱三”、“行三”。

大肚罗汉上，满台寻找，看、下。

十小和尚“倒脱靴”上，叠“打加官”、“童子拜观音”、“砌塔”、“摆碟子”、“翻莲花”、“一棵葱”，对对下。

长眉罗汉上，扫殿、翻滚肚皮、抖脸朵，单腿摆“十八罗汉”、“四方插香”。

十小和尚与长眉罗汉交手过合。长眉罗汉将众小和尚推倒堆砌一块垫坐。长眉罗汉趺坐合十。

小和尚“三人忙”、“翻筒车”、“黄龙出洞”下。

长眉罗汉间场。

众小和尚“鳌鱼头”下。

十小和尚分叠成二“狮子”，分两边上。

大肚、长眉、罗汉分别戏狮、引狮分两边下。

众上，“叠大树”、“倒大树”，下。

《罗汉演武》一场的道具装仙袋，是一个大布袋；袋口用铁丝或篾片撑开如盆。摇装仙袋时，小和尚并不从袋口出来，而是按音乐和摇袋的节奏，顺势从底幕（守旧）下沿滚出来，似是摇出来。这个摇装仙袋的大肚罗汉，满脸堆笑，是被呼为布袋和尚的五代僧人契此，还是弥勒佛？戏里没说，反正观众也只欣赏喜剧表演。扫殿、擂鼓、敲钟，都是无道具的虚拟舞蹈。“扯一字”、“钭一字”、“倒脱靴”等，是戏曲舞台上龙套的调度，或者叫队列变化。“摆十八罗汉”同于第一届全国戏曲会演获一等奖的衡阳湘剧演员谭保成《醉打山门》中演鲁智深的单腿功夫。“打加官”、“童子拜观音”、“砌塔”、“摆碟子”等，是叠罗汉中的花样，是一种多人技巧造型。五个小和尚手牵手围成圈，另五个小和尚坐在这五个人手上也手牵手，向外仰翻便是“摆碟子”。下层五人也向外仰翻，形成双层仰翻，便是“翻莲花”。

上层五人立在下层五人手握处，相互搭手；另一人倒立在他们搭手处，是“倒栽葱”。《罗汉比武》前半场是筋斗和技巧组合，后半场“倒大树”，动作幅度大，惊险度大：若干个演员踏肩而上立在别人肩头，单行叠罗汉，是“叠大树”。能叠多高，要视舞台高度和演员条件而定。一声口令，叠大树的演员如倒大树般成直线向前倒下，是“倒大树”。一般“叠大树”多在舞台的一边，然后“倒”向舞台另一边，使表演区全在台上；倒树时要用垫子，特别是人去做好保护工作。多是两人去保护倒下的一人，保护措施要尽量严密，以免伤人。这个节目，和《东京梦华录》中的“驾登宝津楼诸军呈百戏”、“崔府君生日”中记述的北宋百戏似有渊源。

《男吊》是某些地方目连戏的独特节目。以前演目连戏，多在野外搭台。绍剧目连演《男吊》，在台上还要架高台，如《东京梦华录》“六月六日崔府君生日二十四日神保观神生日”那样“幡竿高数十丈……上竿呈艺”。表演男吊的演员爬上高架，架上悬白布一匹。演员有时咬住白布在空中打旋，有时像杂技演员玩皮条，玩出七十二种花样来，叫“七十二吊”。这“七十二吊”，有“金钩钓鱼”、“单挂腿”、“双挂腿”、“死人提”、“大盘车”、“左观音拜佛”、“右观音拜佛”、“左开弓”、“右开弓”、“踹框”、“前吊”、“后吊”等。绍剧《男吊》的演员，多半不是剧团成员，而是一种专业演目连戏时聘来，平时他们有别的职业谋生。新中国成立初期，绍兴大班演平安戏（即目连戏），聘来表演“七十二吊”的是绍兴一家自行车修理店的老板。1985年，上虞县文化部门挖掘《哑目连》，也是邀请剧团外的人来演《男吊》。皖南过去演目连戏，也有《男吊》。1986年河北人民出版社重印的《中华风俗志》下，第五：

> 目连戏，演目连救母故事，皖以南盛行之。泾县东乡各村不同……就中以第二夜最为热闹。因东方亮之妻

> 寻死，而有溺鬼缢鬼之争……闻太师随后驱逐，人声喧哗，爆竹连天。正戏之外，加演诸多打诨戏及技术。立木柱一支，高十余丈，一人盘旋其顶，谓之盘戳；或扎布彩于台前，二人穿而舞之，谓之盘彩……

泾县目连戏的《盘彩》，似比绍剧《男吊》又别出心裁，在布彩上舞的不止一人，而有二人，缢、溺二鬼争替。

祁剧、湘剧、川剧的东方亮之妻叫海氏，或叫耿氏。海氏悬梁时，没有“溺鬼缢鬼之争”，却有一场《鬼打贼》，或叫《贼打鬼》，也有叫《男吊》的，是一场哑戏。在缢鬼引诱海氏悬梁，并具体示意如何套颈，如何踢凳时，恰有一小偷入室。小偷站在缢鬼后面靠舞台边的楼梯上，看到了这一切，向海氏示意不要听缢鬼的话，千万不能上吊。海氏表示无路可走，只能而且决心上吊，并将马上套颈。缢鬼满心欢喜地连连向海氏作揖，并招手海氏跟他走。缢鬼刚转身，小偷迅即从楼梯上跑下来，解下海氏的吊颈索，一耳光掴醒海氏，用手势、身段劝她不要上吊。缢鬼回身看到了小偷，指责小偷破坏了他的好事，并表示，你不让她死，你就去代替她死。小偷答应了，先故意伸一只手到吊索圈中，又换一只脚入吊索圈中，缢鬼表示都不对，并作吊颈示范。小偷把头伸进吊索圈，缢鬼高兴极了，连连作揖。可吊索没挂在小偷的前脖上，却挂在小偷的后颈窝里。小偷趁此沿索而上，在舞台口大玩绳索上的技巧，翻出“连升三级”、“倒挂珠帘”、“美人睡觉”、“童子拜观音”等花样。他一面表现特技，一面和站在吊索下的缢鬼逗趣取乐。此时的观众，只感到惊险、诙谐，并无恐怖感。鬼和贼由争吵而相殴打，打得难解难分，劳累疲惫。直到雄鸡高唱，天色将明，畏阳的缢鬼逃走才了结。这是场武丑应工戏，祁剧前辈武丑张合年擅演此小偷；另一武丑刘先碟则以吊辫发（清代人都蓄有辫发）的特技演《男吊》。惜乎1984年挖掘祁剧《目连传》时，已无人能演了。

《海氏悬梁》一折，或称《女吊》。祁剧、湘剧、辰河戏的演法，和绍剧不同。海氏在缢鬼引诱下，用白绫做个环吊在梁上，然后引颈入环。川剧某些剧团特邀杂技演员饰海氏（或称耿氏）。四川泸县石鸭乡邓家杂技班，世代相传吊辫子的特技，常被邀去饰耿氏表演吊鬓。新中国成立后，吊辫子被认为有碍演员健康，被废止了。祁剧则在舞台口架一大吊秤似的杠杆，让海氏的白绫挂在杠杆的重点上，力点则由捡场人等把握住。预先要在海氏胸前捆绑一横木闩，然后让帔遮住。悬梁时，白绫便挂在这横木闩上。观众看去，拟然挂在海氏颈脖上。缢鬼见海氏上吊了，不断作揖；捡场人和他的帮手们压住力点，把重点推出舞台口，甩动海氏。海氏便像打秋千似地荡出台口，在观众头顶上飘荡。不明吊法的观众会被惊得叫喊起来；明白吊法的观众，面对这有惊无险的荡秋千，便欣赏那如飞天般的飘逸美。这场戏演完，观众中有不少人涌向后台来探视扮演海氏的演员，崇拜她的特技功夫，慰问她的辛劳，祝贺她的平安。其实，这特技是舞台工作人员和演员共同完成的；是杂技、技巧加一点“障眼法”或者是魔术吧。

郑之珍剧本里有《博施济众》一折，很多地方戏有这一折。湘剧的这一折叫《会缘桥》，川剧也有这种叫法，叙傅相施钱米济贫困事。来求施舍的，除孝子、孝妇外，有唱莲花落的，有两脚朝天靠手撑着走的瘫痪人，有靠棍探路的瞎子，两个瞎子间还相互骗夺得来的赈济钱米；绍剧还有《弄蛇》一场。这些残疾人和弄蛇者，以及《刘氏开荤》时来赶热闹、打秋千的、玩把戏的、提傀儡的，都由演员扮演。这些，在宋杂剧中叫“乔”。乔是乔装打扮，以夸张的语言、滑稽的动作来取笑。乔，一要靠生活，二要靠技艺，三要演员有幽默天分，才能装谁像谁。《武林旧事·舞队》中，有“乔三教”——装扮儒生、和尚、道士，“乔迎酒”、“乔亲事”、“乔捉蛇”、“乔师娘”、“乔相朴”，都属杂扮。

《弄蛇》也许是“乔捉蛇”的发展。《都城纪胜·瓦舍众伎》说：

杂扮或名杂旺，又叫纽元子，又名技和，乃杂剧之散段。在京师（指汴梁）时，村人罕得入城，遂撰此端，多是借为山东、河北村人以资笑。今之打和鼓、捻梢子、散要皆是也。

《刘氏开荤》中，净、末扮的做把戏，提傀儡人上场诗，用北宋杨大年《傀儡诗》（见陈师道《后山集·诗话》）：

鲍老当筵笑郭老，笑他舞袖太琅珰。

若教鲍老当筵舞，转更琅珰舞袖长。

诗里说的鲍老，即抱罗，是宋杂剧中角色的名称。如《武林旧事·舞队》有“大小斫刀鲍老”、“交衮鲍老”；《东京梦华录·驾登宝津楼诸军呈百戏》有“抱罗”。郭老，即郭公、郭郎、郭秃，是杂剧中的角色或戏傀儡者。北齐后主高纬爱好傀儡，谓之郭公，时人戏作《郭公歌》；段安节《乐府杂录·傀儡子》说：

自昔传云，（傀儡）起于汉祖，在平城……后乐家翻为戏，其引歌舞有郭郎者，发正秃，善优笑，闾里呼为郭郎，凡戏场必在俳儿之首也。

宋时傀儡戏很发达，目连戏中保留了宋杂剧的这一精华，亦是综合的遗迹。剧中提偶人以杨大年诗为上场诗，符合人物身份，出场即带几分谐意。

周贻白教授（1900—1977）在《中国戏剧与傀儡、影戏》一文中说：

明代的《目连救母行孝戏文》有一百出之多，其间一些单出，如《思凡下山》、《拐子相邀》、《三匠争席》，极富宋杂剧风味。其于世态人情之描绘，似即沿宋杂剧发展而来。

目连戏中很多单出或单出中的某些片断，是北宋当年以说唱目连救母故事为纲、百戏杂呈的历史遗迹。今天能在目连戏中看到这些历史遗迹，正是目连戏被尊为戏曲舞台上的活化石的原因之一。这是从戏曲史着眼的。若换个角度，目连戏是天竺传来的佛教文化和我国本土文化融合的产物。它在剧本的结构和语言、音乐和曲牌、舞台表演艺术等方面，都留有两种文化碰撞、融合的痕迹。目连戏在民间至少流传演出了800年，沉淀有800多年来的民情、世态、习俗、风情和人们宗教观念等，为民俗学、人文学、语言学、宗教学、社会学、艺术史学保存有一些可贵的资料。这何尝不是活化石。

“费万钱”的纸扎

目连戏舞台上用纸扎由来已久。明末清初张岱《陶庵梦忆》记述旌阳戏子演目连中说：

> 凡天地神祇、牛头马面、鬼母丧门、夜叉罗刹、锯磨鼎镬、刀山寒冰、剑树森罗、铁城血澥，一似吴道子地狱变相，为之费纸扎万钱。

古代民间演戏用纸扎，除目连戏以外有记述的不多。演目连戏而“费纸扎万钱”，其纸扎不能说不豪华。从张岱记述看，纸扎多用在三个方面：人物造型、道具添置、布景装饰。今天的民间目连剧本和演出中，我们仍可以看到或找到这些纸扎的用法。

1. 神鬼造型用纸扎。目连戏神鬼辈出，神鬼是什么样子？当时的化妆技术很难完成，而民间的纸扎却有很大的表现力。比如灯会上便有扎成各种造型的灯。据说汉元帝时（公元前48—前33）便有灯会，南朝梁简文帝萧纲（550—551在位）写有《正月初八燃灯应令诗》，陈后主陈叔宝（583—589在位）写有《北壁殿遥咏山灯》诗。《旧唐书·中宗纪》记述：“四年（708）春正月己卯，于化度寺设无遮大斋。丙寅上元夜，帝与皇后微服观灯……是夜，放宫女数千人看灯，因此多有亡逸者。

丁卯，又微行看灯。”玄宗时任中书令的张说（667—370）有《十五日夜御前口号踏歌词》二首，记述灯会盛况，有“龙衔火树千重焰，鹤踏莲花万树春”句。《东京梦华录·元宵》记北宋开封府灯会：“灯山上彩，金碧相射，锦绣交辉……彩山左右，以彩结文殊、普贤，跨狮子、白象。”这些说明民间纸扎艺术，当时已可扎出神佛和动物。目连戏的艺人把纸扎艺术搬来，为戏中的神鬼造型，这种纸扎造型一直沿袭下来。如《傅相升天》时，金童玉女珠幡宝盖引鹤来迎傅相，这鹤的双翅是用纸糊篾扎。牛头马面的头、女吊的装饰和长伸的舌头也用纸扎。

洗马鬼和两头忙是祁剧《五殿寻母》中出场的角色，两人均无台词，全靠造型和动作交待出场任务。洗马鬼是五殿阎罗王手下的马夫，出场是备马。他身体颀长，头是锥形，尖端向上。这个头是纸糊篾扎的，画有眼、耳、口、鼻，演出时套在演员头上。演员透过纸头颈部糊的青纱布或透明纸向外看物；遇上个子矮的演员，透明纸可安在洗马鬼胸腔上，在鬼物造型的肩部装横竿（扎肩）以穿青袍。他在舞台上完成洗马、备马（虚拟动作）、翻滚，将马交与追命的白无常后下场。他身份是马夫，多用净行或丑行程式，动作夸张，穿着全黑，是黑无常类。两头忙是受刑罚的两个鬼犯，由一个演员扮演，由鬼差鞭抽赶出过场。表现这两个鬼犯受苦役的刑罚是无间断的，以表明人物所处环境是阿鼻地狱。造型全靠绑在演员腰背上的纸扎筛盘。筛盘的直径两头各扎一个人头；筛盘周边上扎有两个人物的两双手臂，如共同把住筛盘状。演出时，演员猫腰，双手着地，手上也穿一双鞋，如两人边走边推磨状。估计是推磨——地狱中的刑具，即“锯磨鼎镬”之一。两头忙在皮鞭驱赶下要上桌椅，表示爬山或过桥，如同两个矮人在皮鞭下不停地干活。

2. 纸扎道具。如金童玉女的珠幡宝盖，《目连见犬》、《犬入庵门》中的犬。《目连见犬》一场目连的唱词：“忽听犬，叫声喧，头摇尾摆似乞怜。犬呀……你若是我母，扯着我叫三声。”舞台上，目连要与郑公子争这头犬。犬的叫声可用后台效果；犬在舞台上的动作，要靠犬的纸扎技术解决。因而这犬的头、尾须能摇摆，脚下装轮子，前后牵有暗索，由边幕后人的拽引，才能上场、下场。

辰河戏、川剧、祁剧《目连传》中的爆葵花，是用纸扎道具的特技表演，在观众中享有盛名。它出现在《花园盟誓》一场，即郑本《益利扫殿》的后截。益利洒扫三官堂时，独自念“员外逝后，安人开荤”，“好事不出门，恶事传千里”，被门外的刘青提听见，大发脾气，端起三官堂里的椅子抛向益利；恰好罗卜也来了，益利接椅子又抛向罗卜。丢椅、接椅三次，祁剧、辰河戏称“打三官堂”。椅子被抛得在空中飞舞是三个演员间配合默契的一场别致的技艺戏。刘氏见罗卜护着益利，反说二人闲言欺她，跑到花园，对着葵花盟誓。此时，拘捕刘氏魂魄的鬼役也来了。刘氏在“对葵花欲诉衷肠”，否认杀牲开荤，劝儿休听谗言时，葵花爆放，有声响，有光闪，小鬼在旁抛出她命金奴、狗儿埋葬在此的牲畜骨头，刘氏为之惊倒，小鬼便来拘魂。这些纸扎的葵花，是装有机关的道具。

3. 纸扎布景。旧时演目连戏，舞台周围贴的有关目连救母故事的画，舞台上的奈河桥、望乡台、刘氏的灵堂、盂兰大会会场，都是纸糊篾扎的。演《梁武帝》时高挂的郗氏幡，也是纸糊篾扎彩绘。幡为美人头蛇身，长约5米。这郗氏幡，既营造气氛，也是宣传广告。

没有第四堵墙

现代戏剧舞台呈镜框式。观众通过镜框式舞台口，观看活跃在舞台上的人物，以及他们之间发生的故事。这种舞台的左、右、后三面，有三堵墙将后台、副台与表演区隔开；面向观众的一面，即沿舞台口的一面，仍有一堵不存在的墙，将表演区与观众区、演员扮演的角色与观众隔开，称为第四堵墙。第四堵墙和三一律（剧中事件、时间、地点集中），是欧洲古典主义戏剧剧本创作不可违背的规则，也可以说是传统话剧的规则。这四堵墙，营造出舞台特定的角色生活环境和氛围。演员在这特定的氛围中体验情感，进入角色，创造角色。在这四堵墙中间，演员只是以角色的情感与同台的角色交流，而观众是局外人。因此，斯达尼斯拉夫斯基告诫演员：

> 我们首先是为了自己而生活在舞台上。因为我们能在那里体验角色的情感，把这些情感传达给那些跟我们一起生活在舞台上的人们。而观众不过是偶然的目击者。为了让他们听见你，你要大声说话；为了让他们能看见你，你在舞台上要选择适当的地方。至于其他方面，你永远也不要记住观众，只应记住剧中人物……
>
> ……
>
> 同观众交流的最好办法，就是通过与剧中人物的交流。(《斯达尼斯拉夫斯基全集》第二卷 484 页，中国电影出版社 1959 年版)

中国戏曲演员没有“四堵墙”的观念，或者说不承认有这么四堵墙，却注重与观众直接交流。早期的戏曲演出于广场、勾栏、红氍毹上和露台、庙台，原本就没有墙的概念。目连戏演出多在露天广场上搭台，演员不仅可以和观众交流，有时还会把戏演到观众中去，使观众置身到戏剧中来；在某些场合，观众会上台来参加演出，不自觉地充当剧中角色。

有些剧种演《刘氏产子》（罗卜出世）、《汤饼大会》（罗卜三朝宴请亲朋）等折，观众会走上舞台，进入剧情。祁剧的《刘氏产子》，一僧一道到傅相家要化募一个萝卜。傅相很诧异，家中怎么会长出萝卜来？便命益利按僧道指点，在后花园拔来一棵萝卜。原来桂枝和尚被如来佛贬下凡尘，变成一只白螺，被从杭州受戒回家的傅相拾得，供在三官堂上。刘青提对傅相虔诚供螺想不通，命金奴用针刺杀白螺；傅相命益利埋螺后花园中。萝卜是在埋螺处长出来的。僧、道要刘氏将萝卜横三刀、竖三刀切成许多块，三人各吃一块，祝愿刘氏生下一个好儿子，为他取名罗卜。此时，台下一些求嗣的妇女，会沿着台口的楼梯走上台来，向刘氏递上一个红包，求分一块萝卜。妇人们取得萝卜后，便携同自己的丈夫走出观众区，喜滋滋地吃了这块萝卜，仿佛台上那一僧一道的祝愿，不是对剧中人刘青提说的，而是对她们说的，她们定会生个孝顺如目连的儿子。祁剧的《汤饼大会》和辰河戏的《送鸡米》，叙罗卜三朝日，亲友来祝贺。组织这次演出活动的会首，多半是当地乡绅等头面人物。他们也要穿戴整齐，和剧中人刘氏的弟弟刘贾夫妇一样，乘轿（或马）招摇过市后登台祝贺。他们的身份也是娘家人，用条箱礼盒抬着鸡、米、甜酒、小孩衣帽鞋袜来。这些礼品是在集体筹凑的演出经费中开销，礼品归饰演傅相、刘氏的演员得。

目连戏中角色走进观众中去的戏也很多，除上述刘贾轿马过市贺外甥三朝外，如辰河戏《前目连》中傅相的舅父陶全告状的《按院过街》，川剧《前目连》中的《刘氏出嫁》，更多剧种目连戏的《雷打十恶》、《公作上路》、《刘氏下坑》（《刘氏逃棚》），以及《花目连》中的《骂鸡》捉偷鸡妇人等。

《按院过街》中的按院，乘坐官轿，由执事仪仗、衙役引领，从村街的一头走向演出广场。在快近舞台时，陶全拦轿告状。按律，拦轿喊冤告状的要责打四十大板。陶全三次拦轿，被三次当街按倒责打四十；然后按院轿内传话："此人三次拦轿，必有冤情，状纸收了，带在轿后，回衙审问。"这才登台审问——上舞台表演了。

《刘氏出嫁》的演出形式也很别致。1993年9月在绵阳举行的四川目连戏国际学术研讨会期间，川剧演《刘氏出嫁》采用舞台演出和场外的“刘家大院”结合的形式。刘氏的花轿要从“刘家大院”发轿，抬过林野，然后到舞台上的“傅府”举行婚礼。这和近人徐珂《清稗类钞·戏剧类·新戏》中记述清代演目连戏情况相似：

> 嫁之日，一贴扮刘，冠帔与人家新娘等；乘舆鼓吹，遍游城村。若者为新郎，若者为亲族，披红着锦，乘舆跨马以从，过处任人揭观。沿途仪仗导前，多人随后。凡风俗宜忌及礼节威仪，无不与真者相似。尽历所宜路线，乃复登台，交拜同牢，亦事事从俗。

同牢，也叫共牢，是类同吃交杯酒（合卺）的婚姻礼仪。大牢是牛，小牢指羊。《礼·婚义》：“共牢而食，合卺而饮。”同牢是让新婚夫妇同在一只牛或羊上下箸。

《雷打十恶》一场，“十恶”中的某几个“恶人”，在戏装上罩上与当地观众一样的服装，分散混在观众中。有的在剧场边的食杂摊上喝茶、吃零食。传旨神在台上宣布“雷打十恶”的旨意后，雷公电母在〔急急风〕锣鼓声中，台上台下搜寻“恶人”。当雷公电母临近时，“恶人”便会脱去罩衫分头逃跑。逃和追常绕场一两周，甚至窜到观众中去，然后捉住“恶人”，提到台口“击毙”。在观众中追、拿“恶人”，引起观众哄动，喊威助阵或指点。湘剧、祁剧、赣剧等《偷鸡》中的偷鸡婆，也是事先混在观众中，鬼使来抓她，她强辩不承认，直到从衣襟中搜出一只活母鸡，才低头跟鬼使走。胡朴安《中华风俗志》下篇卷五述皖南泾县演目连戏《偷鸡》，也有类似记述：

> 目连戏……《黄妈妈偷鸡》，饰老媪者混入妇女观剧之台上，尤可恶也。

《刘氏下坑》或称《刘氏逃棚》、《逃台》。祁剧的演法是，舞台上设灵堂，正中摆着灵柩。舞台对面是经堂，从目连戏开始演出到结束，都有僧、道在念经消灾祈福。益利请和尚上台为主母出殡，罗卜披麻戴孝迎和尚上台。和尚入灵堂为刘氏出殡行礼如仪，众抬柩由巨灵神引导，送殡队伍从舞台口搭设的跳板下来。据《水经注·河水》说，巨灵是我国古代传说中劈开华山的河神；民间奉之为开山、辟路、搭桥之神。扮演刘氏的演员，或戴上纸壳脸装巨灵，或混在队伍里举纸巨灵神。送殡队伍绕场一周后，刘氏突然弃巨灵神，脱去罩衫，趁乱逃跑。抬柩者和送殡人员一时尚未注意（因为逃跑的是刘氏的鬼魂），继续抬柩前进。跟在队伍后面的五鬼发现了，绕场追刘氏。这突如其来的变化，惊得观众骇然，齐声喊叫，直至把刘氏鬼魂锁住。这一场面，便是张岱《陶庵梦忆》中说的徽州旌阳戏子演《目连》，“万余人齐声呐喊，熊太守谓是海寇猝至，惊起”的情景。听说河南目连戏曾有刘氏逃棚、刘甲（刘贾）逃棚、破铁围城时众饿鬼逃棚等三次逃棚，可惜没看过。

《雷打十恶》、《刘氏逃棚》中这些处理手法，可能是从佛家的因果报应、儒家的高台教化着眼设计的，思想意义自然有很大的消极因素。然而，这种演出形式，能使演员和观众打成一片，营造出更大范围的艺术气氛，使观众置身故事（剧情）现场，亲临其境，参与其事，思想上和剧中人共鸣，自然增强了艺术感染力。从艺术角度上看，是一种很富中国特色的好的表现手法。“九一八”事变后，我国爱国的文艺工作者创编演出的街头剧《放下你的鞭子》，能在当时产生那么大的震撼人心的力量，鼓舞许多青年人积极投入抗日救亡运动，除了主题思想的积极意义引起观众共鸣外，在艺术形式和手法上，角色从观众中走出来，演员和观众打成一片，也是其成功的一个重要原因。这是我们民族传统文化艺术创造性的运用。

古老的中国“意识流”

意识流是现代文学艺术创作的一个流派和创作方法。在法国哲学家柏格森（Henri Bergson，1842—1910）的直觉主义，奥地利心理学家、精神病医生弗洛伊德（Sigmund Freud，1856—1939）的精神分析学影响下，美国哲学家威廉·詹姆斯（William James，1842—1910）首先提出意识流这一词语。他在《心理学原理》中说：

> 意识……并非以一段段的形式出现，像链或环节一样；它不是联接起来的，而是流动的。河流或流水是描写意识状态的借喻。

詹姆斯提出意识流这一词语的原文是“Stream of consciousness”。他认为，每个人都可以根据自己的兴趣，从有连续性的意识流中，把他所注意的部分挑选出来，构成他自己的世界；客观的、不以人的意志为转移的事物是不存在的；每一个人的所谓事物，只是他自己从意识流中任意划分出来的片断。爱尔兰作家乔埃斯（James Joyce，1882—1941）、英国作家和文学评论家拉尔夫·福克斯（Ralph Fox，1900—1937）、法国作家普鲁斯特（Marcel Proust，1871—1922）等，把意识流学说运用到文学创作中，成为一种新的文学创作方法，逐渐形成一种创作流派。他们运用这种创作方法，揭示人的意识的复杂性，以表达人物意识的全部流转过程，而不单纯描写合乎逻辑的思想。这个流派的小说，经常用自由联想和内心独白，表现人物复杂的心理状态。20 世纪 60 年代以后，意识流小说在欧美盛行，逐渐影响电影、戏剧等多种文艺创作。

在古老中国的目连戏舞台上，早已有着意识流的表现手法。祁剧《前目连》中的《佛贬桂枝》便是一例。舞台上，释迦牟尼正在讲经说法，听经的桂枝罗汉却思想开了小差，他思凡了。如何表现身体端坐佛前的桂枝罗汉的思想活动？坐在台中心释迦座下听讲经的桂枝罗汉打瞌睡时，另一位同样装扮的桂枝罗汉（思凡离体的桂枝精神状态），在大笛主奏的〔折桂令〕曲牌和锣鼓声中出场，在台口打手招左右瞭望。这一切没逃过释迦的慧眼，斥责："何人思凡？"众罗汉回答："桂枝思凡。"释迦对不遵守经堂纪律的桂枝采取警告："去掉金扎（修行人的头饰）！"桂枝惊醒。释迦继续讲经，桂枝又有了思想活动，在大笛主奏的〔雁儿落〕曲牌声中，另一桂枝引龙灯过场。桂枝第二次思凡，被释迦发觉，被去掉身上的大红袈裟。桂枝俗缘未了，又有了第三次思想开小差：桂枝"真身"未动，大笛主奏的〔收江南〕曲牌音乐中，另一桂枝引猛虎过场。释迦大怒："竟敢三次思凡，这还了得，打入阿鼻地狱！"亏得佛身边胁侍观音（按佛经说，观音不是释迦如来的胁侍，而是阿弥陀佛的胁侍，目连戏这样安排是剧情发展的需要）讨保，将桂枝贬入红尘，投胎为罗卜（目连），让他去阿鼻地狱救母，受些折磨。桂枝拜谢观音，提出："弟子在红尘若有大难，如何是好？"观音承诺："为师前来搭救，只管放心。"这里，为剧中观音指引目连西方见佛埋下伏笔。

思凡是一种思想活动，也就是意识流。这本是看不见的，戏曲艺术有办法将它化为看得见的形象，表现在舞台上。桂枝身在听讲经，心在想别的，我国古人把这种现象叫神不守舍或魂不附体，是精神游离或分裂现象。于是用形分为二的办法来表现，在同一时间里舞台上出现了两个画面、两个桂枝形象，以多画面的办法表现意识流。在我国的小说或剧本中表现梦的插图，从睡在床上的人的头边，画出一个漏斗状的弧线，把梦中人所作所为画在弧线中，也是用多画面表现意识流。这种用形（包括演员的形体动作和服饰道具等有形物体）表现精神状态，借客观事物或环境来表现（衬托、烘托、渲染）人物内心世界的方法和手法，是我们民族艺术写意传神，"以形写神，形神兼备"、"因神赋形，离形得似"的创作原则。尽管我国古代没有意识流这个词语，却早有这种表现手法。

借助形体动作和有形的服饰、道具，将剧中人的精神状态、思想感情表现出来，传达给观众，戏曲艺术有很多的办法。如豫剧《唐知县审诰命》中的七品官唐成，按院大人不敢受理的案件推给了他。现在，他坐轿下乡去勘察案情，才感到了面临的难题：豪门的横霸，百姓的受欺，官场的谄谀，案情复杂、自己职小位卑……此番如何跟权倾一朝的严嵩的妹妹、一品诰命夫人严雪英打交道？演员借助头上纱帽翅的动静和上下、前后等不同摆动，把唐成此时心情复杂、情绪起落、思想矛盾的过程以及考虑成熟、大计酿定后的心情，传达给了观众。蒲剧和京剧、昆剧《连环记·小宴》中，吕布的狂妄自负、觊觎貂蝉、轻薄卑鄙，是通过紫金冠上两支翎子的涮、绕、摆、掏、抖等动作表现出来的。演员练就这些技艺，得心应手；观众看这些动作，心领神会。演员和观众，心有灵犀一点通，是因为民族传统的艺术美的熏陶。至若周信芳在《跑城》中借助人物的舞步、帽翅和袍、带、冉口的摆、抖，表现出徐策为薛家终有出头日，善恶到头终有报的喜悦心情；在《清风亭》中借助冉口的抖动和抖颤的手势，指天、指心、指屈死的老妻、指禽兽不如的继保，表现出张元秀极度的悲哀和愤慨，却无处投诉、无法倾泻的心情。梅兰芳的指法和水袖功夫及其艺术表现力，更为中外艺术界人士赞誉。

大可研究的哑剧

中国艺术研究院副院长薛若邻，1987 年 8 月曾代表老一辈戏剧理论家张庚，参加在美国加利福尼亚大学伯克利分校举行的目连国际专题讨论会。他回来后说，国外专家看了祁剧《目连传》的局部录像后，“称赞中国的传统是伟大的，甚至说《九殿不语》这场戏，十年都研究不完。”（《美国归来话“目连”》，载《戏剧电影报》1987年9月27日一版）

祁剧《目连传·九殿不语》，叙目连寻母到九殿阎君都市王处，其母刘青提已被解往十殿。这场戏里，都市王升殿以及金奴、刘青提、刘贾过堂，目连出场等，所有角色没有唱、念，乐队也不动管弦乐和打击乐，场上静悄悄的，因而取名《九殿不语》。交代剧情、人物问答，全靠手势、动作和角色亮出随身携带的字幅示意。这些字幅呈长条形，长90～100公分，白底黑字。一般为二至四字，如“开鬼门关”、“鬼犯解到”、“带刘青提”、“解往前殿”、“掌嘴”等。角色示意时，两手展现字幅，先向对方，后向观众。这场戏的场记大略如下：

众鬼卒拥都市王上，升殿。
鬼使示“开鬼门关”字幅，
鬼差甲上，示“鬼犯解到”字幅
鬼使示“带金奴”字幅
鬼差甲押金奴上、跪，呈验文书、盖章
鬼使示“解往前殿”字幅，鬼差甲押金奴下
鬼使示“带刘青提”字幅
鬼差乙押刘青提上、跪，呈验文书、盖章
鬼使示“解往前殿”字幅，鬼差乙押刘青提下
鬼使示“带刘贾”字幅
鬼差丙押刘贾上、跪，呈验文书、盖章
鬼使示“解往前殿”字幅，鬼差丙押刘贾下
……
鬼使示“带李狗儿”字幅
鬼差丁押李狗儿上

李：跪见阎君

鬼使示“掌嘴”字幅，鬼差丁掴李狗儿

李：哎哟哟，吗哩（衡阳方言：怎么）？

你们不讲理呀！…

鬼使示“再掌嘴”字幅，鬼差丁再掴李狗儿

李：哎哟哟。

都市王验文书、盖章

鬼使示“解往前殿”字幅，鬼差丁押李狗儿欲下

李：（至台口）咯些臭龟孙子，是些哑巴！（下）

这样一场哑剧，因李狗儿上场打破了沉寂。李狗儿是这场戏中唯一不遵守九殿“殿规”开口说话的角色。

现存的目连戏最古老的剧本——明代郑之珍的《新编目连救母劝善戏文》，表现目连冥间寻母历程游遍十殿，独缺九殿的戏。光读剧本，百思不得其解。看过祁剧演出后，才弄明白，这场戏只有三句台词，而郑之珍那个时代还没有“场记”的办法，三句台词是无法记下一场精彩哑剧的。因而，他没有办法将这出戏整理入剧本。如若这个推论合乎事实，则这场哑剧至少在明代便有了。那么，这种哑剧的源头在哪里？

我国的哑剧源头有二：一是宋代已有的哑杂剧；二是古代的歌舞。宋代哑杂剧见于《东京梦华录·驾登宝津楼诸军呈百戏》：

……继有二、三瘦脊，以粉涂身，金睛白面如骷髅状，系锦绣围肚看带，手执软杖，各作魁谐趋跄，举止若排戏，谓之哑杂剧。

这种哑杂剧，演员化妆成骷髅状，跳的是诙谐的舞步，且有滑稽表演。它的出场，是在“假面披发，口吐狼牙烟火”的《抱罗（傩）》、绿面金睛的《硬鬼》、“假面长髯，绿袍靴简”的《舞

判》之后，都是些装神弄鬼的表演，与民间巫傩关系密切。《九殿不语》虽不装神，却是弄鬼的表演，很自然地能从哑杂剧中借来手法和手段。哑剧的第二个来源是古代的舞。清毛奇龄(1623—1713)《西河词话》说：

> 古歌舞不相合，歌者不舞，舞者不歌。即舞曲中词，亦不必与舞者搬演照应。自唐人作《拓枝词》、《莲花旋歌》，则舞者所执、与歌者所措词，稍稍相应，然无事实也。宋末有安定郡王赵令畤者，始作商调鼓子词，谱《西厢传奇》，则纯以事实谱词曲间，然犹无演白也。

古代歌舞是不用以叙事的，只表现情绪。所谓“歌以咏言，舞以尽意”（东汉傅毅《舞赋序》）；“诗言其志也，歌咏其声也，舞动其容也”（《荀子·乐象篇》）。

《九殿不语》这场哑剧中，为什么偏有个不守“哑规”开口说话的李狗儿？传统的说法是，刘青提基础本为“善”，虽有背誓开荤的罪，经过阿鼻地狱折磨、十殿审讯、儿子孝道感化，终有悔悟，才得在盂兰会上脱离苦海、超度升天。李狗儿的本质就坏，靠啜骗蒙哄，过有酒便醉的生活；不信神不信佛，地狱折磨也无动于衷。不守“哑规”既表现了他的不服，也表现了他的麻木。十殿轮回判他变牛，牛头已罩在头上，他还把牛角当纱帽翅而高兴；与变成马的金奴还想亲热，弄成个“牛头不对马嘴”。这个说法也不能服人，因为遵守“哑规”的金奴、刘贾都没得到好报。或曰李狗儿不遵守“哑规”，是历尽刑罚不低头，是他的叛逆性格的表现，这似乎抬高了李狗儿。或许说，李狗儿是个活着死了都一样爱耍赖皮的家伙。仁者见仁，智者见智，究竟如何，还可探讨。

《目连传》中的哑剧，也不止《九殿不语》一场，还有前面谈及的《打叉大吉》等。在浙江上虞一带，有全没有唱词、道白的目连戏叫《哑目连》。1985 年 9 月被上虞县文化馆挖掘出来，可演三个多小时，全靠舞蹈、表情、手势、身段、武技表现。伴奏除锣鼓外有一支形似唢呐的目连号。《哑目连》叙刘青提被地府捉拿、惩处以及目连救母故事，没有傅相升天、刘氏开荤、打僧骂道、杀狗屠羊等情节和有关人物。因而当地把这戏叫《柯刘氏》。笔者怀疑“柯”或许是“科”之误。因为“柯”是指草木之本或斧柄；而“科”则有法令、条律（如作奸犯科）或判处、惩罚（科罪、科以罚金、科处徒刑）的意思。作为戏曲用语说，科还是元人杂剧剧本中关于动作、表情方面的舞提示，如笑科、打科、见科等，亦作“科泛”、“科范”。

据徐宏图、丛树桂《上虞的〈哑目连〉》一文（载《浙江省戏曲志资料汇编》）介绍，被挖掘出来的《柯刘氏》有 21 场：《观音开台》、《阎王发牌》、《夜魃送牌》、《家院请医》、《瞎子卜课》、《夜魃过渡》、《送夜头》、《请无常》、《前柯刘氏》、《男吊》、《女吊》、《文武科场》、《挑镣枷》、《谋亲夫》、《起解》、《饿鬼抢食》、《大头鬼戏柳翠》、《阎王差五鬼》、《后柯刘氏》、《敲纸铜锣》、《吊孝出丧》。据老艺人说，还有《鬼王扫台》没演，共 22 场。其中有几场与目连救母故事无关，如《文武科场》叙死于科场的两鬼事；《谋亲夫》叙某妇事，《大头鬼戏柳翠》是当地民间舞蹈，故事或出于元杂剧《月明和尚度柳翠》。

《送夜头》是一出闹剧，写刘氏病了，傅府命家人送猪头、烧酒、面条至郊野祀鬼禳灾，却与无常相遇。这无常和绍剧中描写的一样，穿斩丧服、戴高帽、执破芭蕉扇，也有妻子和儿子阿领，傅府家人堆两处纸钱，点燃这堆，那堆被无常点燃；踩灭这堆，那堆也被无常踩灭。家人没看见无常，被这奇怪现象惊得逃跑。他跑累了，席地而坐自筛酒饮。无常飘然追来，酒被无常饮了。家人筛几杯都没饮成，便径往嘴中筛酒，也被无常用管器截饮。家人嘴对壶嘴饮酒，被芭蕉扇击头，转脸见无常，吓得扔掉酒壶，拔刀向四周乱砍。民间流传鬼怪惧污秽，家人情急生智，环绕四周撒尿，才把无常赶跑。家人换一个地方坐下，吃携来的面条，无常忽至，接住面条的另一端吃。二人越吃越靠近，鼻尖碰着鼻尖。家人吓得连滚带爬逃走，无常笑眯眯地下场。这样的无常似无恶意，只是恶作剧，像个顽皮的孩子。

据1936年4月3日《云南日报》第五版《从戏剧教育谈到云南戏剧现状及改进》一文载，云南有些州县在农历正月或七月中元节，也有用哑剧形式演目连救母故事的，称曰阴戏。阴戏是傩戏在一些地方的名称。清代昭梿《啸亭杂录·大戏·节戏》:“又演目连尊者救母故事……于岁暮奏之，以其鬼魅杂出，以代古人傩祓之意。”目连救母戏剧既可代行傩祓之意，也不能排除傩戏演目连。但不知云南阴戏中的目连哑剧还可找到否?

第十章　目连戏与民俗

目连戏和盂兰盆会

目连戏的演出，总是伴有一定的宗教祭祀仪典，或是佛教的盂兰盆会、道教的罗天大醮，或是悼亡、祭殇、赈孤的水陆大道场，或是七月半的祭祖、报秋成，或是地方赈灾、禳灾、祈福、祈丰收；也有为建家族宗祠追荐先祖演出的，也有在丧礼中选演游十殿等段落的。这可从一些地方志和笔记小说中看到记述：

> 蜀中春时好演《捉刘氏》一剧，即《目连救母》，《六殿、滑油》之全本也。……川人恃此以祓不祥，与京师黄寺喇嘛每年打鬼者同意。(徐珂《清稗类钞·戏剧类·新戏》)

> 江南风俗信巫觋，尚祷祀。至禳蝗之法，唯设台倩优伶演《目连救母》传奇，列斋马供之，蝗辄不害。(《元明清三代禁毁小说戏剧史料·谔崖脞说》，1981 年上海古籍出版社影印本)

> 六月里多目连戏和大戏。目连戏是为了追悼和超度横死的人而演的。大戏则为的是求太平。(谢德耀《绍兴的戏剧》载于 1937 年《民众教育》第五卷第四、五期)

十五日中元节盂兰盆会，市人演《目连》、《观音》等剧。（同治八年即1869年《清泉县志》卷五《风俗》。按：清泉县即今衡阳市东城和衡阳县的一部分）

康熙四十七年（1708），衡州寿岳庙二门前建台演戏一月。自闰三月始，于十八日本戏毕后搬演《何栗回话》，系秦桧家婆被鬼拘去，方复建醮于内殿，于十九日演《目连》全本，直至七日。（赵申乔《赵恭敏公自治官书》。赵申乔1710—1762年任偏沅巡抚，驻长沙。赵逝后谥恭敏。雍正元年即1724年，偏沅巡抚改名为湖南巡抚，仍驻长沙）

绍俗称五、六月为凶月，所以每年此两月中，该地必有做平安戏之事，先于五月初间，每乡村中由一发起人向各家募捐款。款既捐到，于是选一日期，在土地庙开演。该班日夜都演，日间所做主戏与平常戏相同，唯一到天色傍晚，便有许多伶人，扮着魔王及小鬼种种可怕的妆式，排着队伍，更附以锣鼓旗帜，在村里巡游，俗谓召丧。……召丧完毕，伶人始上台演戏。戏目多演目连救母故事。（胡朴安《中华全国风俗志·绍戏做平安戏之风俗》，1986年河北人民出版社重印）

农历七月中元办盂兰盆的历史，可以追溯到南北朝。盂兰盆会是佛教的祭祀仪典。据《佛祖统纪》卷37说，是梁武帝大同四年（538）开始仿效印度佛教施行的，《梁书》和《南史》中无记载。北齐颜之推《颜氏家训·终制》中说到“有时供斋七月半，盂兰盆望于汝也”，可印证当时已有盂兰盆之说了。唐初僧人道世撰写的《法苑珠林》说，唐代的盂兰盆会十分壮观，每年皇家送盂兰盆到寺庙，由音乐仪仗及官员护送，盆上饰有金银珠宝。长安城中诸寺做花蜡（彩饰的蜡烛，即花烛）花瓶，假花果树，争奇斗艳。百姓也来献盆、献花、献物。看热闹的人更多，倾城出动，万人空巷。唐代宗（762—783）以后改在宫中办盂兰盆会，设高宗以下七个皇帝的牌位，将帝名缀在巨幡上，从太庙迎入道场。沿途百官迎拜、导从，和尚念经，观看者更为踊跃。但是中元节演目连戏的记载，目前发现最早的记述是《东京梦华录》记述的北宋末年汴京的勾肆乐人。

农村演目连戏，大多都像《中华全国风俗志·绍兴做平安戏之风尚》那样，由当地群众凑集资金，当地士绅等有代表性人或慈善单位牵头，推出会首主持其事。参加祁剧《目连传》挖掘演出的老艺人郑浯滨（1916—1986）回忆说：

> 过去演《目连传》多在农村……秋收以后，村庄或集镇就要准备演目连戏了。村庄多是聚族而居，便用族产公款。集镇是杂姓，便按人头派款，总数也达到村庄那水平。款项筹措后，地方上要讨论请哪个戏班。主要是看角色齐备不，特别是看哪个戏班演罗卜和刘四娘的演员强些。于是，派会首或总管到剧团接头，定时定约。戏价要 70～80 担谷一天。定好条约后，村子里各家各户酿酒、熬糖、做粑粑，有的还把亲戚接来看戏。快到约定的时间了，村庄先派 20～30 人去接服装道具箱和演员行李，安排住宿。从开演那天起，全村群众和演员都要斋戒，直到唱了刘四娘《大开五荤》才能吃荤；而演罗卜（目连）的演员，要等演完才能开荤。
>
> 演目连戏要专门搭台。舞台搭得特别。台是杉木柱，松木台板，稻草盖顶，装饰得很漂亮。台顶的四角都饰有纸扎的龙头，台口挂彩，台柱和马门都是红纸写的对联和匾额。台围画的全是目连救母的故事。舞台对面要搭一座经堂，戏唱几天，就请和尚念几天经。舞台右侧搭一草棚，专门供应演出中需要的纸扎、食物点

心、抬贺等，有专门负责的二人。戏中所需要的东西（指砌末即道具、烟火等），他们都记得清清楚楚。他们都是有经验的人，过去曾经把演目连戏要的东西记在本子上。如果他们不熟悉这些需要，便要专门去演目连戏多的地方抄来。（《祁剧目连戏见闻》，载《剧海》1985 年第 1 期）

郑浯滨是生行演员，20 世纪 40 年代曾被祁剧观众誉为生行五虎将之一，多次在目连戏中饰演傅相。1984 年湖南挖掘祁剧《目连传》时，他和何少连担任导演组正、副组长。演出时在舞台对面搭经堂的情况，很多剧种都有。这和钢叉追射刘四娘时，要祭叉、要摆棺材在台下一样，一可加强演出的肃穆气氛和宗教色彩；二是为了禳灾祈福，保佑演出平安；三是演员借此壮胆，去完成惊险的技艺。挖掘演出时，时代不同，演员的思想情况不同，自然不需要壮胆；加上演员平均年龄达 66 岁，11 位年逾古稀，年最长者 77 岁，心有余而力不足，很多惊险表演只能意到，无需搭经堂和请和尚念经。

当年农村凑钱演目连戏，是地方上的大事。那时农村缺少文化娱乐活动，演目连和看目连戏，便成了当地大型的群众娱乐欣赏活动，是村民们的节日。清代人潘其炯《艳火行》诗并序，记 1749 年湘潭城郊演目连戏失火悲剧。诗有贬讽妇女意固不可取；但从中可窥见盛况之一斑。其序曰：

己巳（清乾隆十四年，1749）秋，演目连剧于城东之石牛铺。彩楼高结，俯临人海，妇女垂帘聚观者不下千人。因不戒于火，煅焉。闺帏弱质，颠倒于浓烟裂焰之中；市井狂童，狎侮于白日青天之下。其折肢体、焦发肤、弃钗钏、裂衣裳者不知凡几；有惭而自经者。因作《艳火行》以为闺媛观场之戒。

怀化市艺术馆李怀荪的调查说，湘西及与川、黔接壤的兄弟民族（土家、苗、瑶）地区，也曾盛演目连戏。泸溪浦市上了年纪的人还记得，浦市曾有崇祯四年（1631）石碑，毁于20世纪50年代末。碑文有“浦兴古寺为阖市礼佛圣地，每年中元节，内修盂兰盆会，超度殇殁亡魂，使生轮回天界，免得孤魂流离，俾建善姓。因果圆满之日，高挂郗氏幢幡，预期演四十八本目连戏曲，忠孝节义，普结善缘”。民国五年（1916）中元节，贵州省铜仁曾演目连戏四个月，超度讨袁滇军阵亡将士。民国十七年（1928），贵州省镇远曾建醮演目连戏，以禳连年旱灾，驱除瘟疫和豺狗。

目连戏演出中，鬼神杂出；有拘魂、上吊、溺水、雷击、射叉、抬棺、逃棚等表演，凶象无数。那时演出，不仅观众心态紧张，演员也心怀恐惧。因而和演《岳飞传》、《观音传》、《封神榜》一样，开演之前要举行祭祀仪式，演出中也穿插有“镇台”、“祭叉”等仪典，以求清吉平安。辰河戏艺人自称自己的剧种的教门为梨园教，搬演目连戏时的草台戏房设梨园教诸神的神位。其中有被称为戏祖的老郎神或翼宿星君、傀儡戏的祖师戏陈平；有道教的玉皇、天官、地官、水官，被称为纠察大帝的灵官、城隍、司命、水将军、火将军；佛教的释迦如来、观音、文殊、普贤、韦陀、罗汉；以及关公、岳飞、张良、鲁班、诸天等。所谓梨园教便是儒、释、道、巫以及各种祖师全包容。第一天要给灵官开光，每天开演前要请灵官扫台（祁剧为天将扫台）。天将开台后还要《跳加官》，取天官赐福之意，向当场的士绅、大户点名祝福曰“某某加官”，获取额外的红包或赞助。《天将迎台》时，扮演王、马、殷、赵四名天将，率部执刀枪鞭锏及烟火，登台起霸后过场，以镇台定台，驱邪扶正保平安。弋阳腔等剧种有发五猖、捉寒林。五猖是道教、巫教中捉鬼的凶神，由演员扮演。寒林原是佛教所指的弃尸场所，后被用来称呼作祟的野鬼。戏中的寒林由茅草扎成。五猖在台上接受戏班掌台

(坛）师祭祀和请求后，翻身下台，去野外寻找被藏匿的寒林；捉到寒林后按在台上用刑，高呼“一打风调雨顺，二打国泰平安，三打百姓清吉，四打五谷丰登”，然后将它捆绑在“千斤柱”上，免得它四处作祟；或在野外将它封入陶坛，符禁深埋。这是为求清吉平安。

真武、三官是民间道教信仰

道教起源于我国古代民间巫术和神仙传说。创始者东汉张道陵尊老子李聃为始祖，而自称天师。张道陵的子孙中的掌教者也世世代代被尊为天师。元世祖忽必烈进主中原后，封张道陵三十六代孙张宗演为天师。自此以后，张天师成了掌教人的世袭封号。道教是多神教，主要祀奉的神有三位：玉清元始天尊、上清灵宝帝君、太清太上老君，统称为“三清”；三清神居天外仙境，即玉清、上清、太清。《目连传》中很多人物、剧情涉及道教，但进入戏中的道教人物，除《遣将擒猿》一场观音召来张天师，会同四大天将去擒白猿精外，与剧情关联多的是真武和三官。这是明末清初民间道教信仰在剧中的反映；这种反映，适应了清代的民情心态。

做过和尚的明太祖朱元璋，是一个三教并崇的皇帝。明人沈德符《野获编·补遗》中有“圣祖兼三教”条：

> 太祖深于竺乾之学（引者按：指佛学）……洪武四年蒋山（即南京钟山）佛会诸灵应记，皆昭然尔。且至七年，上手注《道德经》出示群臣。至十年，上与群臣论日月五星之行……其后遂召诸名儒考订损益，成《书传会通》一书。盖上于吾儒及释、道二氏精究秘奥，虽专门名家有不及……至三教一论、和合同异，具在御制集中。

据清人夏燮《明通鉴》说，洪武六年（1373），朱元璋“初选朝天宫道士专掌乐舞，供事郊坛”。道教经典总汇《道藏》收有他在洪武七年（1374）的《御制玄教立成斋醮仪文序》。然而，他和梁武帝萧衍一样，清醒地知道治国主要还得靠儒家思想，因而洪武十五年（1382）四月，诏天下通祀孔子；五月于太庙亲拜孔子，并说：“孔子百世帝王师，何敢不拜”，“今朕有天下，敬礼百神，于先师宜加崇”（见《明通鉴》卷七）。他对道教的重视，使明代多代帝王迷信道教，有的还修房中术、服丹药、纵淫欲。

在祁剧和辰河戏《前目连》中，傅相被诬告判罪戍边。金毛犯境，真武助他这个“吃斋修行的人”擒住金毛，立下军功，才得回乡；才发生出桂枝思凡、罗卜出世等情节。擒金毛的戏，祁剧叫《显圣擒寇》，辰河戏叫《飞身擒贼》。玄武出场时自称“真武祖师李洪”，且有周公、桃花女分侍左右。

真武即玄武，宋时避讳才改称真武。屈原《远游》“时暧曃其曭莽兮，召玄武而奔属”；《楚辞》有注曰：“呼太阴神使承卫也”；补注曰：“说者曰，玄武谓龟蛇，住在北方故曰玄，身有鳞甲故曰武”。《礼·曲礼上》：“行，前朱鸟而后玄武，左青龙而右白虎。”玄武是二十八宿中北方七宿的总称，也是古代神话中北方之神，后来被道教供奉为北极佑圣真君、玄武大帝；说他是净乐王太子，于武当山修炼成神仙，奉上帝命坐镇北方。民间虽有古代关于玄武的传说，到北宋道教发展中才得玄武大帝的封号，得到普遍供奉是在明代。《明史》卷五十说：“国朝御制碑谓，太祖平定天下，阴佑为多，尝建庙南京崇祀。”据说明成祖朱棣从燕京起兵靖难，制造了玄武支持他的神话。《鸿猷录》卷七说：“众见空中兵甲，其帅玄武像也，成祖即披发仗剑应之。”因而成祖即位后大修武当山庙宇。他的子孙多祀奉玄武，孝宗朱佑樘在弘治十四年（1501）“命御用太监王端赍玄武神像至武当山，用黄桅快船八十余”（沈德符《野获编》卷一）；武宗朱原照正德三年（1508），接受太监刘瑾的建议，在京城朝阳门外造玄明宫祀玄武大帝，“上亲书额”。此后京城和各地陆续盖玄武宫，玄武成为道教祀奉的重要神祇之一。但玄武并不像《前目连》说的叫李洪。收入《正统道藏》的《老君音诵戒经》说，太上老君自称叫李弘。洪、宏同音。把某些祖师的名字张冠李戴，在民间道教中是不足为奇的。

《前目连》中随李洪出场的桃花女和周公，其故事见于王晔的杂剧《桃花女》。钟嗣成《录鬼簿》“方今才人相知者，纪其姓名行实并所编”中有王晔，所列三部杂剧之一是《桃花女》：“祭北斗七星老篯铿，破阴阳八卦桃花女”；《元曲选》作“七星官增寿延彭祖，桃花女破法嫁周公”。《录鬼簿》自序于元至顺元年（1330），钟又称王为“相知者”，王晔的生活年代当与钟相近。篯铿即彭祖，相传彭祖是颛顼帝玄孙陆终氏的第三子，尧封之于彭城，因其道可祖，被称为彭祖，活了800岁，商朝时做过官府库的守藏吏，周朝当柱下史——史官。这出戏也叫《智赚桃花女》或《桃花女破法嫁周恭》。此周恭是个卖卜算封人，不是助武王建立周王朝的周公。《桃花女》是一个演民间传说故事的戏，清支丰宜《曲目新编》、姚燮《今乐考证》、焦循《剧说》、梁廷枏《曲话》都有关于它的记述，可见流传面广；20世纪60年代初还曾出现在舞台上。桃花女和周恭的故事，是怎么跑到目连戏里来的还待考。

“三官堂”在目连戏的情节开展上很重要。傅相家设有三官堂；《前目连》中傅相从杭州受戒回家，将路上拾得的白螺供在三官堂；刘氏刺螺在三官堂；《目连传·斋僧斋道》傅相接待僧、道时介绍了家里的三官堂；傅相升天时送益利一把扫帚，交待他“敬奉三官如我在日”；傅相逝后，刘氏开荤，益利随罗卜出外，三官堂埃尘无人打扫；益利随罗卜归家后，“到三官堂拂拭尘埃”，唠叨了几句，被刘氏听见，换了一顿责打（郑本《花园捉鬼》前段，祁剧《益利扫殿》即《打三官堂》）……郑之珍剧本和现见到的各地《目连传》均有《三官奏事》一折。这折戏里先是马、殷、温、关四大元帅和真武、张天师上场，继而天、地、水三官上场，然后玉女、侍从拥玉皇上场。天官四句诗罢的台词是：

> 自家天官是也。兄弟三人，承蒙玉皇敕旨，区区为天官，职掌天曹，上元赐福；二弟为地官，职掌地曹，中元赦罪；三弟为水官，职掌水曹，下元解厄。因见王舍城中，傅相好善，功满乾坤。幸得天门开，不免入去，奏上玉皇。

从道白中看，三官好像是上帝派到人间的监察使，发现了傅相好善，便要上天奏与玉皇知道。玉皇听完奏本，批下一道公文给天官：“这札，付金书一道，发下与阎罗查考，傅相的善功非小，着该司便当申报，送（傅相）入天宫快乐逍遥”——这便决定了傅相升仙。

道教初创时便奉三官，但三官在诸神中地位一般。《三国志·张鲁传》裴松之注引《典略》说，张角的太平道和张修的五斗米道为人治病时有请祷。“请祷之法，书病人姓名，说服罪之意，作三通。其一上之天，著山上；其一埋之地，其一沉之水，谓之三官手书。”三官被抬出来专门祀奉，始于明代。这是封建末世人民群众中希望赐福、赦罪、解厄的心理反映，首先提倡的仍是明代的统治者。明成化、弘治、正德间（1465—1521）的陆容，撰有《菽园杂记》十五卷，被王鏊（1450—1524）誉为“本朝纪事之书第一”。《菽园杂记》卷九说：

> 朝廷近建三官庙，规划宏丽，像肖庄严，其费皆出自内帑，不烦有司。工成日内府各内官及文武诸司大臣，俱在瞻礼。盖上承母后意，而群臣将顺之也。

上行下效，一下子京城里先后建起三官庙二十余座。清代计六奇《明季南北略》中《南略》卷三“附记因果”说，池州有个常念《三官经》的人，梦见三官大帝说他前世杀人，今天来报仇，帮助他脱了险。可见三官信仰已流行于民间。

一些研究道教史的学者认为，明代在道教教义上无多发展，却进一步通俗化、民间化，还渗入民间文学作品。明代农民打起白莲教、闻香教、红阳教旗帜，以“弥勒降生”号召夺天下，组织起义，是道教流入民间的后果之一。万历以来道教题材的宝卷的出现，是道教思想文化渗入民间文学的具体体现；《目连传》较目连变文增加了许多有关道教的内容，也是这方面的表现。天津李世瑜先生《宝卷综录》著录有 1 123 种宝卷的 1 469 版本，其中有佛教题材的、民间传说故事题材的，也有道教题材的，还有被明末清初查禁的有关红（弘）阳教的经典的宝卷。《宝卷综录》中著录有《目连救母出离地狱升天宝卷》的明抄本、《目连救母升天记》的清抄本、《目连救母幽冥宝卷》和《目连三世宝卷》的清刊本等 20 余种。这些目连宝卷流行在民间，无疑对民间目连戏的剧情、结构、思想产生影响。

和尚、道士各有目连戏班

演目连戏的，除社会上的戏曲班社外，和尚、道士也有目连戏班。

江西贵溪龙虎山，是道教正一教的圣地，道教较普及。聚居在道观里的道士不演目连戏；散居在家以道教为职业的道士，常聚拢来为雇主演目连戏，乡人称为“看（演）大戏，做道士”。他们演目连戏，剧中人物脸部不化妆，戴纸脸壳，有巫傩戏风。在赣东北的波阳，道士在目连戏中扮演的和尚，身着袈裟，被称为和尚道；他们演目连时，演员脸部不化妆，也不戴脸壳。赣中吉水县的道士也演目连戏；吉水黄桥乡溢塘村道士杨村恩，道号丕化，自称是张天师第六十三代徒。他说，做道场演目连戏是祖师爷传下来的（据毛礼镁《江西道士演出的目连》一文）。

所谓“大戏”，有多种解说：一是区别于花鼓戏、采茶戏等地方小戏，指湘剧、赣剧等地方大戏；二是区别折子戏等短小剧目，指大型剧目、大本戏、连台戏；三是指动用大鼓伴奏的高腔戏，其说法是：

> 今湘中偏有大戏之说，余故披露。按此戏所唱者，纯系高腔；所演仅《封神》、《目连》、《精忠》（即《岳飞传》）、《西游》、《南游》（即《香山记》、观音故事）各传。余者高腔、乱弹，统称小戏。（1920 年《湖南戏考》第一集亦僧《论大戏小戏之区别》）

> 长沙一带的戏曲……则凡搬演连台本戏，如《封神》、《目连》、《岳传》之类，皆为高腔。而且其所用堂鼓，特换以加大数倍于平昔所用者；开演前必焚香点烛、化纸钱、燃鞭炮，兼用纸扎的牛头马首挂于台口，然后打通开场，谓之“唱大戏”。而一般观众的看法，也因有这种隆重仪式，不禁为之肃然起敬，乃管看这种戏叫“看大戏”，或“大鼓戏”。（周贻白《湘剧漫谈·高腔与大戏》）

江西贵溪乡间，人们把道士演的目连戏称为“大戏”，或许和湖南的说法相近。

据福建省戏曲研究所沈继生《目连傀儡中的目连戏》一文（载湖南省戏曲研究所、中国艺术研究院《戏曲研究》编辑部编《目连戏学术座谈会论文选》）说，在福建泉州，提线木偶戏被称为“目连傀儡”，因为《目连救母》是泉州提线木偶戏常演的、也是主要的节目。泉州一带流行着这样一句行话：“上得了目连棚，才称得上傀儡师傅”。这“目连棚”，使人联想起北宋汴梁民间卖艺人在潘楼东街巷的莲花棚、夜叉棚、象棚，遗风仍在，古韵犹存。线偶的《目连救母》可连台演七天七夜。其内容和高腔系统的目连戏有不同，不演《梁武帝》。这七天七夜的戏分三大部分：第一部分《李世民游地府》演两天一晚，包括《化金簪》（东方妻被骗钗含辱自缢故事）、《渔樵套》、《弈棋套》、《游地府》、《刘全进瓜》、《打秋千》；第二部分《三藏取经》演两晚一天，包括《见观音》、《收猴》、《收马》、《收猪》、《收蜘蛛》、《收三圣》、《收大蛇》、《收二郎》、《天宫会》、《见大佛》；第三部分《目连救母》，演三天三晚，主要内容是《会缘桥》、《傅相升天》、《功德套》、《速报审》、《捉刘世真》、《滑油山》、《龙王贺寿》、《收罗汉》、《捉金奴》、《过孤凄埂》、《挑经挑母》、《观音试罗》、《见大佛》、《诉血湖》、《过地狱》、《打森罗》等。线偶《目连救母》没有目连未婚曹氏女这条线，增添了许多动物造型的角色和戏，发挥木偶艺术长处。

泉州提线木偶与道教关系密切。清咸丰六年（1856），线偶在有名的道观元妙观中建造了傀儡戏棚，为泉州五种地方戏中较早有室内固定演出场所的。当时立有《修建戏棚碑》，“文化大革命”中被毁。泉州木偶戏演《目连救母》的时间，主要是观音的三个节日：农历二月十九、六月十九和九月十九日。行大醮、城隍爷生日也必演目连戏。戏中《做功德》一场，和尚放赦时唱的〔五更鼓〕，是一首道士追荐亡灵的曲牌，并伴有道教仪典中的舞蹈。为上演目连戏，泉州提线戏增加了 47 种木偶头型，其中神怪居多。这些头型，是著名偶头雕塑家江加走（1871—1954）和他的父亲江金榜雕塑的。为创作好这些人物头型，他们父子研究了泉州城隍庙里的班头、五方鬼雕像，以及其他佛寺里的十八罗汉和民间各种祭祀中的神鬼像，揣摩传说中的仙佛鬼怪，然后设计、雕刻。

在建于初唐的泉州开元寺里，曾有过和尚演的目连戏，叫打城戏，也有叫它为和尚戏（和尚来演）、法事戏（配合佛教法事演唱）的。是光绪三十一年（1905）圆明法师创建的。这位湖南籍的大和尚，邀请泉州提线木偶艺人吕细大、林润泽、陈丹桂等，向一群有一定艺术才能的、被称为香花和尚的年轻人传授提线木偶技艺。他们的第一个教学剧目是《目连救母》，因而引起木偶艺人的愤慨，视吕、林、陈为“叛徒”，指责他们吃里扒外，把他们赶出行业组织。圆明法师出面由开元寺将三位艺人的生活包下来，终身奉养为法事永久老师。于是，泉音全本《目连救母》成为打城戏的保留剧目。此事一时传为佳话。之所以命名为打城戏，取打开铁围城，让地狱城空，普度众生皆成佛的意思。近代文学家林纾（1852—1924）《畏庐琐记·泉郡人丧礼》说：

僧为《目连救母》之剧，合梨园演唱，至天明而止，名之曰和尚戏。

丧礼中演目连戏，很多地方有此习俗，湖南亦有记载：

乡间有演伴灵戏者。[乾隆十二年（1747）《善化县志》]

好礼之士有遵朱子家礼不作佛事者……至于作佛事、建道场，僧道罗列，剖狱招亡，每以七日为度。自一七设祭焚楮以至七七者，谓之应七，虽巨族亦有不免者。(同治《长沙县志·葬礼》)

伴灵之戏、剖狱招亡，多演《目连救母》中游十殿、救母亲一段。演目连戏等于把丧家比作数代积善缘的傅家，喻孝子为目连，因而主家和宾客都乐意。过去广东、福建办丧事，也有搬演目连戏的某些段落、或道士扮目连行忏礼超度亡魂的。后者广东称八门功德，海南叫破狱，福建叫塔忏。广东行八门功德，要坐北朝南供三清——道教的玉清元始天尊、上清灵宝道君、太清太上老君；三清殿下搭醮棚，棚内用竹竿架起开、惊、死、景、休、生、伤、杜八门；道士红袍八宝冠扮目连尊者，手执纸扎锡箔裹的锡杖，率会首和道众行礼、读黄表毕，在锣鼓音乐声中起舞，挥杖依次破门，然后焚表礼成。民间认为，这种道场可为亡人赎罪过而早超生。

“吃乌饭，放江灯”

目连戏中有许多演出方式和社会生活打成一片，融入民间习俗。它能把观众引入到戏剧中来，有时会使人们分不清谁是演员，谁是观众；哪是剧中情景，哪是社会生活。前面谈到的《刘氏出嫁》、《汤饼大会》、《雷打十恶》、《王婆骂鸡》中如此；全剧结尾的《盂兰大会》亦如此。戏中的《盂兰大会》往往和当地举办为赈济孤魂、禳灾祈福的盂兰大会合二为一，目连一家似成了当地居民中的一户。

《目连传》中的罗卜，经善才、龙女点化（《才女试节》），得知母亲在地狱受苦，决心去西天见佛求救母亲。祁剧的艺人和观众认为，目连长途跋涉去西天的路费，要靠化缘募得。扮演罗卜的演员化好妆，趁上午不演戏时走村串寨，挨户募化。各家各户会根据自己的经济能力，乐善好施。拿不出钱募助的人家，可以好言抚慰。人们把戏中的罗卜当作下凡的星宿、人间的孝子，到自己家来一趟可以镇邪化吉，赐福呈祥。此时，人们常会在家等待罗卜，欢迎罗卜。这种处理，把戏延伸到社会生活中，到各家各户；也引导演员深入群众，了解群众，沟通台上台下感情。类似这样的处理还有《修斋荐父》。傅相去世后，罗卜派益利到当地名山宝刹请有道高僧来做法事追荐。在祁剧流行地区的和尚，都懂得目连戏的这种演法，会做好准备应邀登台。祁剧名生角演员郑浯滨讲过一段他当年学戏时经历的事。有次，他在剧中扮演益利，演《修斋荐父》时，罗卜命他去附近某佛寺请高僧。

他跑到庙里，老和尚问他来做什么？他说："那边正在演目连戏，要请老法师去。"说完被老和尚赶出庙门。出庙后他才想起说错了，重新以益利身份去见老和尚，说："我家东人不幸去世，特请大法师光临寒舍超度。"老和尚立即命僧徒携带早已准备好的法器出发。郑浯滨在半个多世纪后的1984年说起此事，仍说那次险些误了大事，要不然，那么多观众在等着看戏而戏演不下去，戏班会砸了牌子，自己更下不了台。

目连戏中有些场次，会因各地风情习俗不同而有随乡入俗的演法。比如郑之珍剧本中的《请医救母》一折，在"信鬼而好祠"的湖南，各个剧种都不"请医"而"请巫"。祁剧这场戏叫《请巫祈福》，益利请来毛师公（巫师），毛师公带着五个徒弟来，进门遇上解鬼化成的假益利捧茶；毛师公命徒弟敲打法器准备行法，法器被五个解鬼捂住敲打不响。毛师公使法法不灵，只好请师娘来。师娘作起法来，似有所为，解鬼却抱了师公的小儿子，说要扔下河去，师公师娘只好草草收起法器去救儿子。辰河戏这场戏叫《请巫救母》或《请仙娘》。仙娘是湘西人对巫婆的尊称。益利请来的不是巫师而是仙娘，仙娘点香烧纸，念念有词，仿佛神灵附体，在台上跳得若狂若醉。忽然台下有人喊："××仙娘，你的儿子掉到河里了！"仙娘惊醒借机下台，口喊"我要找儿子去"，却没忘记把摆在香案上的红包和香、米兜入衣襟。观众每每看到这里会哄堂大笑。湘剧这场戏叫《哑子收魂》，请来为刘氏治病的是位哑巫。他的法器是一个铃铛，摇动铃铛跳起巫舞，要把刘氏不附体的魂收归附体，也是一场闹剧。

目连寻母到六殿，母子见面。他见母亲肚中饥饿难当，从盂钵里化出饭来与母充饥，却被众饿鬼抢食。目连记起释迦佛曾赠乌饭（《二度见佛》），化出乌饭送母亲，众饿鬼以为是炉边铁渣没来抢，刘氏才得一饱。乌饭是唐代道士的健身食品，本与佛教无关，被引入目连戏后，得到广泛传播，逐渐形成一些地方的民间习俗。乌饭又称青精饭，是用一种叫南烛的植物叶浸米煮的。道家认为久食可以强身延年。唐陆龟蒙（？—881）《甫里集》九卷《四月十五日道室书事寄袭美》诗，有“乌饭新炊芼臛香，道家斋日以为常”句。《杜工部诗·赠李白》有“岂无青精饭，使我颜色好”句。宋陆游《剑南诗稿》八《小憩长生观，饭已，遂行》，有“道士青精饭，先生乌角巾”句。这些诗说明乌饭与道家的关系。《目连救母》把道家的乌饭借来，经释迦佛授予目连：“……我把这乌饭赠你娘亲吃，白饭须防饿鬼馋，定见你娘得此餐”，以丰富情节，塑造人物，发展故事。从此，乌饭成了佛赐的，吃了可以消灾得福。因而江浙一带某些农村，有四月初八佛诞日吃乌饭的习俗。好在我国老百姓敦厚朴质，不去分辨佛教道教，不在乎神仙如来，只要说能帮其禳灾祈福、去否来泰，都予敬奉。四月初八做乌饭时他们不用南烛叶，用一种叫乌饭树的叶子捣汁和糯米做，香甜可口，《辞海》“乌饭树”条：

> 乌饭树，杜鹃花科，常绿灌木，多分枝，叶互生……浆果球形，熟时紫黑色，味甜，可食。江淮一带，每于寒食节采树叶煮成乌饭，故名。

明末清初的一些民间宗教，如黄天教、弘阳教、八卦教，利用老百姓不辨佛道、不在乎仙佛、只要能帮其禳灾祈福的心理，团结信徒、争取群众，组织起义。红阳教或称弘阳教，全称是混元弘阳教。混元，在道教创世学说中指天地万物发生前的世界。他们设的三教堂，供奉老子、释迦、孔子。黄天教是河北万全人李宾创建的，法号普明。他们在创教地建的圣庙碧天寺，是座五进大庙，供奉燃灯（过去佛）、释迦（现在佛）、弥勒（未来佛）及观音等大小诸佛，寺门题为“祇园”；“五戒”同于佛教。其主要承传人李宾、李妻王氏、李女等，被信徒尊为普明佛、普光佛、普静佛。他们的主要经卷《普静如来钥匙宝卷》说他们“在家为佛务庄农，一性真灵走雷音，外相为俗里为僧”，其修炼方法是炼丹，“采诸精，合一粒，昼夜长明”；“炼金丹九转以后，牟尼宝辊上昆仑”（《普明如来无为了义宝卷》）；以忠孝教信徒。“一报天地盖载恩，二报日月临照恩，三报皇王水土恩，四报父母养育恩……十报三教范师恩”（《普静如来钥匙宝卷·序》）。其经卷中有不少带“朝阳”二字的，如《朝阳天盘赞》、《朝阳三佛通诰唱经》、《朝阳遗留排天论宝卷》等。祁剧《目连外传·傅相玩赏》自报家门：“卑人姓傅名相字天然，道号斋子”。有“道号”而曰“斋子”，是个在家的火居道人。《朝阳施金》、《朝阳补金》、《朝阳言戒》等折，写傅相戍边、傅林探兄途中，在朝阳观施金为玄武祖师重塑金身事，而庙里主持上场对曰“官清书吏瘦，神灵庙祝肥”（《朝阳言戒》），明白无误地说朝阳观是道家祀奉玄武大帝的庙。庙名“朝阳”与黄天教的经冠“朝阳”，不无相通；玄武帝在戏中自报家门名李洪，与黄天教创始五祖中四人姓李似也不无关联。

目连戏和佛事盂兰盆会都有放河（江）灯，与赈孤魂、放焰口同时举行。在我国许多地方，放河灯已成为民间习俗。清乾隆二十八年（1763）《清泉县志》（乾隆时分衡阳东南置清泉县）说：

> 十五日中元节……其夜又特设馔以祭……又或用浮屠设盂兰会，放焰口、点河灯，市人演《目连》、《观音》、《岳王》诸剧。

放焰口、点河灯和盂兰盆会一样，来源于佛教。佛教以灯喻佛法光明；焰口是印度古代传说中的一种饿鬼，以身形焦枯、口内燃火、咽细如针而得名。《盂兰盆经》说目连的母亲：

> 其母生饿鬼中，不见饮食，皮骨竦立。目连悲哀，即以钵盛饭饷其母，母得钵饭，便以左手障钵，右手抟食。食未入口，化为火炭，遂不得食。

目连的母亲刘青提在饿鬼道中，也是焰口。放焰口就是超度饿鬼，也是追荐死者、超度亡灵、救袚六道众生。佛教的焰口佛事，有一定的仪轨，有专门的经文，如《救袚焰口饿鬼陀罗经》（不空译）、《瑜伽集要焰口施食仪》（实叉难陀译）、《施诸饿鬼饮食与水法》（不空译）等。焰口佛事的僧可几人，也可几十人，多在野外或江边举行，仪程有招请、结界、施食施水、超度、回向等；要念经、唱赞偈及佛事歌，并有施食施水的舞蹈。清代江宁（南京）宝华山的僧人，在《瑜伽集要焰口施食仪》的基础上作修订，增加了唱词和说白，吸收民间音乐，制成受到当地僧俗欢迎的唱本。民间的葬丧礼仪或儒家的祭礼中，也常用放焰口的礼仪，有些地方叫它为赈孤。赈孤时一边焚纸钱、和裟（纸剪的僧衣），一边洒水饭，同时唱赈孤词。赈孤词是曲牌体的，不用管弦，但用打击乐伴奏，人声帮和，锣鼓包腔，有点像高腔；常用的曲牌是〔浪淘沙〕，字数句式像词牌。七月中元祭祖时亦有赈孤活动，是在烧包时进行。烧包是各家用纸封袋中装纸钱，封皮面上写有受用的祖先名字，也落有封包人姓名，如寄信的信封写法。同时还烧一些散碎的纸钱和裟，称堆钱；洒些水饭，这便是赈济那些不知姓名的孤魂野鬼的。

《目连传·盂兰盆会》或佛事盂兰盆会中，有放江灯，或称放河灯、放水灯。剧中人、和尚或道士和观众一起到江边，每人拿一个用纸做的莲花，在纸莲花底部抹一点油或搁在竹木一类能漂浮的物体上，花中点燃一支蜡烛或一盏灯，将它放在水面随流飘去。放江灯在我国至少有一千年历史了：

> 七月十五日，一应大小僧尼寺院设斋解制，谓之“法岁团圆之日”。……其日又值中元地官赦罪之辰，诸宫观设普度醮，与士庶祭袚。宗亲贵家有力者，于家设饭醮僧荐悼，或袚孤魂。僧寺亦于此日建盂兰盆会……后殿赐钱，差内侍往龙山放江灯万盏。州府委佐官就浙江税务厅设斛，以享江海鬼神。（《梦粱录》卷

四“解制日”）

禁中是夕有赏月延桂排当……此夕，浙江放“一点红”羊皮小水灯数十万盏，浮满水面，烂如繁星，有足观者。或谓此乃江神所喜，非徒事观美也。（《武林旧事》三“中秋”）

南宋的都城临安（杭州），那时即有江灯万盏的活动，娱神娱人。佛教谓佛法光明，能破黑暗，因而以灯喻佛法，称僧人师徒相承曰传灯。《杜工部诗史补遗》四，有《望牛头寺》诗中有“传灯无白日，布地有黄金”句。民间以为放河灯能将屈死的鬼魂引向光明，投入轮回超生，不再留在本地方作祟闹怪。河灯多做成莲状，取义于唐代和尚道世《诸经集要·三宝敬佛》说和“人人皆可成佛”的道理：

故十方诸佛，同出于淤泥之浊，三身正觉，俱坐于莲台之上。

众生皆有佛性，人人俱可成佛，屈死的孤魂野鬼也可成佛。河灯光耀，普度众生达于彼岸。放河灯在我国南方诸省极为普遍。《上海风物志》说：

七月十五日中元节，俗尚以素斋祀祖，寺庙中做道场、放焰口，并在水池放莲灯，称盂兰盆会。

湖南各地均有放河灯的习俗。抗日战争胜利后，湘潭放河灯由在家修持的佛教徒的组织居士林发起，从湘江中间的杨梅洲上或驾船到湘江中心放灯，株洲由慈善堂牵头，由大码头（现改名为解放街码头）送灯下河；长沙则上起南湖港，下至新河，沿江十里的各处码头均有灯下河，湘江上飘起莲灯数万盏，灯水相映，波光粼粼，蔚为壮观，不失为一种群众参与的文化娱乐活动。

日本也有七月十五日办盂兰盆会和放江灯的习俗，是唐代由中国传去的。明治（1868—1912）维新将所有农历节日改在阳历日，盂兰盆会和放河灯也改到了八月中旬。日本的这习俗一直延伸到今天。电视剧《离别广岛的日子里》中，高娃（竹田繁子）去日本探亲回中国前，有这样一组镜头：她和儿子莫立根，在哥哥竹田秀男陪同下，各捧一盏燃着烛火的纸灯，和众人一起轻轻放置江面，灯上分别写着繁子的父亲竹田一郎等去世亲属的名字。日本人认为，放江灯是祭祀祖先、悼念亡魂的一种形式。东南亚许多国家有放河灯的习俗。傣历十二月十五日是泰国的水灯节，夜幕降临，男女老少聚集在湄南河畔，点燃各自的水灯，双手捧过头顶，然后虔诚地放置水面，双手合十祈祷，目送河灯远去。傣族是崇拜水的民族，他们的水灯节是为了感谢河神、水神造福，给人们带来丰收，并预祈明年有更大的丰收。

附雅目连的名胜古迹

目连是印度古代僧人，随着佛教传入我国而渐被国人知道；经过目连变文特别是目连戏的演出，声名远播，妇幼皆知。目连的孝亲、刘青提的恶，成了我国民间评价人物的参照标准。称某人孝顺，便说他如目连，称赞他的父母有个像目连一样的儿子；乡间的恶妇人，便被指责为刘青提，是个刘四娘。正如全国各地都有孟姜女庙、争说孟姜女是当地人一样，不仅地方戏中多说目连是当地人、或说与当地有特殊关系，并以此引为荣耀。

光绪戊申（1908）长沙叶德辉氏观古堂刊《双梅景阁丛书·桧门观剧诗》中，有龙阳（汉寿县在明洪武以前叫龙阳）才子易顺鼎（1858—1920）和诗三十首中之二十七：

士林祭塔共沾巾，一样相逢母子亲。
试捡湖南通志看，目连原是澧州人。

澧州，清雍正时（1723—1735）为直桼州，后改为澧县，现属湖南常德市。张九兄为此诗查了乾隆、嘉庆、光绪的《湖南通志》及同治《直隶州志》，均无关于目连的记载。他从嘉庆《常德府志·山川考·古迹》中找到一段有关目连古迹的记载：

> 崇孝港，府北六十里。《旧志》："相传古孝子傅罗卜居此，故名。今街为崇孝街。街东二里许，地名傅子冈，为孝子葬母处，石塔犹存，土人呼为傅母墓。"《武陵志稿》："孝子家巨富，好善喜舍，上自罗卜港，下至庆寿寺，袤延九十余里，皆有田庄。木瓜、脱尘、五灶、净居、崇福、庆寿、法洪诸寺，悉其所舍。黄花障会仙桥其所修花园，遗址至今宛然。"

这则记述说得有板有眼，俨然如真。常德城北六十里确曾有崇孝港、崇孝街，与大龙驿相距不远；城东北约十五里有罗卜港；木瓜山有木瓜寺，在城东十五里处，寺建于唐代，李白有《望木瓜山》诗；县北八十里有法洪寺……然而所云"旧志"所载却查无实据。张九翻阅嘉靖、康熙、嘉庆三志，均无记述。而此前的《常德府志》却找不到了。把古代印度的目连说成是澧州人或常德人，附会出一些名胜古迹，无非是觉得同乡中能出个孝子，乡党有光彩。

四川射洪，也有关于目连的古迹和故事。射洪地处涪江东岸，是绵阳、重庆间水运的枢纽。县境内有渡口叫清平渡，据说因当地出了刘青提而改名青提渡，后发展为青提镇。镇口有光绪二十八年（1902）仲春月立的石碑，碑高 1.85 米，刻有七个大字："唐圣僧目连故居"。相传镇东的金宝湾是目连家；目连的曾祖傅天斗曾为长沙太守，侯景之乱时（548—552）死节，儿子傅崇袭官。崇生金哥、银哥，后生傅相；傅相娶妻刘青提生子罗卜。傅家四代忠孝；做坏事的是罗卜的舅爷李伦和舅父刘贾；李狗儿是刘贾的酒肉朋友。离金宝湾半里处小溪上有桥为傅家桥，或称会缘桥、积善桥，为傅家博施济众处。镇西渡口边是镇上首富刘万筠家。刘妻梁氏，生女四娘，名青提。四娘贤惠，孝敬父母，孝敬公婆，敬信三宝，教贤化愚，受人崇敬。青提胞弟刘贾，忤逆不孝，花尽家财。刘家江边的花园，后来改建为华严寺，当地人称它为花园寺。传说唐贞观四年（626），太宗李世民封目连为大唐圣僧，封刘氏为青提夫人。刘青提墓在顶顶庙下。顶顶庙是清平渡寺的俗称，祀奉的是刘青提。庙中有目连殿，巍峨于峭壁之上，中塑目连全身立像，面貌慈祥，身披袈裟；右手执锡杖，左手握通明珠。塑像右侧塑白犬和易利（益利），左侧塑一侍者。殿周有浮雕和壁画，内容为刘氏开斋、目连出家、十殿寻母、同登仙境等。青提寺内有块木刻碑，记述目连故里来由。木碑是清道光年间（1821—1850）立的，原立在镇口，后来搬进庙里来。碑文有150字，开头是："郪江古镇，迹载青提；昔唐圣僧，目连故里；迄今茔墓，昭然可考。数百年间，迹犹未隶……"还说陈子昂有《题目连故里》诗："百丈云开玉柳钭，千榕耸翠著芳花。无边落木萧萧下，不尽春光照物华……"

陈子昂（661—702），武则天时曾任胄曹参军、拜麟台（秘书省）正字（掌校典籍的官员），转右拾遗（谏官），射洪人，是唐诗革新的先驱者，开唐代诗歌新风。他旗帜鲜明地反对六朝以来的"文章道弊五百年"，以"思古人"、复"汉魏"为号召，提倡"骨气端翔、音情顿挫、光英朗练、有金石声"的诗歌新风（见陈子昂《与东方左使虬〈修竹篇〉序》），并身体力行，因而得到李白、杜甫、元稹、白居易、韩愈、柳宗元等拥戴和响应。李白《赠僧行融》诗说："峨眉史怀一，独映陈公出，卓绝二道人，结交凤与麟"，把陈子昂比作麟、凤赞美。杜甫《陈拾遗故宅》诗："有才继骚雅，哲匠不比肩，公生扬马后，名与日月悬……终古立忠义，《感遇》有遗篇"句，说陈子昂才继骚雅，誉同扬雄、司马相如，名悬日月。白居易《与元九书》说："唐兴二百年，其间诗人不可胜数，所可举者，陈子昂有《感遇》诗二十首……"因而提出"文章合为时而著，诗歌合为事而作”的创作指导思想。白居易《伤唐衢》诗有“致我陈杜间，赏爱非常意”，将陈子昂与杜甫并提。韩愈《荐士诗》有“国朝文章盛，子昂始高蹈”句。柳宗元《杨评事文集后序》亦称“唐兴以来，称是选而不作者，梓潼陈拾遗”。陈子昂对唐代诗文的影响是得到承认的。

射洪人搬出唐代著名诗人陈子昂这首诗，以证明目连是射洪人，只是敬重目连的孝道和傅家一门的忠、孝、节、义；既可为地方争光彩，又可以此教育后代，宣扬中华民族美德。可是这首诗不见于《全唐诗》或其他诗集。“无边落木萧萧下”句，出自杜甫大历二年（767）病困夔州时《登高》诗，被论者誉为杜甫的千古名句之一，断无指杜诗为陈诗名句之理。且历代诗论者在高度评价陈子昂在诗歌上伟大贡献的同时，也多指出陈不写七言诗使其表现形式上不多样而遗憾。射洪人想和目连攀乡亲，而设置与目连有关的名胜古迹，流传目连与射洪有关的传说，也证明目连戏剧和故事已融入我们民族文化中，嵌入地方民情风俗里。

后　　记

抄完《目连戏与佛教》稿，喘了一口气，心情也轻松了。

我第一次看目连戏，是在1940年或1941年十一二岁时，湘北正在“会战”，我们全家逃难到了广西全县的一个村子里，遇上演木脑壳戏。我听不懂唱词，不了解剧情，更不知道那是目连戏，只觉得木偶人射叉新奇、有趣。那个50公分左右高的木脑壳人握成拳头的右手中间，雕有一个洞；马鞭或兵器插在这个洞里，有如在握。玩偶人举起木偶，舞弄起兵器，凝神聚气，得心应手。一把把锃亮锋利的小钢叉脱手飞出，不偏不倚，射中目标，插在那个女装偶人（后来才知道那是刘青提）依倚的木块上。连射几叉，木块裂了，不得不另换一块。敬佩和好奇驱使童年的我钻进帷幕，想看个究竟；找举偶艺人问这问那，才知道他们是祁阳的木脑壳戏班，演的是杖头木偶戏。攀上了湖南同乡，我被特许在后台多待了一会，想窥探一点秘密，却看不出诀窍，只有钦佩而已。直到1947年我入湖南第一师范学校读书，才开始知道目连救母的故事。当时音乐教师沈建平先生组织学生歌咏活动，我参加的校合唱团唱过一首四部混声合唱《目连救母》，歌词是：“昔日有个目连僧，救母亲临地狱门；借问灵山有多少路，有十万八千有余零……”我现在仍依稀记得那一唱三叹、渐近水磨的旋律，很有些昆腔味道；衬词中有不少“南无阿弥陀佛”。可惜记不起这首歌的词曲作者了。当时我还以为目连是我国古代的和尚咧！

离开学校后我工作了40年，基本上在宣传文化部门，主要的工作是跟戏曲打交道，整理总结戏曲传统艺术、评论戏曲艺术、探索艺术规律等等。20世纪50年代初期，看过《思凡》、《双下山》、《骂鸡》、《老汉驮妻》等精彩折子戏，却不知道它们和《目连救母》的关系。常德名演员李福祥演《思凡》，一个人在台上歌舞四五十分钟，把这个“正青春，被师父削去头发”，却向往爱情，憧憬自由幸福生活的小尼姑，从不甘清寂、心猿意马到取下数珠、脱下袈裟逃下山去的思想发展过程，像剥藠头一样，层次分明地形象地展现在观众面前，可信可亲。《王婆骂鸡》中那些人物、那气氛、那语言、那骂声，平凡得不能再平凡，土得不能再土，都似曾相识，好生面熟；唱词中曲牌名、中草药名串成句相骂，语义双关，别有风趣。《会缘桥》中一人兼饰二角的“老汉驮妻”，集哑汉的憨态和沉重台步、瘫妻的娇嗔婀娜于一身，载歌载舞，把这对夫妇相互呵护体贴刻画得细致入微；有唱有做，颇需技艺。这节目不仅湘剧有、祁剧有、别的大型剧种有，地方小戏如花鼓戏、灯戏的《桃源洞》或称《杨子云得道》中的《背梅》一折，亦是类似演法。它还被借用到某些新编历史故事剧中刻画人物，也博得观众掌声。50年代末和60年代初几次挖掘传统艺术时，一些老艺人和熟悉戏曲的“老观众”、“老戏改”也多说目连戏中保存的传统曲牌多、表导演艺术多，可从来没有计划要挖掘演出这神鬼满台的戏。

1983年，调我回湖南省戏曲研究所（原先叫戏曲工作室，现在又改称艺术研究所）时，所里已计划挖掘演出祁剧目连戏。挖掘的事，最初是1980年组织祁剧传统剧目教学演出和录像时，老艺人和“老戏改”们建议的，当时的所长金汉川先生很重视。1981年组织辰河戏传统剧目教学演出和录像时，特意演出了《目连传》中的《会缘桥》、《刘氏回煞》、《松林试道》、《过寒冰池》四折戏。1983年2月《中国戏曲音乐集成·湖南卷祁剧分卷》编辑工作会议上，与会者再度提出，要做好编辑工作，挖掘演出《目连传》是至关重要的。因为祁剧高腔曲牌的80%保存在《目连传》中，其中有些曲牌不见于别的剧目。逼人的形势，坚定了挖掘演出《目连传》的决心。挖掘工作在筹备中得到中国艺术研究院的支持，他们愿意参加组织学术活动，并派录像队来；副院长、老一辈戏剧家张庚先生对此很感兴趣，表示届时一定来看演出、来参加学术活动。

挖掘演出是1984年进行的。这年，金汉川先生已调任湖南省文化厅副厅长，主管艺术工作；文忆萱先生正患白内障。他们都忙于《中国戏曲志·湖南卷》定稿和《湖南地方剧种志丛书》组稿工作，把挖掘祁剧《目连传》的工作分给了我。我仓促上阵，基于对祁剧熟，对艺人熟和与老艺人曾有过愉快合作的经历，接受了这项工作。这年春节过后，我和黎建民先生等三次去衡阳、零陵调查研究，和老艺人们多次磋商后，认为目连戏辍演40多年，熟悉目连戏的老艺人健在的已不多，挖掘工作刻不容缓，越推延越难办。所里同意了我们的看法，并商定演出要尽量保存40年前演出的面貌这一原则。7月，我们邀请了19位祁剧老艺人（包括演员、鼓师、琴师）和文化部门有关负责人，在祁阳开了工作会议，确定了恢复演出的时间、地点、内容（不可少的主要场次）、担负角色的主要演员、班底，初步排出场次目录，成立了以老艺人郑浯滨、何少连、彭升高为正副组长的挖掘导演小组。我们还根据老艺人的推荐，到祁阳县农村寻找合适的庙台，以便演出和拍录那些台上和台下、剧中人和观众打成一片的戏。

1984年国庆节刚过，暑气仍浓，41位祁剧老艺人从郴州、邵阳、衡阳、黔阳（现在的怀化市）、零陵（现在的永州市）五个地市赶到祁阳县。他们平均年龄66岁，其中年逾古稀的11位；年岁最长的屈少臣、唐清兰先生，分别为77岁和76岁。他们中多数有演目连戏的经历，凑在一起便能忆及台词、唱词；有的也看过师父或师兄演出，还能比划出一些身段，却要临时读、记唱词。我们还邀请了两位不到50岁的演员参加，担任老艺人没有体力担负的角色。他们是零陵的朱剑华和邵阳的罗文通，前者饰演《海氏悬梁》的海氏，“上吊”时要挂在空中“打秋千”；后者饰《罗汉演武》中的大肚罗汉，有转眼珠、抖脸朵、鼓肚皮和单腿摆十八罗汉身段的腿功，还要和众小和尚翻扑滚跌。班底请祁阳祁剧团担任。桂剧名演员尹羲听说我们在祁阳集中挖掘，领了几个演员赶来。他们不住招待所，要和我们一起挤在剧场里“三同”。

湖南省戏曲研究所组织了一个精悍的工作班子，做资料、后勤工作。我们和老艺人一起住在祁阳祁剧院，朝于斯、夕于斯、餐于斯、宿于斯。白天，我们一起工作在排练场，还要抽时间与当地有关部门打交道，争取理解、支持和帮助；晚上老艺人休息后，我们得和导演组同仁一起研究剧本，理顺唱词。尽管工作累点、睡眠少点，我们却获得一个极好的学习机会。我在这次了解到祁剧《目连传》的全貌，知道目连戏舞台以外的许多事情，真是大开眼界。在挖掘、排练、演出中，许多问题也频频向我们涌来，启迪我们去思考。

与组织挖掘演出工作同时进行的，是组织目连戏学术座谈会。座谈会是以中国艺术研究院《戏曲研究》编辑部和湖南省戏曲研究所的名义联合召开的。好在张庚先生亲临祁阳指导，《戏曲研究》主编颜长珂先生为主来主持，我们忝附骥尾。张、颜二位都是湖南人，多次来湖南，对人和事都很熟悉，犹驾轻车就熟路。张庚先生每戏必看，每会必到，常和演员兴致勃勃探讨，学术会上作了《目连戏很有研究价值》的发言，给我们很多鼓励。应邀从首都、江西、湖北、广东、广西、福建、浙江、江苏、辽宁、贵州来的60多位专家学者和湖南的同仁，发表的论文或发言，涉及各地的目连戏，哑目连、目连傀儡、和尚的打城戏，以及各地演目连戏的风情习俗；有的专家还带当地目连戏的录像带来放映。会后，我趁编辑出版论文集的机会，用心学习了这些论文，增长见识，活跃思想，受益匪浅。

此后，我又看了一些别的剧种的目连剧本和演出，参加了一些目连戏的学术活动，读了许多专论，一些关于目连戏的问题萦回脑际，需要寻求答案。比如，公元前1000多年印度和尚的故事，戏里怎么会变成公元后数百年我国梁代或唐代的故事？目连戏人物自报家门，傅相怎么是湖广长沙人氏？出家人超尘脱俗不恋家，目连怎么那样恋家孝母，为救母亲下地狱？为什么目连救母故事在我国童叟皆知？宣传佛教的目连戏为什么多处强调儒、释、道三教同源？戏中的释迦牟尼怎么会“出生在周朝刹帝利王家”？北宋的《目连救母》杂剧是什么样子？它在戏曲史上的地位如何……直到1989年退休后，有了自己可以掌握的时间，我带着这些问题读了一点书，特别是过去很少涉猎的有关佛教的书籍，才慢慢有了一点认识。经历十年的反复琢磨，积累了一点资料，理出了一点头绪，形成了一些看法。现在将它归纳在《目连戏与佛教》这个总题目下。其中难免有疏漏或穿凿之处，祈望方家指教。

在我探讨、写作中，得到老友张九，湖南省社科院哲学研究所王兴国和广东杨资元、黄天骥诸先生以及湖南戏曲研究所同仁的鼓励和支持，游振鑫先生为我整理照片，已圆寂的长沙戒圆法师曾让我抄阅一些佛经，借此一并致谢。

凌翼云
1997年5月